Dirk Sondermann

Das große Bochumer Sagenbuch

mit Fotos von Thomas Jackler

Verlag Peter Pomp · Essen

Titelbild:	Detail des Portals der „Autofahrerkapelle" in Bochum-Wattenscheid. Foto: Dr. Florin Laubenthal
Fotos im Text:	Thomas Jackler
Druck:	Peter Pomp GmbH, Essen
Lithografie:	Repro-Service Werner Pees, Essen
Titelentwurf:	Manfred Boiting, Essen
Buchbinderei:	Hunke & Schröder, Iserlohn

ISBN: 3-89355-067-4

Dieses Buch ist den Einwohnern
meiner Geburts- und Heimatstadt Bochum
herzlich gewidmet.

Geleitwort

Noch vor kurzem führte mich ein Spaziergang mit meinen Enkelkindern durch das Weitmarer Holz am Jörgen-Stein vorbei. Und prompt kam auch die erhoffte Frage nach dessen Bedeutung.

So erzählte ich ihnen die Geschichte von dem Hirtenjungen Jörgen, der in dieser Gegend ein Feuer entzündet und so die Kohle entdeckt haben soll.

Eine Geschichte von vielen, die in dem vorliegenden Buch erzählt werden und die diese Landschaft am Hellweg zwischen Ruhrtal im Süden und Trippelsberg im Norden auf eine bisher gar nicht so bekannte Art interessant machen.

Dieses Buch unterstreicht, daß unsere Stadt nicht nur nicht geschichtslos, sondern im wahrsten Sinne des Wortes sogar sagenhaft ist.

Möge dieses heimatkundliche Werk eines jungen Bochumers, dem ich hiermit herzlich danke, viele aufmerksame Leser finden!

Heinz Eikelbeck
Oberbürgermeister

Einleitung

„Kann man die Sagen wohl irgendwo nachlesen?"
...lautet die Frage, die dem Herausgeber nach seinen Erzählveranstaltungen zum Thema „SAGEN-HAFTES RUHRGEBIET" immer wieder gestellt wurde. Auf einige andere Städte bezogen, konnte die Frage mit Einschränkungen bejaht werden, doch für den Bochumer Raum ist bisher noch keine Sagensammlung veröffentlicht worden. Im vorliegenden Buch ist nun zum ersten Mal der Versuch unternommen worden, alle Sagen aus Bochum und Wattenscheid für jung und alt zusammenzutragen.
„Volkssagen aus Bochum" – gibt es denn so etwas überhaupt? In einer Stadt, die durch Industrie und Wissenschaft geprägt ist, soll es Nischen des Irrationalen, des Sagen-haften geben? Die Antwort ist ein klares Ja! Lassen Sie sich entführen in die Welt der Burggeister, Schätze, Riesen, Zwergenkönige, Irrlichter und Raubritter. Uns vertraute Orte, wie Burg Blankenstein, die Propsteikirchen St. Peter und Paul sowie St. Ursula, Haus Kemnade und viele andere, erscheinen uns, im geheimnisvollen Spiegel der Sage betrachtet, in einem neuen, zauberhaften Licht.
Da viele der sagenumrankten Orte mit der Zeit in Vergessenheit geraten sind (wer weiß schon, daß der Rittersitz Haus Dahlhausen ausgerechnet in Hordel liegt), werden jeweils die Straßen aufgeführt, an denen sie heute zu finden sind. Es wird manchem Leser sicherlich viel Freude machen, sozusagen vor der eigenen Haustür sagen-hafte Stätten aufzusuchen und dort die betreffenden Kapitel dieser Sammlung noch einmal nachzulesen. Der historische Hintergrund der einzelnen Sagen wird in der Regel im jeweiligen Vor- oder Nachspann zu verdeutlichen versucht. Im übrigen hielte es der Herausgeber für nützlich, wenn man auch in Bochum bei Ausflügen „vor Ort" Hinweisschilder vorfinden könnte, die in knapper Form über stadtgeschichtlich bedeutsame Orte informieren würden (schließlich hat nicht jeder stets das vorliegende Buch bei sich). Doch selbst auf Burg Blankenstein und Haus Kemnade sucht man solche Informationstafeln noch vergeblich.
Nicht nur Sagen sind in diese Sammlung aufgenommen, auch einige Märchen und Legenden sowie zwei, drei Dorfgeschichten wurden berücksichtigt. Ein Großteil der in diesem Buch veröffentlichten

Sagen ist vom Herausgeber in fünfjähriger Arbeit aus schriftlichen Quellen zusammengetragen worden, wobei drei Sammlungen hervorzuheben sind:

1. Grasreiner, Reinhold: Im Herzen des Ruhrlandes. 1925
2. Hüls, Wilhelm: Wattenscheid. Eine Heimatfibel. o.J.
3. Pütters, Fritz: Großmutter erzählte noch Sagen aus Wattenscheid und Umgebung. o.J. (1976)

Ohne die hervorragende Leistung dieser „Sagensammler“ hätte das „BOCHUMER SAGENBUCH“ in der vorliegenden Form nicht verwirklicht werden können.

In einigen Sammlungen ließen die Herausgeber ihrer eigenen Phantasie und Fabulierkunst bei der Wiedergabe überlieferter Volkssagen leider allzu freien Lauf; diese Sagen hat der Herausgeber dieses Buches von überflüssigem Zierrat zu befreien versucht. Manche „Sagen“ waren offensichtlich ausschließlich freie Erdichtungen der Verfasser; diese wurden natürlich nicht in das „BOCHUMER SAGENBUCH“ aufgenommen.

Einige Sagen sind dem Herausgeber mündlich mitgeteilt worden. Sie haben innerhalb dieser Sammlung, durch die sie erstmals einem größeren Publikum vorgestellt werden, einen ganz besonderen Wert. Um sprachliche Verrenkungen und kaum verständliche altertümliche Redewendungen alter Quellen auszuschließen, wurden alle Sagen in heutigem Deutsch neu erzählt.

Abschließend möchte ich einigen Mitarbeitern meinen Dank für die Mitwirkung an diesem Buch aussprechen. Von ganz besonderem Wert war mir die Unterstützung durch meine Freunde Herrn Ulrich Bruno Hartmann (Übersetzungen und Korrekturlesen), Frau Heike Jackler (Tippen des Manuskripts) und Herrn Thomas Jackler (Fotos und Datenverarbeitung).

Für Tips und Verbesserungsvorschläge sowie für Hinweise auf bisher übersehene Bochumer Sagen wäre der Herausgeber dankbar.

Bitte richten Sie Ihr Schreiben an:

Dirk Sondermann, Hauptstraße 57, 4630 Bochum 7

Ein sagen-haftes Lesevergnügen wünscht Ihnen

Bochum, im Winter 1990 Dirk Sondermann

Bochum im Jahr 1790

Zur Einstimmung auf die folgenden Sagen möchten wir einige kurze Ausführungen des Bochumer Arztes und Gelehrten Dr. Karl Arnold Kortum aus dem Jahr 1790 vorausschicken, der aus jener Zeit Bochums berichtet, in der die im vorliegenden Buch mitgeteilten Sagen noch vielen Bürgern der Stadt bekannter und vertrauter gewesen sein dürften.
Damals war Bochum noch ein kleiner, landwirtschaftlich geprägter und unbedeutender Ort Westfalens; wenig deutete auf die bevorstehende industrielle Revolution, auf Kohlezechen und Eisenhütten hin:
„Die Lage der Stadt ist angenehm. Sehr fruchtbare Felder, schöne Wiesen, Gärten, Obstgärten, Weiden, Heiden, kleine Büsche und Wälder, anmutige Höhen und kräuterreiche, mit kleinen Bächen durchschlängelte Täler, wechselten hin und wieder ab. Der Boden selbst ist überaus fruchtbar, besonders in der Nähe der Stadt. Angebaut werden: Weizen, Gerste, Hafer, Rübsamen, Erbsen, Wicken, Flachs und Hanf. Auch wachsen in dieser Gegend viele gesunde Arzneikräuter, welche man sonst anderswo nicht so häufig antrifft. Auch Bienen gedeihen sehr gut, da hier viele honigreiche Kräuter anzutreffen sind, ebenso sind Hasen, Rebhühner, Schnepfen und Wachteln in dieser Gegend zahlreich vertreten. Die Luft ist ziemlich gesund und das Wasser ebensfalls sehr gut.
Diesen positiven Eindruck ergänzen die zum Teil nahe bei der Stadt liegenden zahlreichen Dörfer und Rittersitze, die zur Verschönerung der Gegend viel beitragen.
Die Einwohner der Stadt sind meist starke, untersetzte Leute. Man trifft hier im Verhältnis zur Einwohnerzahl sehr viele alte Leute beiderlei Geschlechts. Siebzig- und Achtzigjährige sind durchaus nicht selten. Die einfache Lebensordnung, die hier geführt wird, ist neben der gesunden Luft die Hauptursache des außerordentlich günstigen Gesundheitszustandes. Der gemeine Mann nährt sich nur von Brot, Butter und Gemüse; Fleisch wird von ihm nur selten genossen, noch seltener Fische; Gewürze fallen fast ganz fort. Kaffee wird viel getrunken, aber sehr dünn; derselbe macht mit einem Butterbrote oft die Mittagsmahlzeit, fast immer die Abendmahlzeit der Familie aus, die vertraulich beim Scheine des Herdfeuers um den Kaffeekessel

Büste des Bochumer Dichters Dr. Karl Arnold Kortum

(„Wip-pop“) oder Milchnapf sitzt. Der Hausvater raucht dabei wohl sein Pfeifchen Kölnischen Tabak, und wenn er bei Vermögenden in Arbeit steht, trinkt er auch wohl ein Glas Branntwein oder eine Kanne Bier. In solchem Falle ißt er auch besser, bekommt Speck und sonstiges Fleisch und Pfannkuchen, und ist dann vergnügt wie ein Fürst. Die Bürger ernähren sich größtenteils vom Ackerbau. Fast jeder wohlhabende Bürger hat eigenes Feld; doch nur wenige haben eigene Pferde und Ackergeräte. Sie lassen vielmehr von Bauern aus den benachbarten Ortschaften entweder für Geld oder gegen die Hälfte des Ertrages den Acker bearbeiten.

Ein anderer Nahrungszweig ist die Viehzucht. Jeder Bürger, er sei vornehm oder gering, hat eine oder mehrere Kühe; die ärmsten haben wenigsten eine Ziege. Da die Bürger im Sommer auf der Vöde frei Vieh treiben können, so ist ihnen das Vieh wohlfeil zu halten.

Auch das Kohlenbergwerk nährt manchen Bürger. Einige haben an den Bergwerken selbst Anteil, andere arbeiten an denselben, andere fahren auf Sturzkarren, Schiebkarren, Schleppen und Tragkörben Kohlen zum Verkauf in die Stadt oder holen dieselben für andere Leute.

Die Klasse der vornehmen Leute besteht aus königlichen Beamten, Geistlichen, Gelehrten, Kaufleuten, Künstlern und Handwerkern. Die übrigen geringeren Bürger sind Tagelöhner, welche sich mit Dreschen, Steinbrechen, Holzhauen, Futterschneiden und dergleichen sowie durch Hilfe beim Ackerbau, Branntweinbrennen, Brauen und sonstigen wirtschaftlichen Arbeiten ernähren.

Augenblicklich wohnen überhaupt 366 Familien in der Stadt; die Personenzahl beträgt 1474 Seelen, ausgenommen die hier im Dienst stehenden Soldaten. Bewohnt sind 335 Häuser, davon 31 Brauhäuser und 22 Brandweinbrennereien.“

Bochums Namen und Wappen

„Keine von allen Städten Westfalens hat so viele veränderte Namen, als diese.“ (Kortum 1790)

Woher der Name Bochum seinen Ursprung hat, ist ungewiß. In einigen Quellen ist zu lesen, der Name lasse sich von einem Buchenwald ableiten, der vormals im Stadtzentrum oder um die Stadt herum gestanden habe. An anderer Stelle wird behauptet, die Stadt sei eine frühe Stätte der Gelehrsamkeit gewesen, was Johann Kayser (1698) zu dem kühnen Reim hinriß:

> „Was Wunder, daß den Namen (Bochum)
> hat bekommen,
> allwo die Bücher selbst den Ursprung hergenommen!“

Demnach sollen in alter Zeit Bücher aus den Rinden von Buchen gefertigt worden sein, und da im Ort angeblich so viele Gelehrte wohnten, habe es hier viele Buchen-Bücher gegeben, daher der Name: Bochum.

Leider war die intellektuelle Hochschätzung der Westfalen (also auch der Bochumer) nicht allgemein verbreitet. Friedrich I., König in Preußen erteilte:

„Sein die Vasalle dumme Oxen,… die Nacion sehr intrigandt und falsch dabey und sauffen wie die Berster – mehr wissen sie nichts.“

Nachdem wir diese Einschätzung von höchster Ebene höflich überlesen haben, folgt nun die dritte These zur Herkunft des Stadtnamens: Dieser soll sich vom Grafen Cobbo herleiten, welcher der Stammvater der gräflichen Familie von Cobbenheim und einer der ersten Herren der Grafschaft Bochum gewesen sein soll. Daher habe man den Ort ursprünglich „Villa Cobbonis“ genannt. Es heißt, vor zweihundert Jahren habe man die Reste einer seiner Hauptburgen, die eine halbe Stunde vom Stadtzentrum gelegen war, noch gezeigt. Dieses Anwesen wurde damals noch Kobeysem genannt, was ursprünglich Cobbonisheim, also die Wohnung des Grafen Cobbo bezeichnet haben soll. Von dieser Burg habe die Stadt den Namen Cobuchheim, Buchheim und endlich Bochum erhalten.

Zum Vierten meinte der Weitmarer Dorfpfarrer Petersen (1823), Bochum sei von der (wahrscheinlich nur ihm bekannten) Bedeutung des alt-griechischen Adjektives baukos = „schön“ abgeleitet worden... und solle auf die angenehme Lage der Stadt hinweisen. Das baukos in Wahrheit „prüde“ bedeutet möge uns dabei nicht weiter stören. Nach seiner Meinung sprachen die Leute in dieser Gegend ausschließlich alt-griechisch. Zu guter Letzt wurde sogar der große Geograph der römischen Antike, Claudius Ptolemäus, bemüht, der um 150 n. Chr. eine Karte Germaniens gezeichnet haben soll, auf dem der Ort „Bogadium“ erscheint, der als das frühe Bochum aufgefaßt worden ist. Schade nur, daß dieser Ort links des Rheines eingezeichnet war, während Bochum doch rechtsrheinisch liegt; trösten wir uns damit, daß eine weitere Erkenntnis des weisen Ptolemäus, nämlich: „Die Erde ist eine Kugel!“ bisher noch nicht widerlegt wurde.

Übrigens - die zuerst angeführte Theorie wird heute als die wahrscheinlichste angesehen. Danach wurde der Name Bochum von einem Buchenhain (= Buchenwald) hergeleitet, der beim Stadtkern gelegen haben soll.

Ungefähr vierzig verschiedene Schreibweisen des Stadtnamens sind überliefert worden, zum Beispiel: Villa Cobbonis, Boeken, Bokum, Boekum, Beckum, Böckum, Boykem, Boicheim, Buichem, Bechem, Boychem, Kofbucheim, Buchem, Bochem, Boekem, Buchen, Bochumb, Bockumb, Baukem, Bauckum, Cobucheim, Cofbuchem, Kaubaukum, Bockum und schließlich Bochum. Die Vorsilbe Kau (-baukum) hat angeblich auf das viele Rindvieh hinweisen sollen, das die Bochumer täglich von ihren Kuhhirten zur gemeinsamen Weide, der Vöde, treiben ließen. Diese Vorsilbe sollte Kau-baukum von ähnlich geschriebenen westfälischen Orten (Beckum, Bockum) unterscheiden helfen. Manche alte Karten Westfalens führten Bochum erst gar nicht auf, vielleicht weil die Geographen an der Namensfülle irre wurden.

Der Name wurde erstmals im Jahre 1041 in einem Dokument von Hermann II., Erzbischof von Köln, urkundlich erwähnt.

Das „sprechende Wappen“ der Stadt Bochum, erstmals in einer Urkunde von 1381 überliefert, war infolge dieser babylonischen Namensverwirrung ebenfalls falsch hergeleitet worden. Das Wappen zeigt (vereinfacht ausgedrückt) ein schwarzes Buch auf blauem Grund, womit wir wieder zur Stätte der (Buch-) Gelehrsamkeit zurückgekehrt wären.

War derjenige, der das Wappenbild entwarf, vielleicht ein Weiser, ein Visionär, der damals 580 Jahre weit in die Zukunft blickte und vor seinem inneren Auge Bochum bereits als Universitätsstadt sah? Übrigens, nach der Eingemeindung Wattenscheids im Jahr 1975 übernahm Bochum in sein Wappen die rot-weißen Rauten der alten Grafschaft Mark, die zuvor das Stadtwappen Wattenscheids zierten.

Der Reichshof Bochum und die Propsteikirche

Die im Herzen Bochums gelegene Propsteikirche St. Peter und Paul kann auf eine 1200jährige Geschichte zurückblicken. Schon um das Jahr 800 stand auf dem Kirchenhügel eine zum „Reichs- bzw. Königshof" gehörende Kapelle, die anstelle einer heidnisch-sächsischen Kultstätte errichtet worden sein soll.
„Königshöfe waren ca. 1 Hektar große befestigte Anlagen, die von fränkischen Grafen oder Edelleuten befehligt wurden. Man könnte diese Königshöfe auch als Wohnburgen bezeichnen. Innerhalb ihrer Umwallung befand sich neben Herrenhaus, Wohngebäuden, Stallung und Vorratshäusern oft auch eine kleine Kapelle.
Bereits während der Sachsenkriege (772 – 803) hatte Karl der Große eine Vielzahl von Königshöfen entlang des Hellwegs von Duisburg bis Paderborn anlegen lassen. Sie dienten aber nicht nur zur militärischen Sicherung des Aufmarschweges auf der alten Handelsstraße, sondern boten auch durchziehenden Soldaten Verpflegung und Schutz. Nicht von ungefähr waren sie daher in Abständen von etwa einem Tagesmarsch zu finden. Karl mag sich auch selbst von Zeit zu Zeit auf den Königshöfen aufgehalten haben, denn ein Herrscher in jener Zeit regierte ‚im Umherziehen'. Karls Anwesenheit war stets und überall erforderlich; so war er ständig auf Reisen, gewöhnlich von einer Pfalz zur anderen. Die Pfalzen waren größere befestigte Anlagen, die dem Kaiser als ‚Regierungsstützpunkte' dienten. (...)
Im Ruhrgebiet gab es keine Pfalzen, sondern nur die beschriebenen kleineren Königshöfe, etwa in Duisburg, Essen, Bochum, Dortmund, Brakel oder Werl. Diese Königshöfe haben das Bild des Ruhrgebietes bis in die Gegenwart hinein geprägt, denn häufig siedelten sich an die-

sen Orten, die an Handelswegen lagen und bei drohender Gefahr zudem eine Zufluchtsmöglichkeit boten, immer mehr Bauern und Handwerker an. So wurden die karolingischen Königshöfe vielfach zu Keimzellen der noch heute bestehenden großen Ruhrgebietsstädte. Damit ist gleichzeitig erklärt, warum die Zentren wichtiger Ruhrgebietsstädte wie z.B. Recklinghausen, Essen, Bochum oder Dortmund nicht – wie man es eigentlich erwarten könnte – an Flüssen angelegt worden sind. Da die Königshöfe in erster Linie dazu bestimmt waren, die militärischen Aufmarschwege an Handelsstraßen zu sichern, kennzeichnet die Lage der großen Ruhrgebietsstädte zwischen Duisburg und Paderborn noch heute den Verlauf des alten Hellweges."
(Wolfgang Schulze, Bewegte Zeiten, S. 63-64)
Der Reichshof Bochum soll sich von der Propsteikirche („Große Beckstraße") bis zum heutigen Elisabethhospital erstreckt haben. Die damalige hölzerne Kapelle stand im Bereich des Mittelschiffes der jetzigen Kirche. Wie die meisten im karolingischen Reich gegründeten Gotteshäuser wurde auch diese Kirche aus politischen Gründen dem Apostel Petrus geweiht. Karl der Große dokumentierte dadurch seine enge Verbundenheit mit dem Papst als Nachfolger des Petrus. Der alte romanische Taufstein (um 1175) weist auf die frühe Erhebung der Kirche in den Rang einer Taufkirche hin. Im Jahr 1243 wurde das Gotteshaus erstmalig urkundlich erwähnt: Nach den „Isenberger Wirren", hervorgerufen durch die Tötung des Erzbischofs von Köln (1225) durch Graf Friedrich von Isenberg, kamen sein Sohn Dietrich von Isenberg (-Limburg) und Graf Adolf von der Mark darin überein, „Grafschaft, Gericht und Hof Cofbuchem (Bochum) nebst dem Patronat der Kirche" gleichmäßig unter sich aufzuteilen.
Die Kirche war die „Mutterkirche" der meisten nachfolgenden Kirchengründungen in Bochum und erhielt 1888 den Rang einer „Propsteikirche". Nach dem verheerenden Stadtbrand von 1517 wurde das Gotteshaus als spätgotische Hallenkirche neu erbaut und das Doppelpatronat St. Peter und Paul eingeführt. Im Bombenhagel vom 4. November 1944 wurde sie abermals zerstört.
Während der Unruhen der Reformationszeit ging die Kirche an die Lutheraner über. Sie wurden jedoch 1598, 1604 und abermals im Jahr 1623 in Folge des niederländisch-spanischen Krieges (nähere Erläute-

rungen siehe: Das Wattenscheider Gänsereiten) von den Spaniern aus dem Gotteshaus vertrieben und schrecklich verfolgt.
Die katholische Propsteikirche St. Peter und Paul ist täglich geöffnet und lädt zu einem Besuch ein. Schauen Sie sich doch einmal in Ruhe den alten romanischen Taufstein, den Reliquienschrein der heiligen Perpetua und das „Bladenhorster Kreuz“ am sehenswerten Hochaltar an. Auf die Bedeutung der Kirche als mittelalterlicher Marienwallfahrtsort weist noch heute der Marienaltar hin.

Der Raubritter von Grimberg

In jedem neuen Jahr führt in der Nacht des ersten Vollmondes zwischen zwölf und ein Uhr ein weißer schwanenförmiger Schlitten, der von einem achtbeinigen Gespensterschimmel gezogen wird, im rasenden Galopp um die Turmspitze der Propsteikirche von Bochum. Auf dem Schlitten sitzt, mit einem mächtigen glühenden Schwert in der Hand, der einäugige Raubritter von Grimberg. Nachdem er die Kirchturmspitze umrundet hat, jagt er in großer Eile weiter nach Stiepel. An der Ruhr wendet er den Schlitten nach links und folgt dem Fluß stromaufwärts bis nach Schwerte, wo der Ritter, sobald die Turmuhr einmal schlägt, das Pferdegespann mitten in die eiskalten Fluten der Ruhr lenkt, deren Wellen brausend über ihm zusammenschlagen.
An jedem ersten Neujahrs-Vollmond muß der Raubritter von Grimberg diese Geisterfahrt wiederholen, die Schlag zwölf Uhr auf Schloß Grimberg beginnt. Anstelle eines Polsters liegen drei Brennesseln auf dem Sitzbrett des Schlittens, der, sobald der Ritter eingestiegen ist, seine rasende Fahrt über Weg und Steg und hoch durch die Lüfte beginnt. Zuerst eilt er wie der Wind nach Burg Leithe und deren Mühlen, dort hält das Gefährt an, denn mitten auf dem Weg ragt im fahlen Mondschein ein mannshohes Kreuz empor, auf dessen Spitze eine schwarzgekleidete, tief verschleierte Frau drohend ihren entblößten Arm in die Höhe streckt.
Blut tropft von dem Arm auf das Kreuz, und jeder Blutstropfen verwandelt sich sogleich in eine züngelnde Flamme. Wenn der Ritter die

unheimliche Erscheinung sieht, spornt er den Schimmel mit seinem glühenden Schwert zur schnellen Flucht an. Und weiter geht die sausende Fahrt nach Burg Balken in Sutum. Diesen Rittersitz umfliegt das Gefährt dreimal. Alsbald stößt aus der Höhe ein roter Adler auf von Grimberg herab, greift mit seinen scharfen Krallen nach des Ritters Hals und Brust und hackt ihm mit einem kräftigen Schnabelhieb das linke Auge aus. Vor Schmerz aufschreiend, stößt der Raubritter einen gräßlichen Fluch aus. Nach der dritten Umkreisung des Hauses geht die rasende Fahrt weiter. Bei Burg Dinsingh verwandelt sich der weiße Schwanenschlitten in einen sprechenden schwarzen Zauberschlitten: „Kennst du mich?" hört man das schwarze Gefährt dreimal laut rufen. Dann führt die Höllenfahrt des nun wieder zurückverwandelten Schlittens weiter zur Hüller Mühle. Wenn das Fahrzeug über dieses alte Bauwerk saust, ächzt das schwere Mühlrad, und viele tausend Weizenkörner prasseln wie ein Hagel gegen den Raubritter, der dann abermals entsetzliche Flüche ausstößt. Und weiter geht es im teuflischen Galopp zur Bochumer Propsteikirche, nach Stiepel und schließlich in Richtung Schwerte.
Der Raubritter von Grimberg hat schwere Schuld auf sich geladen, deshalb ist er dazu verdammt, alljährlich diese Höllenfahrt wiederholen zu müssen.

DIE SAGE HAT HISTORISCHE WURZELN:

Am 17. Januar 1480 ermordete Ritter Adrian Sobbe zu Grimberg (Raubritter Grimberg) seinen Nachbarn, den Ritter Dietrich von Backem zu Leithe, vor dem Ortseingang von Buer bei Gelsenkirchen. Von Backem und Mechthild, seine Frau, fuhren in einem Schlitten, als die Tat geschah. Bei dem Anschlag wurde Mechthild am Arm verletzt. Arnold, Dietrichs Bruder, errichtete am Tatort ein Sühnekreuz, „Backems Kreuz" genannt. Habsucht soll das Tatmotiv gewesen sein. Ritter Adrians Absicht ist es wohl gewesen, Haus Balken (in Gelsenkirchen-Sutum) und andere Güter in seinen Besitz zu bringen. Die Tat blieb ungesühnt. Die Hüller Mühle (Gelsenkirchen) war die Grimberger Herrschaftsmühle, und in der Propsteikirche Bochum lag die Erbbegräbnisstätte der Grimberger Herrn. Ritter Adrian stammte vom

Herrensitz Haus Villigst bei Schwerte; heute beherbergt das Anwesen eine Bildungsstätte der evangelischen Kirche.
Schloß Grimberg stand in Herne, unweit der „Schloßstraße“ in dem Wäldchen am Industriegebiet. Haus Leithe liegt in Gelsenkirchen-Erle am „Bruchwiesenring“.

Die Stiftung des Bochumer Maiabendfestes

Vor mehr als 600 Jahren, im Jahre 1388, stand Graf Engelbert III. von der Mark wieder einmal in Fehde mit der größten und mächtigsten Stadt Westfalens, der freien Reichs- und Hansestadt Dortmund.
Angeblich soll ein in Dortmund häufig gesungenes Spottlied auf den Grafen den Anlaß zur Fehde gegeben haben:

„Graf Engelbert van der Marke
mackt sick mit frombden Gude starke,
hey en het nein hilgen Henden,
(er hat keine heiligen Hände)
hey let niet liegen of hangen an den Wenden,
hey doet tho den Vogelen int Net grippen,
fraget nit darna, of sy schreyen of pipen…

Tatsächlich waren wohl eher wirtschaftliche Gründe für die militärische Auseinandersetzung ausschlaggebend, denn die Dortmunder waren damals durch rege Kaufmannstätigkeit und durch Überseehandel mit England und den fernen Ländern östlich der Elbe so reich und einflußreich geworden, daß selbst der König von England, Eduard III., 1338 den Dortmunder Kaufleuten für viel Geld seine Krone verpfändet hatte – er war wegen des Krieges gegen Frankreich, den man später den Hundertjährigen Krieg (1337–1453) nannte, in Geldnot geraten –; Dortmunds damaliger Einfluß läßt sich auch daran ermessen, daß die heute zu Litauen gehörende Stadt Memel beinahe Neu-Dortmund geheißen hätte.
Dortmund war durch zwei massive Stadtmauern mit Wassergraben vor den Angriffen feindlicher Ritter geschützt, denn viele Adlige hatten es auf den Reichtum der Stadt abgesehen.

Schon zehn Jahre zuvor, 1378, hatte der Graf von Berg Dortmund zu erobern versucht. Er beschoß die Stadt mit dicken Steinkugeln, die aber nur eine Kuh erschlugen und sonst wenig Schaden anrichteten. Damals griff der Schutzpatron von Dortmund, der heilige Reinold selbst in das Kriegsgeschehen ein, indem er, der Sage nach, die Kugeln auffing und sie zum Entsetzen der Feinde ins gegnerische Lager zurückschleuderte.
Nun, zehn Jahre später, vermochten auch die mächtigen Steinkugeln, die Graf Engelbert von der Mark auf Dortmund abfeuern ließ, keinen größeren Schaden anzurichten.
Auch konnten die Mauern der Stadt nicht überrannt werden, so daß die feindlichen Parteien dazu übergingen, die ländlichen Gebiete brennend und plündernd zu verheeren. Die bemitleidenswerten Bauern, die ungeschützt auf ihren Höfen saßen, mußten wieder einmal die Hauptlast des Krieges tragen. Allzuoft leuchteten die Brandfackeln auf und ließen von einstmals großen Bauernhöfen nur Schutt und Asche übrig.
In der St. Lambertsnacht, dem 17. September, rückten die Dortmunder Heerscharen wieder einmal aus und brannten Derne nieder, stahlen den Einwohnern Pferde, Kühe und anderes Vieh, auch Barop sowie die Stadt Kamen wurden von ihnen plündernd heimgesucht. 1500 Pferde und Vieh brachten sie in ihre Hand, anschließend zogen sie zur Lippe, um an einer Furt über den Fluß zu gelangen. Eine Schar Bochumer Junggesellen, erfahrene Schützen, die Graf Engelbert um sich versammelt hatte, erwartete sie jedoch an diesem Übergang.
Schon griffen die Bochumer Jungen ihre Dortmunder Widersacher mit lauten Pfiffen auf den Lippen an (deshalb: Bochum - Stadt mit Pfiff!), ein wilder Kampf entbrannte zwischen den verfeindeten Parteien.
Bald gewannen die Bochumer in der nächtlichen wilden Schlacht die Oberhand und versprengten die Gegner in alle Richtungen. Die siegreichen Bochumer Junggesellen eroberten einen großen Teil des geraubten Viehes zurück und nahmen darüber hinaus drei feindliche Ritter und zahlreiche Knechte gefangen. Nicht lange ließ die Belohnung auf sich warten, die Graf Engelbert als Dank für die Hilfestellung der Bochumer Junggesellen vergab. Der märkische Graf stiftete den

Das Graf-Engelbert-Denkmal auf der Kortumstraße

Schützen aus Bochum einen Maibaum – eine ausgewachsene Eiche – den sie sich am Vorabend des ersten Mai aus dem Bockholt, einem in der Bauernschaft Harpen gelegenen Wald, holen durften. Auf dem alten Markt in Bochum wurde der Baum öffentlich versteigert, und mit dem Erlös feierten die Junggesellen ein großes Fest – das Maiabendfest!

Alljährlich durften sie zur gleichen Zeit diesem Brauch nachgehen, allerdings mußten die Schützen folgende Umstände genau beachten: Die Junggesellen mußten am Vorabend des ersten Mai mit Trommeln, Pfeifen und Fahnen ausrücken. Schon drei Tage zuvor wurde in Bochum durch Trommelschlag und Ausruf auf dieses Geschehen aufmerksam gemacht.

Wenn sie nun des Morgens am Bockholt ankamen, so wurde der Baum gefällt und auf einen Wagen geladen. Pferde jedoch durften diesen Wagen nicht ziehen, sondern niemand anderes als die Junggesellen selbst. Vor Sonnenuntergang mußte der Baum im Gebiet Bochums sein, wollten die Schützen ihr Fest feiern. Trommelschläger und Musikanten begleiteten den bunten Zug der Junggesellen. Sobald der Baum die Stadtgrenze erreicht hatte, entstand lauter Jubel, bald nun konnte das Maiabendfest beginnen. Durch das Becktor, nahe der Propsteikirche, wurde der Maibaum vollends in die Stadt gezogen. Schnell fand sich ein Käufer, der Baum wurde eingelöst – das Fest begann...

„Nach der Aufteilung des Bockholtes im Jahre 1769 wurde der Anspruch auf den Maibaum durch eine Geldrente abgelöst. Die ‚Zinstaler' aus diesem Kapital werden den Junggesellen alljährlich in feierlicher Form ausgezahlt. In symbolischer Anlehnung an den früheren Brauch wird auch heute noch eine junge Eiche aus dem Bockholt geholt und im Bochumer Stadtpark eingepflanzt."

Selbst nach mehr als 600 Jahren wird in Bochum das althergebrachte Maiabendfest gefeiert. Viele hundert Bochumer sind dann im Festzelt im Bockholt an der „Maischützenstraße" und bei den bunten Umzügen der Bochumer Schützen zugegen, und man begeht gemeinsam das traditionelle Fest.

Das Kuhhirten-Denkmal

Neben dem Planetarium und dem Deutschen Bergbaumuseum ist das Kuhhirten-Denkmal an der „Bongartstraße“ in der Nähe der Propsteikirche das bekannteste Wahrzeichen Bochums. Fast jeder Einwohner der Stadt kennt diesen „Kupferkerl mit Hund und Horn“, doch nur wenige wissen, wem die Stadt dort ein Denkmal gesetzt hat.
Soll das Standbild etwa an den legendären Hirten erinnern, der einst im Bochumer Süden die Steinkohle entdeckt hat?
Oder wurde hier der „guten alten (vorindustriellen) Zeit“ gedacht, indem man einen Nachtwächter mit Wachhund darstellte, der einst zu jeder nächtlichen Stunde sein Horn ertönen ließ?
Hat vielleicht die junge Dame recht, die dem Herausgeber erzählte, mit dem Standbild sei jenem Hirten ein Denkmal gesetzt worden, der vor langer Zeit Bochum verließ, um in der Welt sein Glück zu machen, der es aber nach einigen Jahrzehnten vor Heimweh nicht mehr aushielt und in seinen Heimatort zurückkehrte, wo er wieder seine alte Tätigkeit als Stadthirte aufnahm?
Oder stellt es gar einen Hornisten dar, der während der Dortmunder Fehde (1388), die zur Stiftung des legendären Maiabendfestes führte, den Bochumer Junggesellen zum Angriff blies?
Diese vier Deutungsversuche wurden dem Herausgeber von Bochumern mitgeteilt, und sie haben eines gemeinsam: sie sind allesamt falsch.
Aber wem ist denn nun tatsächlich dieses Denkmal errichtet worden?

Das Standbild wurde zum Andenken an den letzten Bochumer Kuhhirten Heinrich Fritz Kortebusch im Jahr 1908 aufgestellt. Am 24. Juni 1858 war der Tagelöhner Kortebusch von der Stadt als Kuhhirte verpflichtet worden. Als Zeichen seiner Würde bekam er bei seinem Amtsantritt vom Bürgermeister ein blechernes Horn und ein Brustschild ausgehändigt.
Früh morgens um fünf Uhr mußte er in das Horn blasen, dann brachten die Bürger ihre Kühe und Ziegen auf die Straße, wo der Hirte sie in seine Obhut nahm und zur Vöde (Weide) außerhalb der Stadttore trieb. Nachdem Kortebusch die Tiere dann abends am heutigen Stadt-

Das Bochumer Kuhhirten-Denkmal

parkteich und am Schwanenmarkt hatte saufen lassen, brachte er sie gegen 19 Uhr wieder in den Ort zurück. Kortebusch soll wegen seiner Schlagfertigkeit, seiner Treue und seinem Pflichteifer bei der gesamten Bürgerschaft sehr beliebt gewesen sein.
Am 25. Juli 1870 fand der letzte Austrieb statt. Die schnelle Entwicklung Bochums vom kleinen Ackerbürgerstädtchen zur Industriestadt machte den Hirten überflüssig, da in der Stadt kaum noch Vieh gehalten wurde.
Ursprünglich hatte man im Ort wohl sehr viel Rindvieh gehalten; die Vorsilbe des alten Namens der Stadt – „Kau(-baukum)" – hat angeblich auf das viele Vieh hinweisen sollen, das die Einwohner täglich zur Weide treiben ließen (siehe: „Bochums Namen und Wappen"). Auch Dr. Kortum (1790) berichtete: „Jeder Bürger, er sei vornehm oder gering, hat eine oder mehrere Kühe; die ärmsten haben wenigstens eine Ziege. Da die Bürger im Sommer auf der Vöde frei Vieh treiben können, so ist das Vieh wohlfeil zu halten. Jetzt sind 287 Stück Rindvieh und 42 Ziegen vorhanden."
Die Vöde war in eine kleine und eine große Weidefläche aufgeteilt. Auf einem Teil der kleinen Vöde wurde in den Jahren 1876–78 der Bochumer Stadtpark im Stil eines englischen Landschaftsparks angelegt. Auf Teilen der großen Vöde wurde der Friedhof an der „Blumenstraße" und das Gefängnis „Krümmede" errichtet.
Das heutige Kuhhirten-Denkmal ist nach dem 2. Weltkrieg neu angefertigt worden, da das alte zum Bau von Kanonen eingeschmolzen worden war.

Freimaurer in Bochum

Dr. Kortum berichtet im Jahre 1790: „Es ist eine berühmte Freimaurerloge in dieser Stadt. Sie führt den Namen ‚Zu den drei Rosenknospen' und besteht gegenwärtig aus einigen vierzig würdigen Mitgliedern, wozu viele Auswärtige gehören..."
Von der Bochumer Loge handelt auch eine Sage:
Die Freimaurer haben ihren Namen daher, daß sie bauen müssen. Jedes Jahr bauen sie. Die einen sagen, es geschieht auf dem Besitztum

des einzelnen Freimaurers, die anderen: auf dem Grundstück, das zur Loge gehört. Da bauen sie einen Turm, der nie fertig wird; ein Junge in Bochum, der davon hörte, hat täglich nachgeguckt, ob der Turm nun nicht bald die Bäume des Logengartens überragen würde.
Wenige religiöse Gruppen sind in der neueren Geschichte so sehr diffamiert worden wie die Freimaurer. Knapp vierhundert Greueltaten der Freimaurer sind im Lexikon des Aberglaubens aufgeführt.
Man sagte, die Freimaurer seien dazu verdammt, ewig zu „mauern"; sie sollen schon beim Turmbau zu Babel mitgewirkt haben und auch heute noch an diesem Turm bauen. Weiter heißt es: „Wenn der Freimaurer nicht sterben will, kauft er einen Stellvertreter. Entweder schlachten sie ein unschuldiges Kind, oder sie müssen geben, was ihrem Herzen am nächsten steht, Angehörige, Sohn oder Tochter. Die Lebensjahre des Opfers werden dem Käufer zugezählt. Hat nun der Teufel den Freimaurer geholt, beginnt dessen Strafe, und er kommt in die Hölle. Da sie trotz Gottes Verbot mit Teufels Hilfe am Turm zu Babel weiterbauen, müssen sie auch im Tod dabei helfen."

Der Freimaurerbund ist eine Gemeinschaft von Männern. Seine Form, Brauchtum und Rituale gehen auf die Steinmetzbrüderschaften und Dombauhütten (engl. Lodges, dt. Logen) des Mittelalters zurück. Die „Freemasons", eingedeutscht „Freimaurer", waren Kunsthandwerker, die feinste Steinmetzarbeiten verfertigen konnten.
Friedrich, Kronprinz von Preußen, später der Große genannt, wurde 1738, ein Jahr nach der Gründung einer deutschen Loge in Hamburg, ebenfalls Mitglied und verlegte das deutsche Freimaurerzentrum nach Berlin. Logen entstanden nun vor allem in preußischen Garnisons- und Universitätsstädten. Berühmte Deutsche wie Goethe, Herder, Lessing, v. Stein etc. waren Freimaurer. Offiziere und Akademiker gründeten in ihren Wohnorten Logen, so wohl auch 1785 in Bochum (das dreißig Jahre zuvor Sitz des Landgerichts geworden war) die noch heute existierende Loge „Zu den drei Rosenknospen".
Meinte doch Friedrich der Große: „Man muß den Westfälingern, die von Gott und der Vernunft weit entfernt und zum Zanken geboren sind, um ihres Herzens Härtigkeit willen soviel Advokaten (Juristen) geben, als sie haben wollen."

Kurz nach der NS-Machtübernahme wurde die Bochumer Loge (1935) geschlossen. Die Kultgegenstände wurden von der Gestapo geplündert oder zerstört, das Logenhaus verkauft und der Erlös an die Gestapo abgeführt.
1948 nahm man die Arbeit wieder auf. 1972 fand die Loge „Zu den drei Rosenknospen“ in der „Yorckstraße“ Nr. 62 ihre neue Bleibe. Heute hat sie noch 40 männliche Mitglieder. In Deutschland gibt es insgesamt 370 Logen mit ca. 20.000 Mitgliedern.

Das Irrlicht vom Griesenbruch

Noch vor 120 Jahren soll der Griese Bruch (Graue Bruch) ein ausgedehntes Sumpf- und Moorgebiet gewesen sein. Im Sommer gaben dort Tausende von Fröschen lautstark ihre Konzerte, und auf dem Dach des alten Hofes Schulte-Krawinkel sollen sogar Störche genistet haben. Doch der Griesenbruch war unberechenbar und gefährlich. Von jedermann wurde er gemieden, vor allem nachts, denn ein Irrlicht lockte immer wieder Menschen ins Moor, und dann sah man sie nie wieder…
Einst kam ein junger Spielmann auf den alten Hof Schulte-Krawinkel am Griesenbruch. Er vermochte durch seine Lieder den Bauern und Knechten die Sorgen und Nöte vergessen zu machen. Auch das Herz der schönen Tochter des Bauern war schnell gewonnen. Bald dachte sie nur noch an den Spielmann und an seine wundervollen Melodien, die ihr ein wenig Freude in den gewöhnlichen Alltag brachten. Mehr und mehr zog es sie in seine Nähe, und schließlich wich sie kaum noch von seiner Seite. Der Musikus wurde mit der Zeit immer frecher und fühlte sich bald als zweiter Herr auf dem Hof. Lange schon hatte der alte Bauer dem heimlichen Treiben der beiden zugeschaut – nun aber war das Maß voll, und wütend jagte er den Spielmann vom Hof. Doch der Musikus blieb in der Nähe des Hofes, und abends, wenn es dunkel wurde, hörte die Bauerntochter mit Tränen in den Augen seine Melodien leise über das Moor klingen.
Eines Abends ertönten seine Lieder besonders sehnsuchtsvoll, nun konnte das Mädchen nicht mehr länger seine Gefühle bezwingen, es nahm eine Laterne und folgte dem Klang der Fiedel. So ging sie in den

Griesenbruch, aber kaum war sie an dem Ort angelangt, an welchem sie den Spielmann zu finden gehofft hatte, erklang die Melodie erneut, doch diesmal von einer völlig anderen Stelle her. Wieder folgte sie den lieblichen Tönen und gelangte so immer tiefer und tiefer in das Moor hinein. Es wurde ihr zum feuchten Grab...
Sie und der Spielmann wurden niemals wieder gesehen. Doch nachts, wenn der Wind über den Griesenbruch strich, ertönte die Melodie des Spielmanns von neuem, und auch das Licht der Laterne huschte dann über das Moor und flackerte auf, mal von hier, mal von dort...
In alter Zeit, damals, als der Hof Schulte-Krawinkel noch stand, behaupteten manche Leute, den Spielmann und das Mädchen des Nachts dort gehört und gesehen zu haben.

Der Griesenbruch ist eine ausgedehnte Senke, die von zwei Hügeln begrenzt wird. Auf einem Hügel steht heute die Marienkirche an der „Viktoriastraße" in Bochum-Mitte, über den anderen führt die „Kohlenstraße" in Stahlhausen.
Als kurz nach 1900 die St. Antoniuskirche an der „Antoniusstraße" gebaut wurde, soll man bei den Ausschachtungsarbeiten noch Gebeine eines Menschen freigelegt haben, der im Sumpf des Griesenbruches den Tod gefunden hatte.
Der Hof Schulte-Krawinkel, ein alter Rittersitz, lag südlich der „Alleestraße", dort wo sich heute die Krupp-Hüttenwerke befinden.
Daß der ganze Griesenbruch ein Feuchtgebiet war, ist unwahrscheinlich, denn nach Dr. Kortum (1790) war das Gebiet ein „felsiges, gesträuchvolles Tal" mit „herrlichem Steinbruch daselbst".

Der Schatz von Blankenstein

Burg Blankenstein – welcher Bochumer kennt sie nicht. Vom Süden Bochums aus weithin sichtbar, hoch oben auf einem Berg gelegen, thront das sagenumkränzte Gemäuer über dem Ruhrtal. Burg Blankenstein liegt auf dem Gebiet von Hattingen, ist jedoch seit 1922 im Besitz der Stadt Bochum. Vor mehr als 750 Jahren wurde die Festung von dem Grafen Adolf von Altena-Mark erbaut (1226). Ein Jahr zuvor

Das Roswitha-Denkmal mit dem „schwarzen Ziegenbock“

hatte Adolfs Vetter, Graf Friedrich von Isenberg, den Erzbischof von Köln getötet (siehe: „Das Ende des Grafen von Isenberg"). Die Isenburg bei Hattingen wurde daraufhin zerstört und die Grafschaft Isenberg zum großen Teil von Graf Adolf von Altena-Mark eingenommen, wobei er auch seine Herrschaftsansprüche auf einen Teil der ehemaligen Grafschaft Bochum durchsetzte. Um das neuerworbene Territorium gegen die Erben des Isenbergers und gegen eventuelle politische Machtansprüche des neuerwählten Erzbischofes von Köln zu sichern – dessen Statthalter saß auf Burg Volmarstein bei Wetter – ließ der Graf von Altena-Mark die Burg Blankenstein errichten. Bochum steht natürlich in einem ganz besonderen Verhältnis zur Burg Blankenstein, wurden dem Ort doch am 8. Juni 1321 im Rittersaal dortselbst vom Grafen Engelbert II. von der Mark die Stadtrechte verliehen.
Aber Blankenstein ist nicht nur eine historische Festung, sondern auch sagenumwoben.

Stürmisch war die Nacht, es regnete so heftig, als würde eine zweite Sintflut die Menschheit zum Endgericht rufen. Völlig überrrascht von diesem Unwetter wurde ein junger Handwerksgeselle auf Wanderschaft. Kein Baum, kein Felsvorsprung bot ihm hinreichenden Schutz vor den Regenschauern. So ging er weiter durch den dunklen Blankensteiner Wald, an dessen Ende er plötzlich ein Licht schimmern sah. Tatsächlich, ein Bauernhaus – schnell eilte er darauf zu und pochte an die Tür, doch nichts rührte sich. Wieder klopfte er, diesmal heftiger, um das Donnern des Gewitters zu übertönen. Endlich – er hörte, wie der Riegel zurückgeschoben wurde – die Tür öffnete sich. Und wie das bei diesen Gelegenheiten so ist, stand eine hübsche Frau, Roswitha mit Namen, im Hauseingang. Er brauchte seine Bitte um Aufnahme nicht erst zu stellen, denn sofort hieß sie ihn hereinkommen. Doch kaum hatte er seinen Fuß über die Schwelle gesetzt, da wurde der Geselle auch schon vom Flur her in übelster Weise angeschrien: „Hinaus! Hinaus mit dir, das ist hier kein Nachtasyl!" Der Vater des Mädchens zeigte sich nicht gerade als Menschenfreund und warf den jungen Mann durch die Tür hinaus in die regnerische Nacht. Da half kein Bitten und kein Betteln. Wieder stand er im Regen. Was nun? Eine

Scheune unweit des Hauses versprach Rettung. Das Tor war nur angelehnt, und das Heu war trocken. Na bitte, besser als nichts, dachte er und machte es sich den Umständen entsprechend gemütlich; bald schlief er ein. Das Unwetter dauerte unvermindert an. Ein Donner, der die Scheune erzittern ließ, weckte den Handwerksgesellen, ängstlich schaute er durch eine Luke des Schuppens nach draußen. Da war doch was! Der unfreundliche Alte stand nur wenige Meter vom Schuppen entfernt unter einem Birnbaum, der in seinem Garten stand. Neben ihm befand sich eine Truhe – eine Schatztruhe! Deutlich hörte man gerade eben die Kirchturmglocke von Blankenstein zwölfmal ertönen – Mitternacht. Murmelnd sprach der alte Bauer einen Bann über die Truhe; kaum drangen die Worte an das Ohr des jungen Mannes, denn zu laut trommelte auch weiterhin der Regen auf das Scheunendach. Er verstand nur Bruchstücke des Gesagten – Wortfetzen, wonach der Schatz nur mit Hilfe eines schwarzen Ziegenbocks gehoben werden könne – oder so ähnlich. Dann ein weiterer Donner so laut, als würde der Himmel über ihm zusammenbrechen – plötzlich war die Kiste, wie von Geisterhand bewegt, verschwunden. Verschwunden war auch die Ruhe des Gesellen – nichts konnte ihn länger an diesem unheimlichen Ort halten, auch wenn er unterwegs noch so naß werden sollte.
Einige Jahre später. Ein wohlhabender Handwerksmeister, auf Einladung des Burgherrn von Blankenstein unterwegs, kam irrtümlicherweise vom Weg ab...
und wie der Zufall es wollte, stand er vor demselben Bauernhaus – es war natürlich auch derselbe, nun nicht mehr ganz so junge Mann. Auf sein Klopfen hin öffnete auch dasselbe Mädchen – sagenhaft. Sie sah traurig aus, und nicht nur sie, sondern das ganze Anwesen schien in den letzten Jahren gelitten zu haben. Der Mann gab sich zu erkennen, worauf die Frau ziemlich verzweifelt berichtete, daß kurze Zeit nach jener Nacht ihr Vater verstorben sei. Unglück über Unglück sei seitdem über den Hof gekommen. So sei nach dem Todestag des Vaters plötzlich und unvermutet das Vieh verendet, und als sie neue Kühe anschaffte, lagen diese am nächsten Morgen mit umgedrehten Hälsen, alle viere von sich gestreckt, im Stall. Auch werde sie von den Dorfbewohnern gemieden, ja man erzähle sich, es gehe auf ihrem Hof nicht

mit rechten Dingen zu, und sie, sie sei eine Hexe, werde behauptet. Hier beendete die Frau ihren Redeschwall – man merkte ihr die Erleichterung an, sich endlich einmal diese Nöte von der Seele gesprochen zu haben. Der Meister konnte sich schon denken, wo der Kern ihres Problems lag. Heißt es nicht: Wer Geld vergräbt, kann im Tode keine Ruhe finden und muß als Poltergeist ruhelos umherirren? Wieder einmal rief er sich die nächtliche Szene unterm Birnbaum ins Gedächtnis zurück. Wieder durchfuhr ihn bei diesen Gedanken ein kalter Schauder – zu unheimlich war das nun fern zurückliegende Erlebnis gewesen.
Ein schwarzer Ziegenbock – daran erinnerte er sich noch genau, ja – der alte Bauer hatte damals etwas von einem schwarzen Ziegenbock als Pfand für den vergrabenen Schatz gemurmelt. Tags darauf kaufte der Handwerksmeister im Dorf ein solches Tier; wieder zum Hof zurückgekehrt, erwartete er in der Nähe des Birnbaums die Mitternacht. Je weiter die Stunden vorrückten, desto unruhiger wurde der Ziegenbock, bis er kurz vor zwölf Uhr wie von Sinnen an dem Halsband zog. Nur mit Mühe konnte der junge Mann den Bock unter den alten Baum ziehen – plötzlich – ohrenbetäubender Donner, gleichzeitig tauchte ein Blitz das Geschehen für kurze Zeit in fast taghelles Licht. Augenblicklich fuhr dieser Blitzstrahl in den schwarzen Ziegenbock – und verschwunden war der Bock, wie vom Teufel persönlich entrückt. In wilder Hast grub der Mann an der besagten Stelle nach und fand tatsächlich unter einem Holzbrett die durch das Ziegenopfer eingelöste Schatztruhe. Gold und Silber zuhauf! Wie heißt es doch gleich: Das Geld liegt unter dem Birnbaum, man muß es nur aufheben, oder so ähnlich. Von nun an fand auch der verstorbene Vater seine ewige Ruhe, jetzt war er erlöst von dem Fluch, der auf ihm lastete. Ob vielleicht das Funkeln des Goldes das Feuer der Liebe in dem jungen Handwerksmeister entfachte, weiß ich nicht zu sagen, auf jeden Fall heiratete er die Bauerntochter, und beide lebten noch viele Jahre glücklich und zufrieden zusammen – wie das in diesen Fällen so ist. Und wenn sie nicht ge…

Allein zwischen Witten, Bochum und Essen gibt es mehr als 30 Burgen, Schlösser und Herrenhäuser in der Nähe der Ruhr. Man kann mit

Burg Blankenstein

Recht von einer „Burgenstraße an der Ruhr“ sprechen. Diese alten Gemäuer sind großenteils sehr schön gelegen – wie Burg Blankenstein – und laden zu Ausflügen vor der eigenen Haustür ein – warum in die Ferne schweifen…
Viele der Adelssitze sind sagenumwoben. Manches Schloß hat vielleicht nur eine Sage aufzuweisen, andere vereinigen bis zu 36 Sagen und Dichtungen um ihre alten Mauern, wie Burg Volmarstein in Wetter-Volmarstein. Die nächste Sage handelt ebenfalls von einer hoch über der Ruhr gelegenen Burg: Burg Blankenstein.

Der Burggeist von Blankenstein

„Jede ordentliche Burg hat gefälligst auch ein Gespenst aufzuweisen!“, sagt man.
Bitte sehr! Seit Hunderten von Jahren spukt es um Blankenstein. Einst wurde ein Gefangener der Burg – heimlich in der Nacht, ohne Leichenrede, ohne Sakramente – in einer Ecke des nahen Friedhofes verscharrt. Wer war dieser Häftling zu Lebzeiten? Genaues ist nicht bekannt. Man sagt, er sei Ritter oder Bischof, ja sogar Erzbischof von Köln gewesen. Auf dem Kerbholz hatte er einiges, für die Blankensteiner keine Frage, sonst wäre er kein Burggeist, kein Wiedergänger, dessen Seele den ewigen Frieden nicht finden kann.
Vor mehr als 500 Jahren schien der Verwalter von Blankenstein die hohe Stellung eines Bischofs kaum geschätzt zu haben, ganz unten ins dunkle Burgverlies ließ er den Gefangenen werfen. Entzündete Wunden, unversorgt, bedeckten seinen Körper. Von Kriegsknechten des Grafen von der Mark, des Hausherrn Blankensteins, war der Bischof dem Burgvogt zur besonderen Bewachung übergeben worden. Der Grund seiner Verhaftung ist unbekannt.
Kaum hätte er seine Verletzungen überlebt, wäre da nicht die Tochter des Burgverwalters gewesen. Sie pflegte ihn gesund, heimlich – denn ihr Vater sah sie höchst ungern beim Gefangenen wachen. War es die Hoffnung auf Absolution, auf Vergebung ihrer Sünden durch den Bischof, die den Anlaß für ihre Fürsorge gab? Darüber zu spekulieren ist müßig. Bischöfe jedoch waren schon vor einem halben Jahrtausend

oft nicht mehr das, was sie mal waren: in der Kunst, ein Schwert zu führen, häufig fähiger als in der Kunst des geistlichen Wortes, der Predigt. Der hohe Geistliche kam wieder auf die Beine und konnte diese auch gleich benutzen, um aus dem Kerker zur lebenslänglichen Haft in den Messerturm Blankensteins hinaufzusteigen. Auch im Turmverlies konnte er der fürsorglichen Anteilnahme des Mädchens sichergehen. Die Chronik spricht von einem „kräftig Stücklein Braten oder einem kleinen Leckerbissen", den die Tochter per gezieltem Weitwurf in die schmale Fensteröffnung des Gefängnisses warf.
Ihr Vater bekam die Gicht – der Bischof Rheuma.
Ihr Vater starb – der Bischof lebte zunächst weiter. Nach dem Tod ihres Vaters kam das Mädchen in eine Versorgungsanstalt für ledige Frauen, ins Prämonstratenserinnenstift Elsey bei Hagen.
Es erging ihr schlecht. Dem Bischof erging es noch schlechter.
Der neue Burgverwalter hatte keine Tochter, die sich für Gefangene aufopferte. Das „kräftige Stücklein Braten" sowie „die kleinen Leckerbissen" blieben aus, an sich blieb alles aus, was einem Gefangenen das Leben erträglicher macht. Zusehends siechte der geistliche Würdenträger im feuchten dunklen Burgturm dahin.
Wachpersonal fand eines Morgens den Verstorbenen, hingestreckt auf dem harten Gefängnisboden. Nebelkrähen hielten die Totenrede, Ratten den Leichenschmaus.
Ein Fluch liegt über ihm, keine Totenruhe sollte seine Seele finden. Verdammt ist er zum ewigen Umherirren im Reich der Schatten, in der ewigen Nacht, ohne Ruhe, ohne Rast. Manchem schon soll der Bischof als Burggeist von Blankenstein begegnet sein. Auch heute noch!

Bei der Errichtung der Burg Blankenstein fanden wohl hochwertige Baumaterialien von der zerstörten Isenburg bei Hattingen an der Ruhr Verwendung, zum Beispiel behauene Quadersteine, Metallwerkstücke und Importsteine.
Die neue Burg wurde wegen des „glatten und blanken Felsens", auf dem sie stand, „Blankenstein" genannt. Ob dieser unbewachsene bzw. gerodete „blanke Stein" in germanischer Zeit tatsächlich zur Datierung der Sonnenwenden diente, wie manche Lokalhistoriker behaupten, läßt sich weder belegen noch völlig ausschließen.

In Stiepel kursieren hartnäckig Gerüchte, wonach von der Festung aus geheime Fluchtgänge zur Ruhr hinunterführen sollen. Ein älterer Herr aus Stiepel teilte dem Herausgeber dieses Buches mit, er selbst habe sich im Kindesalter in solchen unterirdischen Gängen umgesehen, später seien sie allerdings eingefallen oder verschlossen bzw. zugeschüttet worden.

Raubritter Joost

Vor einigen Hundert Jahren hauste auf Burg Blankenstein ein Ritter, der seinem Stand wenig Ehre machte – der Raubritter Joost. Sehr feinfühlig ging er mit seinen Untergebenen nicht um. Den Bauern ritt er durchs Korn, und wenn sie ihren Ärger wortreich zum Ausdruck brachten, knallte nicht selten die Peitsche des Ritters auf die Leute nieder, so daß sie vor Schmerzen laut aufschrien. Mit Gewalt machte er sich auch die eine oder andere junge Bauernfrau gefügig. Kaufleute waren vor ihm ebenfalls nicht sicher, häufig plünderte er sie bis aufs Hemd aus, so daß sie froh sein mußten, ihr nacktes Leben retten zu können. Auch der Pfarrer konnte keine Änderung der unerträglichen Situation herbeiführen. Er predigte den Bauern aus dem Römerbrief, sie sollen Gutes tun, denn wer Gutes tut, braucht die Herrschenden nicht zu fürchten, außerdem würden sie nach ihrem Tod im Paradies für ihr Leiden auf Erden reich belohnt werden.
Der Raubritter trieb sein Unwesen immer weiter – jahraus, jahrein. Irgendwann aber fiel der berühmte Tropfen, der das Faß zum Überlaufen brachte. „Es reicht – es muß etwas geschehen!“ stimmten einige Bauern überein und schritten zur Selbsthilfe. Doch leichter gesagt als getan: Sie lauerten dem Joost an einer Lichtung unweit der Burg Blankenstein auf…
in ihrer Nähe war bald schon das Aufschlagen von Hufen auf dem Waldboden zu hören. Im Abendlicht war die Gestalt nur schemenhaft zu erkennen – doch es war der Raubritter – ganz sicher. Schnell sprangen die Bauern aus ihrem Versteck hervor, um Joost zu stellen, doch plötzlich war er verschwunden. Was war geschehen?

Burg Blankenstein

Deutlich erkannte man die Hufabdrücke im weichen Waldboden – sie gingen den Spuren nach, als aus der entgegengesetzten Richtung unerwartet der Raubritter auf sie zugaloppierte. Schon knallte die Peitsche auf den Rücken eines Bauern nieder, schon schallte des Ritters höhnisches Lachen wieder durch die Nacht. Die Hufspuren des Pferdes zeigten doch in eine ganz andere Richtung – die Bauern waren völlig verwirrt – kein Wunder, denn der Raubritter von Blankenstein hatte seinem Roß die Hufeisen verkehrt herum annageln lassen. Kein Ende nahm das verbrecherische Treiben des Burgherren. So konnte es nicht weitergehen. Wenig später kamen andere Bauern und Kaufleute zusammen, um zu beraten, was zu tun sei. Die Burg erstürmen? Zwecklos! Zu massiv waren die Mauern, zu gut bewacht war die Anlage. Dann fielen die Stichworte „Belagern“ und „Aushungern“. Keine schlechte Idee. Los ging's: Die Geschädigten – und es waren nicht wenige – zogen vor Burg Blankenstein, die Anlage wurde belagert, kein Mensch kam mehr zur Burg herein, kein Mensch kam heraus. Doch das störte den Joost offensichtlich überhaupt nicht. Lautes Gröhlen und Krakeelen zeigte den Belagerern an, daß die Burgmannen bestens gelaunt waren, so manches Faß wurde dort oben leergetrunken. Und je lauter die da oben feierten, desto mißgelaunter und griesgrämiger wurden die da unten, die Belagerer; schon zwei Wochen hielten sie nun aus.
Wenige Tage später kam eine alte Frau zu den Bauern und fragte: „Warum seid ihr so übel gelaunt, eure Kinnladen hängen ja schon auf dem Bauchnabel?“ Die Belagerer klagten ihr Leid. Die Greisin gab daraufhin den Ratschlag: „Grabt dem Raubritter doch das Wasser ab!“ „Die Idee ist nicht schlecht“, erwiderte der Anführer, „das würden wir bestimmt tun, die Frage ist nur, wo liegt die Quelle?“ Die Frau darauf: „Na, dann hört einmal zu: ihr besorgt euch einen Esel, gebt ihm drei Tage lang nichts zu saufen und laßt ihn anschließend zum Burgberg laufen. Dort wo er mit den Hufen scharren wird, grabt ihr nach, genau an dieser Stelle wird sich die Quelle befinden, die den Burgbrunnen speist.“ Diese Anweisung befolgten sie haargenau – was hatten sie schon zu verlieren? Nach dem dritten Tag schrie der Esel vor Durst, und nachdem er freigelassen worden war, scharrte er nach kurzer Zeit tatsächlich in der Nähe der Burgmauer mit den Hufen auf dem

Boden; hier gruben die Belagerer nach, und wenig später floß ihnen in der Tat Wasser entgegen. Die Quelle war gefunden worden; sofort leiteten sie den Wasserfluß um, so daß der Burgbrunnen von Blankenstein versiegte.

Und es war Sommer, Hochsommer sogar – und kein Tropfen Wasser in der Burg... Das Jauchzen und Krakeelen dort oben wurde immer leiser und wandelte sich nach wenigen Tagen in ein Fluchen und Zähneklappern. Je markerschüttender Joost und seine Leute nun schimpften und keiften, desto lauter jauchzten und krakeelten nun die Belagerer. Kurze Zeit später öffnete sich das Burgtor, und ein Mann mit einer weißen Fahne, wohl ein Unterhändler, ritt aus der Burg heraus, auf die Bauern zu. „Joost will sich ergeben, aber nur unter der Bedingung, daß seine Frau verschont bleibt, und zwar mit dem, was sie auf drei Gängen aus der Burg heraustragen kann!“ Die Belagerer überlegten. Sicher, die Frau des Raubritters war schon recht gebrechlich, nicht umsonst machte er sich dauernd über die jungen Bauernmädchen her, was sollte sie schon tragen können? „Ist in Ordnung!“ hieß die Nachricht an den Unterhändler.

Wenig später. Wiederum öffnete sich das Tor der Burg, die Frau vom Joost erschien auf der Zugbrücke, noch nie sah man sie so krumm dahergehen, sie ächzte und stöhnte, als würde sie die Sünden der Welt tragen. Genauer betrachtet sah die Sache schon anders aus: keinen anderen als ihren Mann, den Raubritter Joost selbst, trug sie aus der Burg heraus. Den Belagerern half kein Fluchen und kein Zähneklappern, nein – sie durften den Ritter nicht gefangennehmen, denn sie hatten ihr Versprechen gegeben.

Die alte Frau ging zur Burg zurück, um kurz danach in gleicher Weise, diesmal mit ihrem Sohn beladen, aus dem Tor herauszuwanken. Wieder ertönte das Schreien und Toben der Bauern, und abermals durften sie nicht einschreiten.

Und zum dritten Mal ging sie in das alte Gemäuer, zum dritten Mal kam sie heraus. Doch was war das für ein Blinken und Funkeln? Tatsächlich den gesamten Burgschatz, die Räuberbeute, trug die alte Frau in großen Körben: kostbare Juwelen, Perlen, Gold- und Silbermünzen. Das Toben der Belagerer nahm kein Ende, wieder durften sie nichts unternehmen.

So ging der Raubritter Joost mit seiner Familie triumphierend zur Ruhr hinunter, um über die betagte Holzbrücke den Weg in Richtung Weitmar zu nehmen, wo Verwandte wohnten. Die schmale Brücke ächzte unter dem Gewicht der drei Personen und des wertvollen Schatzes. Die Holzbalken krachten immer bedrohlicher unter ihren Füßen, schließlich brach die ganze Brücke in sich zusammen. Laut um Hilfe schreiend fiel die Familie mitsamt dem Schatz in die Fluten der Ruhr. Auch die Belagerer schrien lauf auf, aber nicht, weil der Raubritter im Fluß sein nasses Grab fand, sondern weil der kostbare Burgschatz ebenfalls auf Nimmerwiedersehen in dem tiefen Wasserlauf versank.
Bis in unsere Zeit hinein, so wird erzählt, soll in mondhellen Sommernächten hin und wieder tief vom Grund der Ruhr her ein Funkeln und Leuchten zu sehen sein. In solchen Momenten läßt der Schatz des Raubritters Joost sein Versteck erahnen...

Bei dem Raubritter Joost handelt es sich wohl um Johann (Joost) von Syberg, der 1637 Verwalter der Burg Blankenstein wurde. Unter seiner Leitung wurde die Anlage, die keinen militärischen Nutzwert mehr hatte, um 1662 geschleift. Viele wertvolle Materialien von Burg Blankenstein, wie behauene Quadersteine, Dachschiefer und Eisenteile ließ von Syberg zur Ausbesserung seines teilweise baufälligen Wohnsitzes Haus Kemnade verwenden. Dieses Herrenhaus und das Gericht Stiepel, als Lehen des Grafen von der Lippe, waren durch die Heirat mit Sibylla Arnolda von der Reck in seinen Besitz gekommen. Die Bewohner des Ortes Blankenstein waren über den Abbruch der Burg sehr verärgert und schrieben 1664 einen Beschwerdebrief an ihren Landesherrn, den „Großen Kurfürsten" Friedrich Wilhelm von Brandenburg (1620 - 1688). Darin schilderten sie die Burg als „ansehnlichste, schönste und festeste unter allen Schlössern der Grafschaft Mark"; sie würde aufgrund fälschlicher Behauptungen von Seiten Sybergs unrechtmäßig geschleift, nur um Baumaterial für den Verwalter einzubringen. Die Ortsansässigen forderten, Joost von Syberg solle „die Krone des Märkischen Landes", Burg Blankenstein, wieder aufbauen oder „etliche hunderttausend Reichstaler erstatten". „Das könnte leicht durch den ungetreuen Drost Syberg und seinen Anhang zu Wege gebracht werden, die gleich Prinzen im Lande sind, in sechsspännigen Kutschen herumfahren und den Steuerbeutel in den Händen haben", heißt es im weiteren Text des Briefes. Der Beschwerdebrief an den „Großen Kurfürsten" blieb ohne Erfolg. Das negative Bild vom Burgverwalter Johann von Syberg, das bei der Blankensteiner Bevölkerung vorgeherrscht haben muß, hat wohl zur Sagenbildung um den „Raubritter Joost" beigetragen.

Haus Kemnade und die Hünenburg

Nur wenige Meter vom Ufer der Ruhr entfernt, umrahmt von hohen Bäumen und von einem Wassergraben umgeben, liegt Haus Kemnade. Mit seinen dunklen, schweren Mauern vermittelt es auch heute noch ein Gefühl der Ruhe und Beständigkeit – eine malerische Erinnerung an längst vergangene Zeiten.
Der Name „Kemnade", sprachlich abgewandelt aus Kemenate, hat seinen Ursprung in dem lateinischen „domus caminata", das ein steinernes Kaminhaus bezeichnete, welches Zimmer mit eigenen Feuerstellen besaß. Die Geschichte des Hauses reicht bis in das 12. Jahrhundert zurück.
Wie fast alle westfälischen Wasserburgen war auch Haus Kemnade Lehnsadelssitz. Seine Besitzer waren die Gerichts- und Patronatsherren von Dücker, von der Recke und von Syberg. Unter der Lehnshoheit der Grafen zur Lippe verfügten sie über die Grundherrschaft Stiepel, zu der – nachweislich sei dem 14. Jahrhundert – auch Haus Kemnade gehörte. Damals lag das Haus – von Stiepel aus gesehen – noch vor der Ruhr. Erst nach einem Hochwasser im Jahre 1486 nahm die Ruhr den heutigen nördlichen Verlauf und trennte Haus Kemnade von Stiepel. Für lange Zeit stellte eine Fähre die einzige Verbindung zwischen den Stiepeler Bürgern und ihrer Burg her. Erst im Jahre 1928 ersetzte die Kemnader Brücke diesen Weg. Mit der Fähre konnte man jedoch auch weiterhin „übersetzen". Bis zum Jahre 1960 wurde der Fährbetrieb bei Diergardt aufrechterhalten; der Straßenname „An der Alten Fähre" erinnert heute daran.
Das heutige Haus Kemnade ist nicht mehr das ursprüngliche Gebäude, sondern wurde auf den Grundmauern der 1589 abgebrann-

Haus Kemnade

ten ersten Wasserburg errichtet, und zwar in den Jahren 1602 - 1704. Die Bauarbeiten, die der Lehnsträger Wennemar von der Recke 1602 begann, wurden durch den spanisch-niederländischen Krieg, den jülisch-klevischen Erbfolgekrieg und schließlich durch den Dreißigjährigen Krieg unterbrochen und verzögert. Erst 1662 setzte sein Nachfolger, Johann Georg von Syberg („Raubritter Joost“) die Arbeiten fort. Wie bereits erwähnt, lieferte die Burg Blankenstein, deren Abbruch er erwirkte, das nötige Baumaterial.
Sein zweiter Sohn, Friedrich Mathias von Syberg, der 1679 Lehnsträger wurde, beendete die Arbeiten in den Jahren 1702/1704.
In langer Bauzeit war aus heimischem Ruhrsandstein das heutige Haus Kemnade entstanden, ein Burghaus, das durch die geschlossene Bauweise und die schlichte Gestaltung der Fassaden auffiel. In den folgenden Jahren gehörte es zum Besitz der verschiedenen Lehnsträger, bis Kaiser Napoleon das Lehnswesen im Jahre 1809 aufhob. Die Wasserburg kam damit in den persönlichen Besitz seiner Bewohner.
Im Jahre 1921 erwarb die Stadt Bochum Haus Kemnade von dem damaligen Eigentümer, dem königlichen Kammerherrn Baron Ludwig von Berswordt-Wallrabe.

Als Zeugnis früherer Baukultur steht Haus Kemnade, ein Bauwerk der Renaissance, unter Denkmalschutz. Bedeutungsvoll sind der Rittersaal im ersten Obergeschoß mit seiner kunstvollen Stuckdecke, dem großen Renaissance-Wappenkamin und den vier Gobelins aus Tournai aus dem Jahre 1725, die Szenen aus dem Leben Don Quijotes zeigen. Auch die gotische Kapelle im Erdgeschoß sowie der Kamin im kleinen Saal mit Darstellungen der Schöpfungsgeschichte gehören zu den Sehenswürdigkeiten des Hauses.

Neben den zum Hause gehörenden Kostbarkeiten beherbergt die Wasserburg heute auch die Stadthistorische Sammlung mit dem Kortumarchiv und die Musikinstrumentensammlung Hans und Hede Grumbt. Die Stadthistorische Sammlung zeigt alte und neue Ansichten von Bochum, Pläne, Modelle und Fotos. Das Hauptstück der Kortumsammlung ist die Handschrift der „Jobsiade" des Stadtarztes C.A. Kortum aus dem Jahre 1783.

Östlich der Oberburg steht ein Vierständer-Fachwerkhaus, das um 1800 erbaut wurde und in dem die Stiepeler Meierei untergebracht war. Um es vor dem Verfall zu bewahren, wurde es Anfang der siebziger Jahre an seinem alten Standort zerlegt und hinter Haus Kemnade wieder aufgebaut und eingerichtet. Das Bauernhausmuseum zeigt eine Sammlung ländlicher Kultur, zu der Möbel des 16. – 18. Jahrhunderts aus Westfalen und dem Bergischen Land sowie bäuerliches Gerät gehören.

Nach diesen interessanten Ausführungen des Amtes für Öffentlichkeitsarbeit der Stadt Bochum kommen wir nun zum sagenhaften Teil des Berichtes:

Demnach hat Gräfin Imma, die Gründerin der alten Stiepeler Dorfkirche, Haus Kemnade schon um das Jahr 1000 erbauen lassen. Gegenüber von Haus Kemnade, auf einem Steilhang, lag in alter Zeit die „Hünenburg", eine sächsische oder fränkische Wallanlage, als deren Erbauer man sich in späterer Zeit die „Hunnen" vorstellte. Die Ruhr floß damals noch direkt unterhalb des Steilhanges und gewährte den Burgbewohnern somit einen zusätzlichen natürlichen Schutz vor feindlichen Angriffen. An anderer Stelle wird berichtet, die „Hünenburg" sei in Wahrheit eine hochmittelalterliche Burganlage gewesen,

wobei man sich auf eine Wandmalerei des 15. Jahrhunderts in der alten Stiepeler Dorfkirche beruft:
An der Nordwand des Altarraums ist der Drachenkampf des heiligen Georg dargestellt. Zwei auf Anhöhen gelegene, das Kampfgeschehen einrahmende Burgen sowie der am unteren Bildrand verlaufende Fluß lassen den Eindruck entstehen, daß der Künstler die Georgslegende in die Stiepeler Gegend verlegt hat. Einige Lokalhistoriker vermuten, die auf dem Bild rechts oben gelegene Burg sei Blankenstein; und weil das im Tal liegende, wasserumgebene Haus Kemnade wohl kaum als Höhenburg dargestellt worden wäre, soll links im Bild die heute nicht mehr vorhandene „Hünenburg" dargestellt sein. Ein in den Fluß gemalter Totenschädel könnte auf das verheerende Hochwasser des Jahres 1486 hinweisen, bei dem die Ruhr ihr Flußbett wechselte. „Hünenburg" lautet noch heute die Flurbezeichnung gegenüber von Haus Kemnade zwischen „Wittener Straße", „Im Hammerthal", „Rüsbergstraße" und der A 43. Ungefähr ein Drittel des Steilhanges an der „Hünenburg" wurde im Laufe der Zeit durch einen Steinbruchbetrieb abgetragen.

Das Gnadenbild der alten Stiepeler Dorfkirche

Ein überregional wenig bekanntes Juwel sakraler Baukunst ist die (heute evangelische) Pfarrkirche in Bochum-Stiepel. Man findet die Kirche im Zentrum des alten Dorfes Stiepel im Bochumer Süden an einem Hang über der Ruhr gelegen. Betritt man den mauerumwehrten Kirchbezirk, kommt man an zahlreichen, schön gestalteten und interessant beschrifteten Grabsteinen aus früheren Jahrhunderten vorüber, die eng an die Kirchmauer gelehnt oder von altem Baumbestand überdeckt ihr verträumtes Dasein fristen. Das Innere der kleinen Saalkirche überrascht durch eine Fülle wertvoller Wandfresken aus dem 12. bis 16. Jahrhundert.
Die Gründung der Stiepeler Dorfkirche – eines der ältesten Gotteshäuser im Ruhrtal – ist untrennbar verbunden mit der Lebensgeschichte ihrer Stifterin, der Gräfin Imma, die aus dem Geschlecht des Sachsenherzogs Wittekind stammte.

Alte Stiepeler Dorfkirche

Nach Fürsprache von Immas Bruder Meinwerk, dem Hofkaplan des Kaisers Otto III. und späteren Bischof von Paderborn, schenkte Kaiser Otto im Jahre 1001 ihrem Mann, dem Grafen Liudger, den Hof Stiepel. Auf Vermittlung von Kaiser Heinrich II. hin soll der Erzbischof Heribert von Köln am 6. April 1008 der Gräfin Imma seine Einwilligung zum Bau einer Eigenkirche in Stiepel zu Ehren der Jungfrau Maria gegeben haben.

Nach dem Tod ihres Mannes ging Imma nach Bremen, wo ihr Vetter Unwan Erzbischof war. Seit dem 15. Jahrhundert wird die 1038 verstorbene Gräfin Imma in Bremen als Heilige verehrt. Sie gilt als große Wohltäterin der Kirche und der Armen.

Stiepel vermachte sie dem Dom zu Bremen, von dort kam der Ort 1393 als Lehen an die Edelherrn zur Lippe; diese vergaben Stiepel ebenfalls als Lehnsgut. Die letzte Belehnung erfolgte 1808 an von Syberg.

Seit dem Mittelalter war die Stiepeler Dorfkirche ein bekannter Marienwallfahrtsort. Papst Bonifaz VIII. gewährte dem Gotteshaus 1295 acht Ablaßtage. (Nach der Vorstellung der katholischen Kirche büßen Verstorbene, bevor sie die Herrlichkeit Gottes schauen, je nach Lebenswandel eine zeitlich begrenzte Sündenstrafe im Fegefeuer ab. Durch Wallfahrten und damit verbundene Ablaßtage kann der Gläubige seine Sündenstrafe schon im voraus verkürzen.)

Das damals hoch verehrte Marienbildnis ging aus unbekannten Gründen verloren. Das zweite, heute noch existierende Gnadenbild, entstand vermutlich in der ersten Hälfte des 15. Jahrhunderts und dürfte in Westfalen angefertigt worden sein.

Dieses neue Gnadenbild, wird heute noch in Stiepel verehrt – und zwar nicht mehr in der alten Dorfkirche, sondern in der neuen St. Marien-Wallfahrtskirche „Am Varenholt“. Seine Geschichte ist es wert, hier kurz berichtet zu werden:

Zu Beginn des 17. Jahrhunderts (etwa um 1610) trat die bis dahin katholische Bevölkerung Stiepels geschlossen zum evangelischen Glauben über. Die alte Wallfahrtskirche wurde nun Eigentum der evangelischen Kirchengemeinde. Zwar war mit diesem Vorgang die althergebrachte Marienverehrung in Stiepel nicht formell abgeschafft. Doch ließ der Strom der Wallfahrer im Laufe der Jahre deutlich nach.

Grabstein auf dem Friedhof der alten Stiepeler Dorfkirche

So kam es, daß der Wallfahrtsaltar 1740 abgebrochen und das Gnadenbild in eine dunkle Kirchenecke verbannt wurde. Dort blieb die kleine Plastik bis zum Jahre 1825. Und weil sich um sie bis dahin kaum jemand gekümmert hatte, wurde sie in der Folgezeit mehrfach verschenkt bzw. verkauft. Einer der neuen Besitzer, der Rektor Giese, vermachte auf seinem Totenbett das Gnadenbild seinem Bruder mit den Worten: „Dieses Muttergottesbild mußt du gut verwahren, und es muß in unserer Familie bleiben. Sollte in Stiepel wieder einmal katholischer Gottesdienst sein, dann müßt ihr sorgen, daß es nach Stiepel zurückkommt." Dieses Vermächtnis wurde getreulich erfüllt, wenn auch auf verschlungenen Wegen: zunächst trat das Gnadenbild eine lange Wanderung an und galt danach als verschollen.
Infolge der aufstrebenden Industrialisierung des Ruhrgebiets blieb es nicht aus, daß auch nach Stiepel wieder Katholiken kamen, deren seelsorgerische Betreuung seit 1842 von Blankenstein aus erfolgte. Erst im Jahre 1902, zum Fest Mariae Himmelfahrt, wurde in Stiepel wieder die heilige Messe gefeiert. Unter der Führung des Blankensteiner Pfarrers

Wächter hatten sich die Stiepeler Gläubigen an diesem Tage im Tanzsaal einer Gaststätte (!) versammelt. Pfarrer Wächter war es auch, der in der Folgezeit begann, nach dem alten Gnadenbild zu forschen. Nach vielen vergeblichen Anläufen fand er es in (Marl-)Polsum wieder, und es gelang ihm, die Plastik nach Blankenstein zu holen.
Nun ging man daran, eine neue katholische Kirche für die Stiepeler Gemeinde zu bauen. 1913/15 waren Kirche und Pfarrhaus fertiggestellt. Aber es dauerte noch bis zum Jahre 1920, als zur Fronleichnamsoktav das Gnadenbild in feierlicher Prozession von Blankenstein in die neue katholische Kirche überführt werden konnte. Damit war dem Wunsch, den Rektor Giese einst auf dem Totenbett ausgesprochen hatte, Rechnung getragen.
Schon bald knüpften die Gläubigen wieder an die alte Wallfahrttradition an, und es begann eine neue Ära der Marienverehrung in Stiepel. Bereits zehn Jahre später, 1930, erklärte der Paderborner Erzbischof Caspar Klein die katholische Kirche in Stiepel zur „Wallfahrtskirche zur Schmerzhaften Mutter".
Bis heute hat der Pilgerstrom nach Stiepel unvermindert angehalten. Begünstigt durch bauliche Erweiterungen und Verschönerungen aus neuerer Zeit hat sich die Stiepeler Wallfahrtsstätte zu einem Zentrum der Marienverehrung entwickelt, dessen Bedeutung nicht zuletzt das neu errichtete Zisterzienserkloster unterstreicht, welches 1990 vom Ruhrbischof Dr. Hengsbach feierlich geweiht wurde.
Doch das Stiepeler Gnadenbild hat nicht nur eine interessante Geschichte, es ist auch legendenumrankt:

Zur Zeit der Reformation hat man das Stiepeler Gnadenbild in die Ruhr geworfen. In einem Kolk bei (Hattingen-) Baak blieb es im Gestrüpp hängen. Aber auch da stieß man es wieder in die Ruhr zurück. Das Gnadenbild trieb nun ab bis (Essen-) Werden. Dort blieb es mitten auf dem Wasser stehen und schwamm nicht weiter. Die Leute meldeten es ihrem Pfarrer. Man fischte es aus dem Wasser und stellte es auf einen Altar in der Abteikirche. Dort wurde es weiter verehrt. Allein, seit das Gnadenbild in den Mauern Werdens stand, kam Unglück über Unglück in die Stadt. Besonders ein Bauersmann wurde arg heimgesucht. Unglück im Stall, in der Familie und endlich noch Blitzschlag und Brand. Schon lange ging die Mär, daß all das Unglück mit dem Stiepeler Gnadenbilde zusammenhängen müsse. Unserm Bauersmann riß der Geduldsfaden. Er lief in seinem Zorne zum Altare, riß das Bild herab, legte es auf einen Hauklotz und wollte es zerspalten. Doch siehe da, das Gnadenbild widerstand den Axthieben, und aus den Hiebstellen quoll helles Blut hervor. Erschreckt lief der Bauer zu seinem Pfarrer. Dieser aber war schon lange der Meinung, das Gnadenbild wolle und müsse wieder zurück nach Stiepel. Und so geschah es auch. Man brachte das Bild wieder an seinen alten Platz nach Stiepel, und der Unglücksengel mied von da ab die Stadt Werden. (Deuschle)

Heilige Brunnen

Zwischen den Bezeichnungen Brunnen und Quelle wurde in alter Zeit nicht unterschieden. (Mineral-) Brunnenwasser wird bis heute aufgrund seiner reinigenden, erfrischenden und oftmals heilenden Wirkung wunderbare Kraft zugeschrieben, weshalb solche Quellen nicht selten im Ruf standen, von germanischen Gottheiten oder – seit der Christianisierung – von Kirchenheiligen angelegt worden zu sein. Wegen der existentiellen Bedeutung des Wassers für Mensch und Tier ranken sich allerlei Bräuche um Quellen und Brunnen. So wurden in einer Art Fruchtbarkeitszauber Neuvermählte in Brunnen getaucht. Brunnen galten aber auch als Eingang zur Unterwelt, als Pforte zum Reich der Unterirdischen und sogar als Einstieg zur Hölle. Bis in unsere Zeit sind Brunnen Orte seltsamen Geschehens: Wer kennt nicht den Brauch, an historisch sehenswerten Stätten Geldmünzen in Brunnen zu werfen, die bewirken sollen, daß man zu diesem Ort zurückkehren wird. Denken wir auch an die sogenannte „Lehrlings- oder Soldatentaufe", wobei ein junger Auszubildender bzw. Wehrpflichtiger vor der Aufnahme in die Gemeinschaft bekleidet unter die kalte Dusche gestellt wird. Man wird es kaum glauben, aber Vorbilder für diese feuchten Späße sind rituelle Reinigungsbäder, bei denen, vorbereitend auf einen neuen Lebensabschnitt, aller Unrat abgewaschen werden sollte. Natürlich ranken sich um Quellen und Brunnen seit alters her viele Sagen und Märchen.

Erwähnt sei nur die Königstochter: ihr goldener Ball plumpste beim Spiel in den Brunnen, der „Froschkönig" holte ihn wieder vom Grund herauf...; oder erinnern wir uns an das junge Mädchen, dessen Spinnspule in den Brunnen fiel, und sie selbst bald darauf ebenfalls... im Reich von „Frau Holle" fand sie sich wieder...
Aber auch in Bochum gibt es sagen-hafte Brunnen:

Das Hilgenpüttgen

Unweit der alten Stiepeler Dorfkirche liegt eine Quelle. Am Tag, an dem die Reformation in dieser Gegend Einzug hielt, versenkte der damalige Pfarrer im Anschluß an eine Fronleichnamsprozession in ihr eine Hostie. Seit dieser Zeit wird die Quelle im Volksmund das „Hilgenpüttgen" (heilige Quelle) genannt. Mit ein paar Tropfen aus diesem Born - dem auch eine heilende Wirkung zugeschrieben wurde - pflegten vormals Eltern ihre Kinder zu segnen. In der Nähe der Quelle stand ein Heiligenhäuschen, in dem noch zur Mitte des letzten Jahrhunderts wallfahrende Katholiken einen Ort zur stillen Einkehr fanden.

(Das erste evangelische Abendmahl in Stiepel gab Pfarrer Henricus Kluvenbeck im Sommer des Jahres 1596. Seinen im Jahre 1630 am Kirchturm aufgestellten Grabstein ziert bis heute ein Abendmahlskelch.)
Das Hilgenpüttgen ist vor wenigen Jahren neu eingefaßt worden und unweit der Kirche auf dem Städtischen Friedhof zu besichtigen.
In Bochum-Mitte gab es sogar einen wundertätigen Brunnen:

Der Brunnen am Schwanenmarkt

Nachdem der heilige Suitbert seine Missionstätigkeit in Friesland wegen politischer Schwierigkeiten vorzeitig abbrechen mußte, ging er in das Land zwischen Ruhr und Lippe, das heutige Ruhrgebiet. Nun missionierte er bei den Brukterern, einem germanischen Volksstamm, der auch in der Gegend von Bochum siedelte. In dieser Zeit (vor dem Jahre 695) hat der heilige Suitbert auch die Quelle am Schwanenmarkt geweiht. Seit jenen Tagen war der Born heilkräftig bei mancherlei Leiden, vor allem aber bei Augenkrankheiten. Aus allen Bochumer Stadtteilen pilgerten Menschen zu diesem selbst in trockenen Jahren nie versiegenden Brunnen, um daraus wundertätiges Wasser zu schöpfen.

Die Stadt Bochum ließ diese Quelle noch vor Beginn des 20. Jahrhunderts mit rotem Sandstein kunstvoll einfassen. Leider wurde dieser Brunnen in der Nacht vom 4. zum 5. November 1944 – zusammen mit großen Teilen der Innenstadt – im Bombenhagel zerstört. Heute erinnert nichts mehr an den „wundertätigen Brunnen" am Schwanenmarkt.

Auf dem „Schwanenmarkt" wurden übrigens keine Schwäne verkauft, sondern Schweine.

Dieser Markt befand sich dort, wo heute die „Beckstraße" auf den „Ostring" trifft.

Der heilige Suitbert mußte um 695 unsere Gegend verlassen, denn aus dem Norden drängten die Sachsen ins heutige Ruhrgebiet und rissen die Herrschaft an sich. Sie zerstörten den zarten Keim des christlichen Glaubens, den die Missionare gelegt hatten. Suitbert suchte daraufhin Zuflucht bei Pippin II. (635 – 714), dem Urgroßvater Karls des Großen, der ihm im fränkischen Grenzgebiet, im heutigen Kaiserswerth am Rhein, Land zur Gründung eines Benediktinerklosters schenkte. Als Suitbert am 1. März 713 starb, wurde er dort bestattet. Der Legende nach wurde er um das Jahr 800 von Papst Leo III. in Gegenwart von Kaiser Karl dem Großen in Kaiserswerth heiliggesprochen.

Königreich Stiepel

Anfang des 19. Jahrhunderts hielt Napoleon, Kaiser der Franzosen, die linksrheinischen deutschen Gebiete besetzt; seinerzeit gehörte ein Großteil des heutigen Ruhrgebietes zum Königreich Preußen. Preußen wurde bedrängt und fand in Sachsen und Rußland Verbündete gegen die Machtansprüche des französischen Herrschers. Ein an Napoleon gestelltes Ultimatum mit der Forderung nach Abzug aller rechtsrheinisch stehenden Truppen blieb unerfüllt und führte 1806 zum sogenannten 4. Koalitionskrieg. Noch im selben Jahr gewann Napoleon diese militärische Auseinandersetzung, und Preußen wurde von französischen Soldaten eingenommen.

Wir befinden uns im Jahre 1806. Das ganze Ruhrgebiet ist von den napoleonischen Truppen besetzt... Das ganze Ruhrgebiet? – Nein! Ein von unbeugsamen Stiepelern bevölkertes Dorf hört nicht auf, Widerstand zu leisten.

Und das Leben ist nicht leicht für die französischen Soldaten...

Die napoleonischen Truppen sollten nun auch den Landkreis Bochum und die umliegenden Ortschaften besetzen. So marschierte ein französischer Offizier mit einer Kompanie – nachdem die Stadt Bochum übergeben worden war – in Richtung Süden, immer der Landstraße entlang, um weitere Dörfer einzunehmen. Sie marschierten und marschierten, als sie, noch in einiger Entfernung, eine mittelgroße Ortschaft vor sich liegen sahen.

Ach, wie freute sich der Offizier, auch dieses Dorf dem großen napoleonischen Kaiserreich einverleiben zu können. Gleich marschierten die Soldaten doppelt so schnell, und sie erblickten bald ein Ortsschild. Noch war der Name undeutlich zu erkennen. Sie kamen näher – nun war das Schild erreicht.

Doch was war das? Dort stand geschrieben: „KÖNIGREICH STIEPEL“! Der Offizier stutzte..., suchte seinen Marschbefehl – ja, da stand geschrieben, er solle den Landkreis Bochum nebst umliegende Ortschaften besetzen, aber ein fremdes Königreich namens STIEPEL war hier nicht erwähnt! Was nun?

Der Offizier überlegte: „Ich kann doch nicht auf eigene Faust ein Königreich einehmen! Vielleicht steht der hiesige Monarch sogar in

einem freundschaftlichen Verhältnis zu Frankreich? – Falsches Verhalten gäbe womöglich böse diplomatische Verwicklungen auf höchster politischer Ebene! Das würde Ärger mit sich bringen, und mit der Beförderung wäre es dann wohl auch vorbei!
Das Argument zog. „HALT! KEHRT!“ rief er.
Und so marschierte der Offizier mit der Kompanie wieder zum Hauptquartier zurück.
Dort angekommen, knallte er seinem Vorgesetzten den Marschbefehl auf den Tisch und meinte: „Na, Sie sind mir der Richtige, geben mir den Auftrag, Bochum nebst den umliegenden Orten zu besetzen, aber von einem „KÖNIGREICH STIEPEL“, welches ich irrtümlicherweise beinahe auch besetzt hätte, erwähnten Sie nichts!“
“KÖNIGREICH STIEPEL?“ meinte der Vorgesetzte, „nie gehört!“ Er kramte die Landkarten hervor, betrachtete sie und sprach: „Hier liegt Bochum, dort Langendreer, Querenburg, Weitmar, – Stiepel? Stiepel! Aber von einem Königreich steht hier nichts vermerkt!!!“ Da fiel es den Offizieren wie Schuppen von den Augen – die Stiepeler Bürger hatten sich wohl einen Scherz erlaubt und einfach „KÖNIGREICH“ neben den Ortsnamen geschrieben, um die französischen Soldaten in die Irre zu leiten.
Die Offiziere konnten sich des Schmunzelns kaum erwehren, waren sie doch einer „tollen Münchhausiade“ auf den Leim gegangen.
Daher, zwei Tage später, manchte sich die Kompanie wieder auf den Weg und nahm Stiepel, das seltsame Königreich, ein.
Doch immerhin, immerhin – dank ihrer Schlitzohrigkeit brauchten die Stiepeler zwei Tage weniger die französische Besatzung zu erdulden.
Politisch betrachtet hatte Stiepel eine auffällige Sonderstellung in der Region. Der Ort lag zwar in der Grafschaft Mark, bildete aber, ebenso wie eine handvoll weiterer Siedlungen, einen eigenen Herrschaftsbezirk. Nicht die Grafen von der Mark waren Lehnsherren in Stiepel, sondern die Edelherren von Lippe in Detmold. Charakteristische Hoheitsrechte, wie die Gerichtsbarkeit, das Kirchen- und Steuerwesen usw. wurden innerhalb der Herrschaft Stiepel von dem örtlichen Ritter (Lehnsnehmer) wahrgenommen. Die weitgehende politische Eigenständigkeit des Ortes – Detmold war weit entfernt – führte zu einem

ausgeprägten lokalen Selbstbewußtsein der Bewohner, was wiederum dazu führte, daß manche von ihnen den Ort „Halsgericht Stiepel" oder gar „Königreich Stiepel" zu nennen pflegten.

Der erlöste Geist

Freitod galt in germanischer Zeit nicht als Vergehen. Diese Einstellung änderte sich mit dem Aufkommen der christlichen Lehre ins Gegenteil. Allen voran verurteilte der heilige Augustinus, einer der einflußreichsten Kirchenlehrer, der von 354 bis 430 lebte, den Freitod aufs schärfste. Die katholische Kirche stellte den Freitod mit Mord (Selbstmord) gleich, also einer Todsünde. Es hieß: der Mensch erhält sein Leben von Gott allein, und aus diesem Grund hat auch nur Gott allein das Recht, den Todeszeitpunkt zu bestimmen.

Diese Einstellung spiegelte sich im Laufe der Zeit auch im juristischen Bereich, in der Volksmeinung, in den Volkssagen und im Aberglauben unserer Vorfahren wider.

Im abergläubischen Denken war der Körper und der Besitz eines Selbstmörders gefürchtet. Große Angst herrschte, daß ein Selbstmörder im Tode keine Ruhe finden und als Wiedergänger den Angehörigen Unheil bringen könne. Allerlei Vorsorgemaßnahmen gegen dieses Wiedergängertum waren bekannt; so versuchte man den Leichnam durch das Abtrennen des Kopfes, Pfählen oder Verbrennen unschädlich zu machen. Wenn – entgegen der Regel – Selbstmörder auf einem Friedhof bestattet werden durften, dann ausschließlich an abgelegenen Stellen. Oftmals wurden die Körper an Hinrichtungsstellen (z. B. Galgen) ohne kirchlichen Segen verscharrt.

Auch die evangelischen Konfessionen teilten die Meinung der katholischen Kirche. Der Reformator Martin Luther war der Auffassung: Selbstmörder werden vom Teufel zu ihrer Tat getrieben!

In Deutschland ist ein Selbstmordversuch juristisch nicht mehr strafbar, wohl aber in anglo-amerikanischen Ländern.

In Stiepel wohnte einst ein roher und habgieriger Bauer. Ihm war sein ererbter Hof nicht groß und nicht reich genug, deshalb beging er Grenzfrevel.
Er versetzte nachts heimlich die Grenzsteine, die seine Felder markierten, ein Stück weiter auf die nebenanliegenden Äcker. Auch scheute der Bauer nicht davor zurück, die Leute auf dem Markt zu betrügen und Nachbarn zu bestehlen. Sein unseliges Treiben gipfelte in einem heimtückischen Mord: hinterrücks erschlug er einen Kaufmann. Nun war das Maß seiner Verbrechen voll. Der Bauer wußte: Es würde nicht mehr viel Zeit vergehen, bis das Stiepeler Halsgericht ihm zu Leibe rücken würde. Er fürchtete sich. Er fürchtete sich so sehr vor der ihn erwartenden harten Strafe, daß er beschloß, sich eher selbst zu töten, als elendig am Galgen aufgeknüpft zu werden. Und so geschah es dann auch: Der habgierige Bauer nahm sich das Leben. Seitdem war er dazu verdammt, allnächtlich auf dem väterlichen Hof sein Unwesen zu treiben. Sein Bruder, der den Hof erbte, wollte nicht an einen nächtlichen Spuk glauben, sondern vermutete einen übermütigen Knecht oder einen Dieb hinter dem seltsamen Geschehen. Eines Abends lauerte er dem Unbekannten auf. Schon wollte der Bauer auf die um Mitternacht erscheinende Gestalt einschlagen, als er zu seinem größten Schrecken seinen verstorbenen Bruder in der Erscheinung erkannte. Das Gespenst beschwor ihn flehentlich: „Nimm den Fluch meiner Sünden von mir, damit ich die ewige Ruhe finden kann!" Gleich am nächsten Tag bat der neue Hofherr einen frommen Einsiedler, die Seele seines fluchbeladenen Bruders retten zu helfen.
Als nun zur Geisterstunde der Spuk von neuem begann, trat der Einsiedler dem Gespenst mit feierlich ausgebreiteten Händen entgegen und segnete den Verdammten, wobei er laute Gebete zum Himmel sandte. Da umhüllte eine dichte Wolke den bisher so ruhelosen Geist des Verstorbenen; laut begann dieser zu jubeln, und plötzlich hatte die Wolke ihn entrückt. Von dieser Stunde an ist das Gespenst nicht mehr in Stiepel gesehen worden. Die Seele des Verstorbenen war nun erlöst, endlich hatte sie ihren ewigen Frieden gefunden.

Die Esel von Stiepel

– Ein Märchen –

Im Lande Westfalen liegt an der Ruhr ein Dorf, das heißt Stiepel. Dort kamen einmal zur gleichen Stunde drei Esel auf die Welt, die anfangs ganz wie ihresgleichen schienen. Doch bald zeigte es sich, wie sehr sie von den anderen verschieden waren. Der erste Esel hatte eine gewaltige Stimme, und sein Atem war so stark wie ein Sturmwind; der zweite konnte laufen so schnell wie keiner und schlug mit seinen Hufen nieder, was ihm im Wege stand; der dritte aber hatte einen Magen, in den ging alles hinein. Und allesamt waren sie ausgelassen und ließen sich nicht bändigen. Da sprachen die Bauern zu ihnen: „Ihr seid zu nichts zu gebrauchen! Begebt euch auf die Wanderschaft und versucht anderswo euer Glück; in Stiepel könnt ihr nicht länger bleiben!"

So schlug die Abschiedsstunde. Das Scheiden tat den Eseln bitter weh. Sie stiegen auf einen Hügel, von dem sie Stiepel, die Ruhr und die Burg Blankenstein gar herrlich in der Morgenfrühe liegen sahen. Dort beschlossen sie, noch einmal eine Probe ihrer Kraft zu geben, damit die Stiepeler recht lange an sie zurückdenken würden. Der erste Esel tat sein Maul auf und brüllte, wie es noch niemals gehört worden war. Selbst die Schwerhörigen und Tauben sprangen aus den Betten, um zu sehen, was es denn gäbe. Der zweite Esel schlug, als alle Stiepeler angstvoll aus der Ferne zuschauten, mit seinen Füßen gegen eine alte Eiche; sie knickte um, rollte mit Getöse den Hügel hinab und richtete großes Unheil an. Der dritte Esel stürzte sich über ein langes und breites Feld, auf dem am Abend zuvor das Gras geschnitten worden war. Das vertilgte er nun im Handumdrehen, daß nichts mehr davon zu sehen war, und das Entsetzten war groß. Ehe die Bauern zur Rache ausrücken konnten, waren die Esel auf und davon, voran jener, der so überaus starke und schnelle Beine besaß. Als die Esel an die Ruhr gekommen waren, sahen sie dort ein Schiff auf den Wellen schaukeln. Das war mit Kohlen beladen, und der Schiffer stand am Ufer und schaute ratlos drein. „Was ist dir, Schiffer?" fragten die Esel. „Ach", entgegnete dieser, „mir ist mein Knecht davongelaufen. Nun weiß ich nicht, wie ich mein Schiff den Fluß hinabbringe bis dort, wo die Ruhr in den Rhein fließt."

„Wenn dir weiter nichts fehlt", sagten die Esel, „so kann dir geholfen werden. Wir sind gerade auf dem Wege, in die Welt zu wandern. Da wollen wir dein Schiff schon weiterbringen."

Nun war der Mann seine Sorge los. Er schwamm zum Schiffe hinüber, befestigte dort lange Stricke und schwamm mit den Enden wieder zurück. Die gab er den Eseln in das Maul, und sie hielten fest und zogen das Schiff am Ufer weiter. Als die Esel schon eine gehörige Strecke hinter sich gebracht hatten, schien ihnen das Schiff schwerer zu werden. Sie blickten hin, wie es langsam ruhrabwärts fuhr, und entdeckten eine Nixe, die hatte sich angehängt und lachte zu den Eseln herüber. „Willst du das Schiff wohl fahren lassen", riefen die Esel erzürnt. „Laßt mir doch den kleinen Spaß", bat die Nixe, „ich will dafür zum Abschied mit gutem Rat nicht sparen." Da ließen die Esel sie gewähren, und es war eine ganz vergnügte Reise. Endlich kamen sie an eine Stadt, da floß die Ruhr in den mächtigen Rhein. Nun plätscherte die Nixe ans Ufer und sprach zu den Eseln: „Wenn ihr das Schiff hier im Hafen gelassen habt, schreitet rüstig weiter und wandert nach Holland über den Rhein. Das wird euch nicht gereuen." Da nahmen die Esel Abschied von der Nixe und zogen den Rhein entlang und weiter, bis sie nach Holland kamen. In Holland war große Not. Seit vielen Wochen hatte es keinen Tropfen geregnet. Ununterbrochen lachte die Sonne, und das ganze Land war ausgetrocknet. Mit traurigen Gesichtern gingen die Leute umher und starrten in den Himmel, ob nicht bald ein Wölkchen käme.

Vor der Hauptstadt von Holland gewahrten die Esel einen Gärtner, der ihnen entgegen kam und zornig vor sich hinmurmelte. „Was ist mit dir", fragten sie ihn, „ und was ist mit Holland geschehen?"

„Holland ist so heiß wie ein Bratofen geworden", sagte der Gärtner, „und ich bin der Hüter der königlichen Tulpenfelder. Wenn das so mit der Hitze weitergeht, falle ich beim König in Ungnade. Denn die Tulpen, die seine Lieblingsblumen sind, lassen schon samt und sonders die Köpfe hängen." „Warum trägst du denn kein Wasser hin und begießt deine Tulpenfelder?" fragten die Esel. „Ach", seufzte der Gärtner, „alle Kanäle sind ausgetrocknet, und ehe einer das Wasser vom Rheine bis hier herunter bringt, ist es längst in den Bottichen verdunstet."

Alter Ruhrarm bei Stiepel

Da sprach der eine Esel zu den andern beiden: „Wir wollen uns hier trennen, liebe Brüder, und uns erst wieder treffen, wenn es in Holland geregnet hat. Lebt wohl, ich gehe mit dem Gärtner! Ich will sehen, was sich machen läßt." Als er das gesprochen hatte, nahm er Abschied von seinen beiden Gefährten, die ihres Weges weiter zogen, und ging mit dem Gärtner, bis sie an die Tulpenfelder gelangten. Da rief der Esel aus: „Was ist das für eine Pracht in rot und gelb und weiß und blau, so weit das Auge reicht! Es wäre ein Jammer, wenn diese Blumen verdorren müßten." „Nun sieh zu", erwiderte der Gärtner, „ob du hier helfen kannst." „Deswegen sorge dich nicht", sprach der Esel, „ich habe so schnelle Beine, daß keiner mich übertreffen kann. Hänge mir rechts und links über den Rücken einen Bottich, der zu verschließen ist. So will ich zwischen dem Rheine und deinen Tulpenfeldern hin und her laufen und soviel Wasser besorgen, wie du zum Gießen für deine Blumen nötig hast." „Wenn du das fertig bringst", sagte der Gärtner, „dann wirst du hoch in des Königs Gunst stehen und ein gemachter Mann sein."

Da ließ sich der Esel die Bottiche über den Rücken schnallen und lief zwischen dem Rheine und des Königs Tulpenfeldern hin und her, und der Gärtner konnte alle Blumen begießen. Da wurden sie wieder frisch und richteten sich auf. Der Gärtner schnitt einen großen Strauß und brachte ihn vor den König. Der saß, sein Haupt in die Hand gestützt, auf seinem Thron und dachte darüber nach, wielange schon diese Hitze in Holland herrschte. Da sah er die Tulpen und rief aus: „Was sehe ich! Das sind ja frische Tulpen! Nun sage mir nur, Gärtner, woher hast du diese in einer Zeit, wo jeder Grashalm im Sonnenbrand verdorrt?"
„Es sind drei Esel aus Stiepel gekommen", erzählte der Gärter, „und wandern durch Holland. Einer davon, der läuft wie der Wind. Der hat sich zu mir gesellt und trägt mir Wasser vom Rheine herbei, so daß ich die Tulpen begießen kann."
Sprach der König: „Laß den Esel nur weiter für Wasser sorgen; doch ist die Zeit der Hitze vorbei und alles wieder wie ehedem, dann führe ihn zu mir, damit ich ihn belohnen kann." Das versprach der Gärtner dem König und kehrte zufrieden in die Tulpenfelder zurück. Die beiden anderen Esel waren weitergewandert und stießen nach geraumer Zeit auf einen Müller, der die Zipfelmütze über sein Gesicht gezogen hatte und vor seiner Mühle schlief. Sie weckten ihn und fragten, warum er denn schlafe, anstatt auf seine Mühlen zu achten. „O je", erzählte der Müller, „alle Mühlen, die ihr hier erblicken könnt, gehören dem König von Holland. Das ist ein lustiges Geklapper, wenn sie alle mahlen und sich drehen." „Warum drehen sie sich denn nicht", fragten die Esel. Der Müller erwiderte: „Seit Wochen weht in Holland kein Lüftchen, und Wind gibt es keinen mehr. Da bleiben alle hundert Windmühlen stehen."
Die Esel fragten: „Was sagt der König dazu?"
„Der ist betrübt", berichtete der Müller, „wenn die Windmühlenflügel das Klappern verlernen, dann gibt's kein Brot."
Sprach der zweite Esel zu dem dritten: „Gehe du weiter, ich will hier bleiben und sehen, was sich machen läßt." Und er blieb bei dem Müller.
Der Müller sagte: „Wissen möchte ich schon, wie du hier helfen willst."
„Höre", sprach der Esel, „ich habe eine Stimme und kann brüllen, daß

jeder davor zittert, und habe einen Atem, daß der stärkste Mann umfällt; solcher Windmühlen hundert will ich im Spiele anblasen, daß sich die Flügel drehen." Und er lief umher und blies seinen Atem gewaltig in die Windmühlenflügel. Ehe der Müller sich's versah, drehten sich alle hundert Mühlen, und es war ein Geklapper bis weit übers Land. Die Leute kamen herbei und konnten sich nicht genug wundern. Auch der König hörte davon. Er ließ den Müller holen, lobte ihn und fragte, wie es käme, daß die Mühlen gingen, ohne daß ein Lufthauch sich rührte. Der Müller erwiderte: „Daß die Mühlen klappern, ist nicht mein Verdienst. Es sind zwei Esel von Stiepel an meiner Schwelle vorübergezogen. Einer ist bei mir geblieben; der bläst mit seinem Atem so gut wie der stärkste Wind." Sprach der König: „So etwas habe ich noch nie erlebt! Aber laß ihn blasen, damit die Mühlen mahlen. Doch wenn die Zeit gekommen ist, wo wieder der Wind aus den Wolken weht, führe den Esel herbei, damit ich ihn belohnen kann." Das versprach der Müller nicht zu vergessen und kehrte auf dem nächsten Wege zu seinen Mühlen zurück. Der dritte Esel gelangte endlich bis an das Meer. Da traf er eine Schar von Mädchen an, die am Strand hin und her liefen und jammerten. „Was jammert ihr so und was ist geschehen?" fragte der Esel verwundert. Die Mädchen entgegneten: „Siehst du jenen Turm weit draußen im Meere?" „Den sehe ich wohl", sagte der Esel, „welche Bewandtnis hat es damit?" Die Mädchen erzählten: „Jener Turm gehört der Tochter des Königs, und keiner hat einen Schlüssel dazu als sie allein." „Ja", fragte der Esel weiter, „und was ist mit des Königs Töchterlein?"
„Wir haben miteinander am Strande gespielt", sagten die Mädchen. „Da hat sie auf einmal gerufen: ‚Auf dem heißen Lande gefällt mir's nicht mehr. Ade, ich ziehe in meinen Turm. Mitten im kühlen Meere will ich wohnen!" Und sie ist in ihren Kahn gesprungen und hinausgerudert und sitzt nun im Turm, und keiner kann hinein."
Der Esel fragte: „Was wird der König dazu sagen?"
„O", jammerten die Mädchen, „der wird uns bestrafen, wenn er erfährt, daß seine Tochter sich im Turme verschlossen hält."
Wie sie nun so standen und ratschlagten und jammerten, kam der König mit seinem Gefolge daher, um am Strande Erquickung zu suchen und nach seiner Tochter zu schauen. Da mußten die Mädchen

ihm berichten, was vorgefallen war, und der König wurde von heftigem Zorn ergriffen. „Ihr unachtsamen Mädchen“, schalt er, „so wenig habt ihr auf die Königstochter acht?“ Da warfen sie sich ihm zu Füßen und weinten und beteuerten, es wäre nicht ihre Schuld. Der König aber stand mit finsterem Gesicht da und befahl schließlich seinen Dienern, in Boote zu steigen, hinauszurudern und die eigensinnige Tochter zurückzuholen.

Die Diener fuhren davon. Am Ufer stand der König mit seinem Gefolge, den weinenden Mädchen und dem Esel von Stiepel. Er schaute ihnen nach und sah, wie die Boote auf dem Meere immer kleiner und kleiner wurden. In der Ferne umkreisten sie den Turm, und nach geraumer Zeit kehrten sie zurück. Als sie sich in Rufweite befanden, fragte der König: „Habt ihr mir die Tochter zurückgebracht?“ Aber die Insassen der Boote schwiegen, fuhren ans Ufer und stiegen traurig aus. „Redet“, herrschte der König sie zornig an, „was habt ihr am Turme gesehen, warum kommt ihr ohne die Prinzessin zurück?“

Die Diener sprachen: „Wir haben gesehen, es ist ein hoher Turm und mit Gewalt kann keiner hinein. Drei Fenster sind darin, und in jedes trat eure Tochter. Im ersten stand sie und salbte ihr weißes Gesicht, im zweiten kämmte sie ihr blondes Haar und aus dem dritten schaute sie heraus, lachte und rief uns zu: ‚Kehrt um, ich bleibe hier, solange es mir gefällt!‘“

Als der König das gehört hatte, sprach er: „Jetzt könnte ich einen guten Rat gebrauchen!“

Da trat der Esel vor den König hin und sagte: „Erlaubt, hoher König, daß ich hinausfahre und eure Tochter hole.“

Da lachten die Umstehenden und murmelten untereinander: „Was der Esel sich wohl denkt.“ Doch der König fragte: „Woher kommst du?“ „Ich komme aus Stiepel im Lande Westfalen“, sagte der Esel. „Ei“, rief der König aus, „so versuche nur dein Glück! Einer deinesgleichen läuft hin und her zwischen dem Rhein und meinen Tulpenfeldern und trägt das Wasser herbei, ein zweiter steht zwischen meinen hundert Windmühlen und bläst, wie es der Wind nicht besser könnte. So fahre du denn hinaus und hole meine Tochter!“

Sogleich sprang der Esel in ein Boot. Zwei Diener mußten mit einsteigen, um zu rudern, und über das Meer ging es bis an den Turm.

Dort stand des Königs Tochter am Fenster und hatte alles mitangesehen. Sie rief unmutig: „Da schickt mir mein Vater wahrhaftig einen Esel, um mich zurückzuholen!“ Und sie beschloß, den Turm nicht zu verlassen.
Der Esel aber ließ sich langsam um das Gemäuer fahren, lockerte mit Hufschlägen die Steine und begann ringsum den Turm anzunagen und aufzufressen. Wenn ihm die Steine zu schwer im Magen lagen, spie er sie aus ins Meer und fraß von neuem. Es dauerte nicht lange, da wurde der Turm schwach und wackelte hin und her, und die Königstochter dachte: „Der Esel wird doch nicht den Turm zu Fall bringen und mich elend ins Wasser stürzen lassen?“ Und sie bekam es mit der Angst, eilte die Treppe hinab und rief: „Höre auf, an dem Turm zu fressen! Ehe ich ins Wasser stürze, will ich lieber heimkehren zu meinem Vater.“ Da ließ der Esel sie in das Boot steigen, und sie fuhren zu dritt dem Strande zu. Dort stieg die Königstochter mit mürrischem Gesicht aus, und der König fragte sie: „Was ist dir eingefallen, Tochter, davonzurudern und dich in jenem finsteren Turme einzusperren?“ „Ach Vater“, klagte sie, „ich kann nicht länger diese brütende Hitze ertragen und ansehen, wie alles in Holland dürstet und schmachtet!“
Kaum hatte sie das gesprochen, da pfiff ein Windstoß durch die Luft und fern über dem Meere wurden Regenwolken sichtbar. Der Esel sagte: „Mir scheint, es wird bald Regen kommen.“ Der König lachte: „Das wäre die höchste Zeit.“ Und nun lachte die Königstochter auch. Darauf begaben sich alle in die Königsstadt, und der Esel mußte mitgehen und war hoch angesehen. Bald bedeckte sich der Himmel, und nach langen heißen Wochen strömte der Regen hernieder, und ein kühler Wind wehte über das Land. Da sprach der Gärtner in den Tulpenfeldern und der Müller bei den hundert Mühlen jeder zu seinem Esel: „Komm mit mir! Der König wünscht dich zu sehen.“
So geschah es, daß sich die drei Esel vor dem König von Holland wiederfanden und sich voll Freude begrüßten. Der König sprach zu ihnen: „Ihr seid drei wackere Gesellen und habt mir große Dienste erwiesen. Bleibt bei mir im Lande! Ich will euch einen prächtigen Stall bauen lassen und soviel Wiesen geben, wie ihr nur haben wollt!“
Die Esel sahen sich an und lachten vor Stolz. Doch dann erwiderten sie: „Holland ist ein schönes Land, Herr König, aber nur in der Heimat

kann man glücklich leben. Laßt uns deshalb nach Stiepel in Westfalen zurückkehren!"
Da sprach der König: „Wenn ihr Heimweh habt, so will ich euch nicht halten, so leid mir's tut." Und er hing den Eseln jedem eine goldene Kette um den Hals und ließ sie bis an den Rhein geleiten.
Nun war ihr Name schon weithin gedrungen, und überall, wo sie erschienen, blieben die Leute stehen und sagten: „Das sind die Esel von Stiepel, die Holland aus Not gerettet und viel Ruhm geerntet haben."
So erreichten die Esel bald den Rhein. Hier nahmen sie von ihren Begleitern Abschied und wanderten allein weiter. Als sie wieder an die Ruhr gekommen waren, trafen sie ihren Bekannten, den Schiffer, der eilte ihnen entgegen, um sie zu begrüßen. „Willkommen, ihr berühmten Esel!" rief er aus. „Wohin des Weges?" „Nach Stiepel zurück", sprachen die Esel, „das ist ja unsere Heimat." „So steigt ein bei mir", sprach der Schiffer, „die Kohlen sind hier abgeladen, und mein Schiff fährt leer die Ruhr hinauf." Da bestiegen sie allesamt das Schiff und fuhren bei gutem Wetter nach Hause. Unterwegs erzählten die Esel, wie es in Holland aussieht und wie die Kinder dort in Holzpantinen umherlaufen. Es dauerte nicht lange, da waren sie unter Lachen und Scherzen bis an die Burg Blankenstein gekommen, wo die Esel aus dem Schiffe sprangen, durch die Ruhr schwammen und vom Stiepeler Strand dem Schiffer ein Lebewohl zuriefen. Unterdessen war in Stiepel Krieg ausgebrochen. Das Dorf war von feindlichen Nachbarn umzingelt und nahe daran, den Kampf zu verlieren. Manch einer sprach da in Stiepel: „Wären nur unsere Esel aus Holland wieder hier, die würden schon wissen, wie uns zu helfen wäre!"
Die Esel waren durch den Wald den Hügel hinaufgestiegen und entdeckten plötzlich die Feinde. Da wurden sie zornig, daß ihrer Heimat solche Schande sollte angetan werden, und der erste Esel riß sein Maul auf und brüllte mit aller Lungenkraft so gewaltig, daß die Feinde meinten, das Jüngste Gericht wäre gekommen. Die Erde und die Bäume bebten, alle Flinten gingen los und die Kugeln brachten in den Reihen der Belagerer große Verwirrung hervor; dabei konnte kein Mensch in dem dichten Walde erkennen, was die Ursache wäre. Unterdessen machte sich der Esel mit dem unersättlichen Magen über die Mund-

vorräte her, die der Feind angehäuft hatte. Im Nu verschlang er alles, wobei ihm seine goldene Kette, die der König von Holland ihm umgehängt hatte, am Halse klirrte. Der Esel mit den starken Beinen aber sprang mutig zwischen die Feinde, teilte nach allen Seiten mächtige Hiebe aus, spannte sich vor das einzige Feldgeschütz und fuhr damit in Stiepel ein. Da wurde es offenbar, daß die Esel von Stiepel zurückgekommen waren. „Hier haben wir nichts mehr zu hoffen“, riefen sich die Belagerer zu und flohen Hals über Kopf davon. Die Spiepeler aber empfingen ihre Esel voller Freude und feierten sogleich das Siegesfest, und die Esel waren die Helden des Tages. Und abends wurde um die Dorflinde getanzt und gesungen, und die Esel mußten immer wieder berichten, was sie in Holland erlebt hatten.

Der vergrabene Schatz

Einstmals fielen feindliche Soldaten raubend und plündernd in Stiepel ein. So mancher Bauernhof ging in helle Flammen auf. Voller Schrecken flohen die Bewohner der umliegenden Höfe in den nahen Wald, um sich vor den Angreifern zu verbergen. Ein reicher alter Bauer nahm sein gesamtes Geld und vergrub es in aller Eile zwischen seinem Haus und dem in der Nähe der Tür liegenden Brunnen. Rasch stampfte er den lockeren Boden wieder fest, denn bald schon würden die Kriegsleute auch seinen Hof heimsuchen; da der Bauer schon alt und grau war, hoffte er auf Schonung seines Lebens. Und wirklich – kurz darauf erreichten die Soldaten seinen Hof. Wein, Schinken, Wurst – alle verfügbaren Lebensmittel bot er ihnen dar, doch die Männer wollten keine Speisen, sondern verlangten Schmuck und Geld; auf einem solch großen Bauernhof müsse doch was zu holen sein, dachten sie. Der Greis beteuerte, er besitze nichts von Wert, woraufhin sie alle Räume des Hofes durchsuchten; sie kehrten das Unterste zuoberst, fanden aber nichts. Wieder gingen sie den Alten an: „Wo hast du dein Geld versteckt?“; er leugnete noch immer, Barschaften zu besitzen. Voller Wut schlugen sie auf ihn ein – immer wieder, bis der

Bauer starb – doch sein Geheimnis hatte er mit in den Tod genommen, so daß die Landsknechte ohne Gold und Silber wieder abziehen mußten. Einige Tage danach kehrten seine Angehörigen zum Hof zurück und fanden den Bauern erschlagen im Haus liegen. Am selben Tag noch begruben sie ihn. Da das Geld verschwunden war, glaubte man, die Soldaten hätten es geraubt. Einige Jahre später sah man bisweilen ein blaues Flämmchen auf dem Brunnenrand tanzen. Diese Erscheinung konnte nur eines bedeuten: Den Schatz des alten Bauern hatten damals doch nicht die Kriegsleute erbeutet, sondern er mußte irgendwo in der Nähe des Brunnens vergraben liegen! Keiner traute sich jedoch, diesen Hort zu bergen, denn vergrabene Schätze sind fluchbeladen, und wahre Höllenhunde bewachen sie, so sagte man. Noch vor kurzer Zeit hat eine junge Frau das blaue Flämmchen auf dem Brunnen tanzen gesehen; so wartet der sagenumwobene Schatz wohl heute noch auf seinen mutigen Finder!

Der Ursprung von „Schatzsagen“ ist wahrscheinlich im germanischen Totenkult zu suchen. Nach der Vorstellung der Germanen hatte ein Verstorbener dieselben Bedürfnisse wie ein Lebender, weshalb seinem Grab Nahrung, Waffen und Schmuck, je nach seiner sozialen Stellung zu Lebzeiten, beigegeben wurde. Der Tote war der Besitzer und Hüter des Grabschatzes und aller anderen Schätze, die er zu Lebzeiten vergraben hatte. Die Gaben konnte der Verstorbene mit ins „Paradies der Germanen“, nach Walhalla nehmen und so standesgemäß versorgt das ewige Leben genießen. Wollte er auch im Tode Nutznießer dieses Reichtums sein, so war er natürlich gezwungen, diesen vor Schatzsuchern und Grabräubern zu schützen. Zu diesem Zweck erschien er solchen Leuten als furchteinflößender Geist, in Gestalt eines Hundes, einer Schlage, einer Kröte oder eines Pferdes.

In christlicher Zeit wurde der „heidnische Brauch“ des Grabbeigebens von der Kirche als Sünde bezeichnet. Wer es dennoch tat, mußte dieses Vergehen nach dem Tod büßen: von nun an wurden Schätze bewachende Geister mit armen, auf Erlösung hoffenden Seelen gleichgesetzt. Im ausgehenden Mittelalter hieß es schließlich: Der Teufel persönlich hütet vergrabene Schätze!

Räuberhauptmann Korte oder der Robin Hood des Ruhrgebietes

Kursverluste an den Börsen, Preisstürze, Bankrotte, Firmenzusammenbrüche, Massenentlassungen; diese Vokabeln bilden den wirtschaftlichen Hintergrund der folgenden Sage. Uns im Ruhrgebiet sind einige dieser Begriffe auch heute noch vertraut. Leider!
Die ersten Anzeichen einer bevorstehenden Wirtschaftskrise waren schon im Jahre 1856 sichtbar. Im Zuge der Industrialisierung wurden im Revier immense Summen investiert. An Geldrücklagen für „schlechte Zeiten“ hatten die großen Gesellschaften kaum gedacht. Durch Überproduktion und Fehlspekulationen wurde in den USA eine Finanzkrise ausgelöst, die schnell internationale Ausmaße annahm und sich auch auf das Ruhrgebiet auswirkte.
1857: Der Absatz von Kohle, Eisen und Industrieprodukten bricht zusammen. Rücklagen sind kaum vorhanden, die Krise beginnt.

In dieser Zeit spielt die Geschichte vom Räuberhauptmann Korte.
Nun – eigentlich war Korte ein Bergmann, der in Stiepel an der „Hevener Straße“ auf einem kleinen Kotten wohnte – oder war es an der „Heintzmannsheide“ nahe der „Markstraße“? Ganz genau weiß man es heute nicht mehr zu sagen.
Doch wie wurde der Bergmann zum Räuberhauptmann? Korte konnte es nicht mit ansehen, wie Kinder arbeitsloser Eltern allmorgendlich hinter ihm und den anderen Bergleuten, die glücklicherweise noch einen Arbeitsplatz hatten, herliefen und um Brot bettelten. Tagtäglich steckt ihm seine Frau ein Paar Stullen zusätzlich ein. Viele andere Bergleute handeln ebenso, aber soviel sie auch mitnehmen, es reicht natürlich nie, um all die Hungernden auch nur annähernd zu sättigen. Tagaus, tagein sieht er die Not mit an, was soll, was kann er tun, er, ein einfacher Bergmann? Als die wirtschaftlichen Verhältnisse seiner arbeitslosen Kumpel sich sogar noch verschlechtern – da reicht es Korte, er setzt sich mit einigen Freunden zusammen, sie überlegen, wie sie selbst die Not lindern können. So jedenfalls kann es nicht weitergehen! Von offizieller Seite, so meinen sie, sei wohl keine Abhilfe der miserablen Zustände zu erwarten.

Viele Vorschläge werden gemacht, viele Vorschläge werden wieder verworfen, bis Korte den Einfall hat, auf ganz praktische Weise zu helfen, indem man Lebensmittel „organisiert" – der Ausdruck „stehlen" scheint ihm für sein Vorhaben völlig unzutreffend – und diese an Bedürftige verteilt. „Hervorragende Idee! Auf das Nächstliegende kommt man oft erst zuletzt!", so meinen die Kumpel. Jedoch – Ehrensache soll es sein, nur bei den Bonzen, wie sie sich ausdrücken, also den reichen Zechenaktionären, den Großbauern und reichen Kaufleuten zu „organisieren".
Gesagt, getan. Schon nachts darauf klettern sie in die Villengärten der Aktionäre und erleichtern so manchen Obstbaum um seine Früchte. In leere Margarinekisten füllen sie die Beute ihrer nächtlichen Streifzüge: Obst, Gemüse, später auch Brot. Die Kisten stellen sie des Nachts heimlich vor die Haustüren der notleidenden kinderreichen Familien. Man stelle sich nur die Wirkung solcher „Carepakete" auf die Notleidenden vor – groß ist die Freude über den unerwarteten nächtlichen Segen.

Alte Schleusenanlage in Stiepel

So ziehen Korte und seine Leute allabendlich auf Beute aus. Diesmal sollen die Obstbäume eines reichen Bauern ihr Ziel sein. Sie klettern über den Zaun – schon pflückt der erste die reifen Früchte in den Zweigen. Plötzlich erhellt eine Lampe das nächtliche Geschehen.
„Diebe, Räuber! Weg, weg mit euch!“ ertönt es durch die Nacht. Schon pfeifen Kugeln Korte um die Ohren. Nur um Haaresbreite verfehlen die Geschosse ihr Ziel. So schnell sind sie noch nie über eine Mauer gesprungen – sie entschwinden im Dunkeln.
„Eine Räuberbande treibt ihr Unwesen in der Stiepeler Gegend“, heißt es nun in der Zeitung.
Die Meinungen sind gespalten. Bezeichnen die Reichen und Satten die Beutezüge als kriminell und die Täter als Räuber und Gesindel, so sprechen die Hungernden von nächtlichen Wohltätern der Armen und Notleidenden.
Wer sind diese Gesellen, die es wagen, das Recht in die eigene Hand zu nehmen und Gesetz und Ordnung zu brechen? Nachts sind bekanntlich alle Katzen grau – niemand weiß Genaues. Die Behörde schreibt eine Belohnung zur Ergreifung der Täter aus.
Ein kinderloses Paar, ebenfalls von der Arbeitslosigkeit betroffen, geht bei der abendlichen Paketvergabe stets leer aus. Das erregt den Unmut, ja den Zorn der Ehefrau, die nicht einsehen will, daß kinderreiche Familien vor ihnen den Vorzug haben sollen. Die Wut legt den Keim zum Verrat – die Belohnung, das viele Geld, nur für einen Hinweis an die Polzei – eine Verlockung, der man kaum widerstehen kann.
Sie legt sich auf die Lauer, hinter der Gardine verborgen erwartet sie das fast alltäglich gewordene späte Treiben.
Da – dort huschen doch einige Gestalten, nahe an die Häuserreihen geduckt, durch die Nacht. Ja, sie sind es – die Margarinekisten finden ihren Bestimmungsort.
Aber der eine, Große, kommt ihr doch bekannt vor! Ist er es wirklich? Der Bergmann Korte – ohne Zweifel!
Am nächsten Morgen führt ihr erster Weg zur Polizei: „Der gesuchte Räuberhauptmann ist kein anderer als der Bergmann Korte!“ zeigt sie der Wache an. Die Beamten versichern, der Meldung nachzugehen.
Mittagszeit. Der Vorsteher der Wache nimmt für sich in Anspruch, seine Mahlzeit zuhause, am eigenen Tisch einzunehmen. Bei Stampf-

kartoffeln und Blutwurst erzählt er seiner herzallerliebsten Gattin von der Anzeige gegen Korte. Ist es Mitleid gegenüber dem Räuberhauptmann, oder ist es Mitleid gegenüber den vielen Notleidenden im Bochumer Süden, deren schweres Los Korte & Co. zu lindern versuchen? Auf jeden Fall fest steht, daß die Frau des Polizisten zur Frau des Bergmanns schleicht und sie warnt: „Sobald dein Mann von der Schicht kommt, soll er verhaftet werden!"
Korte versteckt sich mit einigen seiner Kumpanen in einem alten, unbenutzten Gaskessel einer stillgelegten Zeche. Die Diebeszüge gehen weiter. Fast täglich berichten die Zeitungen.
Ob Korte vielleicht entfernt mit Till Eulenspiegel verwandt war, weiß ich nicht zu sagen, an einen Eulenspiegelstreich erinnert jedoch die folgende Anekdote:
In der Wirtschaft Philipp, nahe der Bochumer Grenze, sitzen einige Polizisten beisammen. „Daß der Korte uns immer wieder entwischt, geht doch nicht mit rechten Dingen zu!" spricht der eine zu seinen Kollegen. Plötzlich erhebt sich ein Gast, geht ans Fenster, öffnet es und sagt zu den Ordnungshütern: „Habt ihr den Räuberhauptmann Korte nicht gesehen? Hier ist er!" und springt durchs Fenster. Vergeblich setzen die Polizisten ihm nach. Er verschwindet vor ihren Augen ins offene Feld.
Weniger Glück hatte Korte kurze Zeit später. Ein Landwirt entdeckt das neue Räuberhauptquartier und meldet es der Behörde. Diesmal rücken die Beamten sofort aus, und tatsächlich – Korte wird im beschriebenen Gaskessel gestellt.
„Korte – los komm heraus, wir wissen, daß du darinnen steckst – ergib dich!" ruft der Einsatzleiter. Schweigen – niemand antwortet. „Korte – heraus mit dir – mit erhobenen Händen!" ruft er nochmals, als es aus dem Kessel hohl ertönt: „Holt mich doch! Sobald der erste seinen Kopf durch das Kesselloch steckt, wird er die Wucht meines Eichenprügels auf dem Schädel spüren!" Das wirkt! Keiner der Ordnungshüter will den Anfang machen, sie beschließen, bis zum Abend zu warten, um Korte im Schutze der Dämmerung zu überrumpeln.
Wie ein Lauffeuer spricht es sich herum, daß Korte, der gesuchte Räuberhauptmann, im Gaskessel gestellt worden ist, und aus allen Richtungen strömen Leute herbei, die sich dieses Spektakel nicht entgehen

lassen wollen. Bauern, Händler, die von ihm bestohlen worden sind, reiche Kaufleute, arbeitslose Bergleute, Frauen und Kinder, auch viele bisher nicht entlarvte Mitglieder der Bande – es ist schon ein bunter Haufen, der sich dort am Gaskessel versammelt.

„Korte – komm! Zeige dich, wir werden dir schon eine Lektion erteilen, die du so schnell nicht vergessen wirst!" rufen die geschädigten Bürger, drohend die Fäuste zeigend. Aber Korte kommt nicht. Schon dämmert es, die Polizei zündet eine Lampe an, die das Geschehen jedoch kaum erhellt. „Korte, stelle dich!" ruft jemand aus der Menge. Der Räuberhauptmann in seinem Versteck schreckt auf. Die Stimme ist ihm vertraut, das ist doch einer seiner Leute! Meine eigenen Leute können doch nicht ernstlich verlangen, daß ich mich ergebe und den Rest meiner Tage im Zuchthaus verbringe, da muß doch was dahinterstecken, denkt er; vielleicht ein Plan, um mich zu befreien? Korte ist sich sicher, seine Leute führen etwas im Schilde...

Kurz darauf kriecht er durch das Kesselloch nach draußen. Sofort stürmen Leute laut fluchend auf ihn los: „Dieb, Räuber – jetzt bist du dran!" Auch seine unerkannten Mitstreiter stürmen auf ihn zu, schon geht die einzige Lampe klirrend zu Boden. Stockdustere Nacht, Lärmen, Schreien. Ein wildes Durcheinander, dazwischen laute Befehle der Polizei: „Aufhören, Auseinander!" Vergeblich. Da – ein Ruf von rechts: „Ich habe Korte!" Ein zweiter darauf: „Nein – ich habe Korte!" Und ein dritter: „Schnell – kommt her, ich habe ihn!"

Nach scheinbar unendlich langer Zeit gelingt es, eine andere Lampe anzuzünden. Direkt ins Gesicht des Gefangenen leuchtet der Wachtmeister. – Doch welche Enttäuschung, es ist der Bauer von nebenan, der sich seine dick geschwollene Backe reibt und laut vor sich hin flucht. Der Lichtstrahl trifft das Gesicht eines anderen Festgenommenen – wieder nichts –, ein Knecht ist es, die blutende Nase haltend. Sie können es vielleicht erahnen – auch der dritte Gefaßte war nicht der Korte. Der Räuberhauptmann hatte das von seinen Leuten inszenierte Durcheinander genutzt und war unerkannt im Schutze der Dunkelkeit entkommen. Für die Gesetzeshüter – eine einzige große Enttäuschung. Der Rest ist schnell erzählt. Der gesuchte Korte floh in die Niederlande, erwarb dort Schiffpassagen nach Amerika für seine Familie und sich, und ab ging es über den großen Teich. Dort fingen sie noch

einmal neu an, bauten sich eine Existenz auf und verlebten noch viele glückliche Jahre.
Im Märchen hieße es nun: „Und wenn sie nicht gestorben sind...", aber so märchenhaft war die Geschichte, die von Not, Hunger, Entbehrung und von Menschen handelt, die das Recht in die eigenen Hand nehmen, wohl doch nicht. Oder?

Die Hermannsschlacht in Bochum

Liebe Leserinnen, liebe Leser,
kommen wir zu dem absoluten Höhepunkt der Bochumer Stadtgeschichte...
Sie alle kennen die berühmte Hermannsschlacht, in der Hermann, oder richtiger gesagt, Arminius, der Cheruskerfürst, zusammen mit einigen germanischen Stämmen im Jahre 9 n. Chr. drei römische Legionen (ca. 25000 Mann) unter dem Heerführer Varus vernichtend schlug. Entsetzt sprach Kaiser Augustus seine berühmten, wenn auch vergeblichen Worte: „Quintili Vare, legiones redde!" (Quintilius Varus, gib mir meine Legionen wieder.)
Diese Schlacht änderte die Germanienpolitik der Römer grundlegend. Statt das Römische Reich bis zur Elbe auszudehnen, wurde der Rhein als Grenze zwischen Germanien und dem Imperium Romanum festgeschrieben. Ein herber Rückschlag für die römische Expansionspolitik. Sie meinen: So weit, so gut, aber die Hermannsschlacht fand doch nicht in Bochum, sondern im Teutoburger Wald statt?
Nun, Sie kennen nicht das epochemachende Standardwerk deutscher Geschichtsschreibung, 1823 von dem (Bochum-) Weitmarer Dorfpfarrer Petersen verfaßt, mit dem Titel: Das Kirchspiel Weitmar – oder die Gegend, wo Hermann den Varus schlug! Petersen, der Altmeister des unfreiwilligen Humors in der Bochumer Stadtgeschichtsschreibung, konnte es als echter Lokalpatriot überhaupt nicht fassen, daß die berühmte Schlacht fernab seines Wohnortes stattgefunden haben

soll. Selbstbewußt verlegte er also den Ort der Handlung vom Teutoburger Wald nach Weitmar. Petersen war nicht nur der tatsächliche Kampfplatz bekannt, nein – er wußte auch den genauen Zeitpunkt, an welchem der Heerführer Varus fiel, nämlich am 15. August des Jahres 9 n. Chr., ca. acht Uhr abends.
Diese überaus wertvollen historischen Erkentnisse Petersens werfen so manchen Forschungsbericht deutscher Hochschulen vollends über den Haufen. Mit Staunen erfahren wir ferner von Petersen, daß die Germanen nicht etwa germanisch sprachen – wie wir in unserem eingeengten Denken vielleicht annehmen – nein, die Germanen sprachen alt-griechisch und dachten orientalisch. Der Name der Stadt Bochum stammt nach dem Weitmarer Dorfpfarrer vom alt-griechischen Adjektiv baukos (schön) ab und soll auf die angenehme Lage der Stadt hinweisen. Schade nur, daß selbst die gebräuchlichen Fachlexika sich über diese Bedeutung des Wortes baukos ausschweigen. Petersen muß ein Fachgelehrter der Extraklasse gewesen sein, er kannte sogar Wortübersetzungen, die anscheinend gar nicht möglich sind. Nun erkennen wir auch, weshalb die christliche Missionierung im germanischen Raum so schleppend voranging. Nun, die Germanen verstanden nur alt-griechisch (nach Petersen), die Missionare verkündeten das Wort Gottes jedoch in germanischen Sprachen – die Germanen verstanden die Missionare also gar nicht. Nur das glückliche Zusammenspiel von geballter Geisteskraft und feinem historischem „Scharfsinn" konnte ein Fachbuch von der Güte, wie Petersen es verfaßt hat, hervorbringen. Sie meinen nun: Alles Unsinn, die Hermannsschlacht fand doch nicht im Raum Weitmar statt? Sie haben recht!
Die Hermannsschlacht tobte nicht in Bochum-Weitmar, sondern in der Gegend um Bochum-Stiepel. Dies jedenfalls behauptet 156 Jahre nach Petersen ein weiterer Fachmann auf diesem Gebiet in einem Buch. Der Autor wohnt in Stiepel – natürlich. Er wollte Weitmar nicht den Ruhm lassen, Austragungsort der bekannten Schlacht gewesen zu sein, und verlegte diese folgerichtig in seinen Heimatort. Nähere Beweise, so meinte er, müßten archäologische Grabungen erbringen.
Liebe Leser, der Herausgeber des „Bochumer Sagenbuches" wohnt in Bochum-Langendreer und kann es nun überhaupt nicht einsehen,

daß Arminius die Römer fernab seines Stadtteils besiegt haben soll. Und so fand er im letzten Jahr beim Umgraben seines Gartens ein Stück verrostetes Metall. Vielleicht ein altes Stück Metall. Wahrscheinlich ein sehr, sehr altes Stück Metall. Mit Sicherheit hat es in grauer Vorzeit zum Schwert des Hermann gehört – und damit ist bewiesen, die Hermannsschlacht tobte weder in Weitmar, noch in Stiepel, sondern in Langendreer, direkt in seinem Gemüsegarten. Bestimmt!

Kult- und Grabstätten in Bochum

Es war im Spätherbst des Jahres 14 n. Chr. Irgendwo zwischen Ruhr und Lippe – der genaue Ort ist leider unbekannt – feierten die Marser, ein germanischer Volksstamm, im Heiligtum ihrer Göttin Tanfana ein Kult- und Opferfest. Unter den Germanen herrschte während solcher Festzeiten, ähnlich wie bei den Olympischen Spielen im antiken Griechenland, ein Waffenstillstand, der sogenannte Festfrieden.
Gegen Abend waren die Festteilnehmer zum gemütlichen Teil des Tages übergegangen und machten es sich bei Speisen und berauschenden Getränken bequem. Der Abend war schon weit fortgeschritten, als von allen Seiten her unversehens ein lautes Kampfgeschrei ertönte und 12.000 römische Legionäre mit gezückten Schwertern einen nächtlichen Überraschungsangriff gegen die völlig verwirrten Marser unternahmen. Die Römer richteten ein gräßliches Blutbad unter den Festbesuchern an; alle Marser, ob Männer, Frauen oder Kinder, wurden niedergestreckt. Auch das Heiligtum wurde von den römischen Truppen dem Erdboden gleichgemacht. In den Tagen danach verwüsteten die Römer im Umkreis von fünfzig Meilen mit Feuer und Schwert das gesamte Land. Vergeltung war der Grund für diese blutige Aktion, Vergeltung für die Teilnahme der Marser an der fünf Jahre zurückliegenden sogenannten Hermannsschlacht, bei der die Römer eine vernichtende Niederlage hatten hinnehmen müssen.
Andere Quellen berichten, Germanicus, der Neffe des Kaisers Tiberius und damalige Oberbefehlshaber der römischen Truppen am Rhein, habe diesen Rachefeldzug unternommen, um durch ein militärisches Vorgehen gegen äußere Feinde den inneren Frieden und die Disziplin

des Römischen Heeres wiederherzustellen. Denn im Zusammenhang mit dem Tod des Kaisers Augustus und der Wahl des Tiberius zum Römischen Imperator waren Gerüchte über eine Truppenrevolte am Rhein aufgekommen.

Während dieser Rachefeldzüge – die keine größeren politischen Veränderungen zugunsten des römischen Einflusses im rechtsrheinischen Germanien mit sich brachten – suchte Germanicus den Ort der Hermannsschlacht auf und ließ die seit sechs Jahren unbestattet umherliegenden römischen Gefallenen feierlich beisetzen. Ein germanischer Kult-, Fest- oder Begräbnisort wie der oben genannte hat möglicherweise auch auf dem Tippelsberg bei Riemke gelegen; nachzuweisen ist dies heute nicht mehr, da die Stadt Bochum den Tippelsberg als Endlagerungsstätte für den U-Bahnaushub gebraucht. Die folgende Sage aus einer Buchveröffentlichung von 1859 berichtet jedenfalls:

Am Tippelsberg soll vor alter Zeit ein sogenannter Opferbrand gewesen sein, das heißt, die Germanen sollen dort ihren Göttern Opfer dargebracht haben. Der Bauer Thiem, dem der dortige Acker gehört, hat erzählt, daß beim Pflügen oftmals Knochen, Asche und Kohlen zum Vorschein gekommen sind.

Für Dr. Karl Arnold Kortum (1790) bestand kein Zweifel, daß der Tiebelsberg – gemeint ist wohl der Tippelsberg – in alter Zeit ein germanischer Kultort gewesen ist, auf dem ein Sachsengott, Tibelin geheißen, durch Opfergaben verehrt wurde. Kortums Ausführungen zufolge ist Tibelin namengebend für den Tiebelsberg und den Tiebels- bzw. Düfelshof in Grumme gewesen. Kortum berichtet auch von einem weiteren germanischen Gott, Loe genannt, dem die Germanen am Lohberg Opfergaben dargebracht haben sollen.
Kortum schließt möglicherweise vom Substantiv „Lohe" – das nicht nur einen aus Baumrinde gewonnenen Gerbstoff zur Lederherstellung bezeichnet, sondern auch „Flamme, flammendes Feuer" bedeuten kann – auf einen germanischen Kultort.
Die Straßennamen „Am Lohberg" und „Lohbergstraße" nahe Bochum-Mitte weisen bis heute auf diesen sagen-haften Ort hin.

Auch in Wattenscheid soll es eine germanische Kult- bzw. Grabstätte gegeben haben. Zwischen der „Hüllerstraße“ und dem hohen Bahndamm lag nach Westen zu ein Hügel, Lusebrink genannt. Diese Anhöhe wurde in den zwanziger und dreißiger Jahren unseres Jahrhunderts zur Herstellung von Ziegelsteinen abgetragen. Auf der Hügelspitze wurde 1930/31 bei Ausschachtungsarbeiten ein vorfränkischer mit Feuerstätten versehener Urnenfriedhof entdeckt. Grabbeigaben fand man dabei nicht.

In alten Zeiten – so berichtet die Sage – seien in stürmischen Winternächten die Schattengestalten kampferprobter Männer am Lusebrink gesehen worden. Mächtige Tierhörner schmückten ihre Helme. Das helle Klirren ihrer Schwerter, mit denen die Männer auf die Schilde schlugen, und das Krachen der Schilde, die sie gegeneinander stießen, bildeten eine gespenstische Begleitmusik zu ihrem in der Nacht weithin hörbaren Gesang. Sobald aber von fern her der erste Stundenschlag, der den neuen Tag anzeigte, zu hören war, verschwanden die Geistgestalten so plötzlich, wie sie erschienen waren.

Seitdem der Lusebrink abgetragen ist, wartet man jedoch vergeblich auf den nächtlichen Spuk, denn mit dem Hügel verschwanden auch die Schattengestalten, und nur die Sage noch berichtet von dem seltsamen Geschehen.

Tabo von Eickel, der Heide

Wer ursprünglich die Gegend um Bochum beherrscht hat, ist ungewiß. Nach einer uralten, auf Baumrinde geschriebenen Nachricht ist zur Zeit Karls des Großen ein Adeliger, Tabo von Eickel genannt, Herr in dieser Gegend in einem Umkreis von dreißig Meilen gewesen.
Tabo, der Urvater der Ritter von Eickel war und als ebenso stark wie grausam geschildert wurde, hat sich der Einführung des Christentums in seiner Region mit dem Schwert in der Hand widersetzt. Als Waffengefährte des Herzogs Wittekind kämpfte er gegen Kaiser Karl, der ihm,

nach siegreicher Beendigung des Dreißigjährigen Sachsenkrieges, das Land abnahm und es an einen treu ergebenen Lehnsmann vergab. Tabo von Eickel blieb nur noch ein Burghügel, auf dem er zurückgezogen lebte und Jahre später ungetauft als Heide starb. Er wäre also der erste Herr von Bochum gewesen.
Im Jahre 1613 fand man an der Stelle, wo die Burg gestanden haben soll, zahlreiche Menschenknochen im Boden, und die Inschrift eines alten Grabsteines, der dort entdeckt wurde, lautete: „Hier liegt Tabo von Eickel, der Heyde."
Andeutungen lassen erkennen, daß man den grausamen Tabo sogar mit dem sagenumwobenen „Riesen vom Tippelsberg" gleichsetzen wollte.
Vor ca. 65 Jahren untersuchte der Regionalhistoriker Reinold Grasreiner diesen Bestattungsort einmal genauer. Nach seinen Ausführungen war der Platz gleichzeitig Burg- und Bestattungsort gewesen. Die kleine wehrhafte Anlage stand auf einem künstlich angelegten runden Hügel, den ein ungefähr fünfzehn Schritt breiter Schutzgraben sicherte. Zwei Brücken gewährten Einlaß in die Anlage. Zur Zeit der Untersuchung war das Grundstück von der Familie von Hugenpoet zur Pacht vergeben worden. Der Pächter baute ein Haus auf das Gelände und planierte die Grabstätte, wobei er mit dem Aushub den Burggraben auffüllte, um anschließend das Gelände als Garten nutzen zu können. In ca. 1,70 Meter Tiefe stieß der Pächter auf Menschenknochen.
Doch was hat es mit dem alten Grabstein und seiner merkwürdigen Inschrift: „Tabo von Eickel, der Heyde" auf sich?
Nach Franz Darpe, 1888, verbirgt sich vielleicht „ein von kühner Phantasie begünstigter Lesefehler" hinter der Sagenbildung von Tabo, dem Heiden. Auf einem Grabstein der alten Kirche von Eickel soll „Tabe von der Heyde" gestanden haben. Überliest man das kleine Wort „von", so lautet die Inschrift: Tabe (Tabo) der Heyde, für die Sagenbildung sorgte dann, nach Darpe, „die gestaltende Einbildungskraft unserer Vorfahren". Ein Tabe von der Heyde wird in der Tat 1410 in Bochum urkundlich erwähnt.

Tabo von Eickel, der Heide – Realität oder Phantasieprodukt? Endgültig ist diese Frage wohl kaum zu beantworten.

Die Hexe in der Rauendahler Mühle

Waren sie nun wirklich alle Prinzen, die an dem lauen Frühlingssamstag im Bochumer Süden zu Hunderten aus dem Wald kamen und über die „Rauendahlstraße“ zum Ruhrufer sprangen?
Der äußere Rahmen deutete darauf hin. Die Straße war weiträumig abgesperrt, Wachen standen bereit und forderten Gehorsam. Nur langsam konnte man seinen Weg per Fahrrad fortsetzen, wollte man nicht eines dieser vielleicht hochadeligen Geschöpfe plattfahren. Sehr königlich sahen sie in ihrem feucht-grünen Gewand jedoch nicht aus. Und gehört es sich denn für Hochwohlgeborene, auf allen vieren zu kriechen?
Da der Herausgeber dieses Buches leider keine junge und hübsche Prinzessin ist, konnte er auch den Kußtest nicht zur Anwendung bringen. So blieben die Viecher auch weiterhin verwunschene Prinzen.
Aber nicht nur verzauberte Märchenwesen gibt es im Rauendahl, dort stand auch eine sagen-hafte Mühle:
Ob den Betreibern der Kläranlage an der „Rauendahlstraße“ bekannt ist, daß dort in alter Zeit eine Mühle samt Hexe stand? Wahrscheinlich nicht! Damals war das anders. Im ganzen Ort hatte es sich herumgesprochen: „Es spukt in der Rauendahler Mühle!“ Kein Geselle wagte dort zu arbeiten, ein Fluch schien über der ganzen Gegend zu liegen. „Wie soll es auch anders sein“, sprachen die Leute, „überall im Rauendahl geht es nicht mit rechten Dingen zu!“ Und sie dachten an den geheimnisvollen Venusberg und an die versunkene Burg Rauendahl, von denen wir noch ausführlich hören werden.
Der Müller war schon völlig verzweifelt, denn was macht ein Müller, wenn er nicht mahlen kann?
Doch nach einiger Zeit kam ein junger, kräftiger Mann und fragte, ob es in der Mühle vielleicht Arbeit für ihn gebe. Er war wohl einer der neuen Männer, die das Land braucht, denn selbst die mehrmals vorgetragene Warnung: „Es spukt!“ hielt ihn nicht ab, die Tätigkeit anzunehmen. Und los ging es. Schon lange hatten die schweren Mühlsteine kein Korn mehr gemahlen. Daß der Meister sich immer noch nicht über die Türschwelle der Mühle wagte, war dem Gesellen nur recht. Überstunden waren angesagt und das schon am ersten Tag. Der Geselle

mahlte und mahlte – kaum hörte er, wie die Kirchturmglocke durch die Nacht tönte, zwölfmal: Mitternacht.
Wie von Geisterhand bewegt, öffnet sich auf einmal die Tür der Mühlenkammer, herein schleicht eine Katze, fast menschengroß. Das war keine samtweiche, knopfäugige Schmusekatze, das war ein Ungeheuer! Die Katze schleicht bekannterweise um den heißen Brei. Pech nur für den Müllergesellen, daß sie wohl ihn für den heißen Brei hielt. Tellergroße, rotglühende Augen stieren ihn an. Zum vernichtenden Schlag hebt die Gespensterkatze ihre Riesenpranke. Mit voller Wucht schlägt sie nach seinem Kopf. Da – ein Schrei, ein Stöhnen, die Pranke fliegt durch die Mühlenkammer – doch nur die Pranke, ohne die dazugehörende Katze. Was war geschehen?
Der Geselle hatte mit Vorbedacht seinen alten Militärsäbel mitgebracht. Katzenkrallen sind scharf, Solinger Stahl ist schärfer – ein Schlag, ab war die Pfote. Katzen haben bekanntlich sieben Leben, aber nur vier Pfoten, und auf dreien geht es sich schlecht. Also faßte sie den Entschluß, schnell zu entschwinden. Der Spuk war vorbei! Urplötzlich! „Glück gehabt, es hätte auch anders ausgehen können“, dachte der Geselle. Er konnte es kaum fassen, solche Katzenungeheuer kommen doch sonst nur in alten Sagen vor, und gerade eben hatte solch ein Vieh vor ihm gestanden! Die Pranke, die Trophäe – präparieren lassen wollte er sie, zur ewigen Erinnerung, das stand fest. Er bückte sich, um sie aufzuheben. Doch was war das?
Täuschten ihn seine Sinne? Geschrumpft war die Gespenstertatze, menschenhandähnlich gestaltet. Es war – kein Zweifel – es war eine Frauenhand!
Ein bißchen viel, was sein Verstand da in einer Nacht, in einer Geisterstunde verarbeiten mußte.
Das Knarren der Türangeln wirkte ernüchternd, die Tür sprang auf – Gott sei Dank – der alte Müller! Übersprudelnd erzählte der Geselle von dem seltsamen Geschehen, endlich konnte er sich den Spuk vom Herzen reden. Er zeigte auf die Frauenhand. Da blinkte doch was – ein Ring, ein goldener Ring am Finger der abgeschlagenen Hand! Kreidebleich wurde der Müller, wie vom Blitz getroffen fiel er zu Boden. Kein Wunder, er hatte den Ehering seiner Frau erkannt! – Ja nimmt das Grauen denn überhaupt kein Ende?

„Herrin, Herrin... ihr Mann!“ rief der Geselle durch die Mühle und versuchte vergeblich, Erste Hilfe zu leisten, doch nur die Magd erschien. – Alle Bemühungen blieben fruchtlos, dem alten Müller war nicht mehr zu helfen, er war tot. „Verdammt noch mal, wo bleibt denn die Frau!“ herrschte der junge Mann das Mädchen an. Sie antwortete: „Im Bett liegt sie, ihr ist unwohl!“
Sie, liebe Leser, wissen schon, weshalb die Müllerin das Bett hütete. Der Geselle wußte es nicht. Noch nicht! Ein Armstumpf, vom Arzt unversorgt, ist kaum lange zu verbergen. So wurde die Müllerin als Hexe erkannt. Es half kein Leugnen, kein Gott stand ihr bei.
Höllenfeuer brannte auf ihrem Kopf – rote Haare –, ein weiterer Beweis ihrer Schuld. „Nicht nur die Haare sollen brennen, der ganze Körper muß in Flammen aufgehen, nur so ist ihre Seele noch vor der ewigen Verdammnis zu retten!“ Das war die vorherrschende Meinung.

Der alte Richtplatz, wo man die Hexe verbrannt hat, die „Hagenbucke“, befand sich nahe dem heutigen Schulgebäude an der „Regerstraße“ in Hattingen-Baak.

„Archäologische Sensation im Rauendahl“

Anfang 1803 wurden beim Bau von Schutzanlagen für das Kohlendepot einer Zeche verbrannte Pferde- und Menschenknochen, Mauerreste und Scherben entdeckt.
Der Bochumer Arzt Dr. Karl Arnold Kortum, der Verfasser der Jobsiade und Namensgeber der „Kortumstraße“, deutete die Funde in seinem Grabungsbericht als „uralte germanische Grabstätte“:
„Das Rauendahl hat besonders im Herbste und Winter, wenn die Viehweiden ihr Gras und die Bäume ihr Laub verloren haben, etwas schauerlich Romantisches. Aus dem fetten Boden und den daselbst aufgetürmten Kohlenhaufen entwickeln sich Dünste, welche mehrmals als Irrwische erscheinen. Der in dieser Provinz noch herrschende Aberglaube hat auch zuweilen den Wanderer, zur Abend- und Nacht-

zeit, hier Gespenster sehen und Vorgeschichten hören lassen. Und dies um so mehr, weil sich dort noch sehr viele Spuren eines zerstörten Schlosses befinden, dessen Ruinen sich bis in die Ruhr erstrecken und bei niedrigem Wasserstand sichtbar werden. Das Schloß soll von den Grafen von der Mark im Jahre 1287 zerstört worden sein."

Das Schloß, „Haus Rauendahl" genannt, hat wahrscheinlich auf dem Gebiet der heutigen Wassergewinnungsanlage an der „Rauendahlstraße" in Bochum-Sundern gelegen und war ursprünglich wohl ähnlich einer Wasserburg gebaut gewesen. Die Kölner Erzbischöfe hatten die Anlage um 1180, nachdem ihnen der Stauferkaiser Friedrich I. Barbarossa das Herzogtum Westfalen übereignet hatte, als einen von mehreren militärischen Stützpunkten an der Ruhr errichten lassen. Bis 1180 war Heinrich der Löwe von Braunschweig aus dem Geschlecht der Welfen, ein Schwiegersohn des Königs von England, Richard I. Löwenherz, Lehnsherr von Sachsen (Westfalen) gewesen.

Um 1287 wurde die Burg im Vorfeld der Schlacht von (Köln-) Worringen von den Grafen Eberhard II. von der Mark zerstört.

(Die Schlacht endete übrigens in einer vernichtenden Niederlage des Erzbischofs von Köln und beendete dessen politische Vormachtstellung gegenüber den rheinisch-westfälichen Territorialherren. Zudem legte der Ausgang des Kampfes den Keim für eine selbständige Entwicklung der Niederlande, Belgiens und Luxemburgs.)

Die verbrannten Knochen von Haus Rauendahl stammten wohl von Kriegsleuten, die bei der Verteidigung der Anlage starben. Die Leichen wurden wahrscheinlich zusammen mit Pferdekadavern in den Keller geworfen, anschließend brannten die Leute des Grafen von der Mark die Anlage nieder. (Dr. Eversberg)

Da Kortum die Knochenfunde nicht mit der Zerstörung von Haus Rauendahl in Verbindung brachte, verbreitete er fälschlicherweise die Mär von einer „uralten germanischen Grabstätte".

Haus Rauendahl stand wahrscheinlich unter der Aufsicht der Familie von Hardenberg (aus Neviges-Hardenberg im Bergischen Land stammend). Von dieser Burg existiert wohl keine Sage – allerdings soll sich die Anlage dort befunden haben, wo mehr als tausend Jahre zuvor der Veledaturm gestanden hat.

Veleda im Rauendahl

Bis zum Anfang des 5. Jahrhunderts n. Chr. bildete der Rhein die Grenze zwischen dem Römischen Reich und Germanien. Immer wieder kam es zu kriegerischen Auseinandersetzungen zwischen Germanen und römischen Truppen, denken wir nur an die sogenannte Hermannsschlacht im Jahre 9 n. Chr. Auch 69 – 70 n. Chr. tobten wieder Kämpfe am Rhein. Diesmal erhoben sich die Bataver, ein germanischer Volksstamm, der auch im heutigen Ruhrgebiet ansässig war, gegen die Römer. Geschickt nutzten sie die politischen Wirren, die durch den Mord an dem römischen Kaiser Galba ausgelöst worden waren, um die bedeutendste römische Stadt nördlich der Alpen, Colonia Claudia Ara Agripinensium, heute kürzer Köln genannt, einzunehmen. Die germanische Priesterin Veleda spielte als Beraterin der Bataver eine wichtige Rolle bei dieser Erhebung. Nach zwei Jahren beendeten die Römer den Aufstand siegreich. Veleda wurde gefangengenommen und in einem Triumphzug durch die Straßen Roms geführt. Sie blieb in Rom und soll zwischen Germanen und Römern als Vermittlerin tätig gewesen sein.

Der Sage nach wohnte Veleda zwischen Bochum und Hattingen, im vormals wild-romantischen Rauendahl auf einem Turm an der Ruhr. Hier lauschte sie den Stimmen ihrer Götter. Dem Volk zeigte sich die Priesterin kaum. Ihre Orakel verkündete Veleda meist in Versen; diese ließ sie den Ratsuchenden ausschließlich durch einen ihrer Verwandten mitteilen. Es heißt, ihre Voraussagen seien stets zutreffend gewesen. Wenigstens einmal irrte sie dennoch – ein entscheidender Irrtum. Sie sah die Niederlage der römischen Truppen beim Bataveraufstand voraus – es sollte anders kommen. Wenn sie gerade mal nicht orakelte, unternahm sie hin und wieder Ausflugsfahrten mit einem durch die Bataver erbeuteten römischen Schiff. Es heißt, dieses habe ihr als Freizeitjacht für Spazierfahrten auf der Ruhr gedient. Nobel, nobel. Selbst der römische Gelehrte Tacitus, geboren um 56 n. Chr., erwähnt Veleda in seinem bekannten Werk „Germania“:

> „Ja, die Germanen meinen sogar, den Frauen sei eine gewisse Heiligkeit und seherische Gabe eigen, und so verschmähen sie weder ihren Rat, noch verachten sie den

erteilten Bescheid. Wir haben unter dem göttlichen Vespasian (Römischer Kaiser 69 – 79 n. Chr.) die Veleda gesehen, die lange Zeit bei nicht wenigen Germanen als göttliches Wesen anerkannt war…"

Tacitus war wohl Augenzeuge, als Veleda im Triumphzug durch die Straßen Roms geführt wurde.

Die Römer hatten die Priesterin also wegen ihres großen Einflusses auf die Bataver verfolgt und schließlich gefangengenommen.

Aus! Schluß! Vorbei! – Wo bleibt denn da das Positive, Herr Sondermann?

Nun gut.

Der bunte Reigen der Volkssagen meinte es besser mit Veleda als die Wirklichkeit.

Der Sage nach entkam die Seherin ihren Verfolgern. Heimlich, in einer tiefdunklen und regnerischen Nacht, floh sie aus ihrem Wohnturm im Rauendahl ruhraufwärts ins Sauerland. Dort suchte Veleda einen sicheren Ort, ein Versteck, um sich vor den Römern zu verbergen, und so drang sie immer weiter und weiter in das ihr unbekannte Gebiet vor. Endlich, nach langen Mühen, fand sie einen geeigneten Platz – eine große Höhle. Bald sprach es sich in der ganzen Gegend herum. Die Priesterin Veleda ist hier! Die Leute aus den angrenzenden Siedlungen brachten ihr viele kostbare Opfergaben, bald wurde auch die Höhle nach ihr „Veledahöhle" genannt. Selbst die Ortschaft nahe der Höhle heißt seit jener Zeit, in Anlehnung an den Namen der Seherin, „Velmede". Einige geheimnisvolle Sagen ranken sich um diese ca. 70 m tief in den Berg führende Höhle, die zu den ältesten Kulturdenkmälern des Sauerlandes gehört. Viele Funde aus der römisch-germanischen Zeit zeugen von der reichhaltigen Geschichte der bis heute sehenswerten Veledahöhle.

Im Rauendahl, dort, wo der Turm der Priesterin stand, war es seit Veledas Zeiten nicht mehr geheuer. So heißt es nach einer Dortmunder Chronik von 1535:

In der Grafschaft Mark ist heutzutage ein Berg im Rauendahl bekannt, in den oftmals Leute hineingeführt werden. Wundersame Ereignisse sollen sich darin abspielen, wie diejenigen zu berichten wissen, die dorthin geführt wurden. Es soll dort verschiedene Kammern geben,

Raum genug zum Tanzen, große Stühle und Bänke, Küche und Herd. Dort kocht und brät man, tanzt und springt und läßt sich's herrlich ergehen. Aber nach all der Wollust sollen dort grauenerregende Hollen- und Lockwesen erscheinen, welche nach dem Tanzen hereingelaufen kommen, dann herrscht dort schreckliches Schreien, Klagen und Jammern. Und immer, wenn einer in den Berg geführt wird, verbietet ihm der, welcher ihm den Eingang weist, später mit irgendjemandem darüber zu reden. Wenn er all dies Treiben mitansehen und mitanhören wolle, dürfe er nicht darüber reden – was immer er auch gesehen habe, was immer er auch gehört habe – selbst wenn man es ihm befiehlt oder ihn mit Versprechen lockt. Und wenn jemand durch diese Zusage erreicht, daß man ihn aus dem Berg im Rauendahl freiläßt, so wird er unversehrt wieder hinausgeführt. Aber dann ist er so grau, als hätte er hundert oder mehr Jahre gelebt, obschon er nicht lange dort drinnen gewesen ist.
An anderer Stelle heißt es, daß dort, wo sich einst der Veledaturm befand, allerlei heidnisches und teuflisches Unwesen getrieben werde. Es heißt, der Satan persönlich vollführe in dieser Gegend seine gräßlichen Untaten. Zu ihm kämen die weisen Frauen, seine willfährigen Werkzeuge, die in seinem, des Teufels Namen, ihre Orakel sprächen. Viele fahrende Schüler kämen zu diesem Ort, des Satans Schule, und später rühmten sie sich, im Venusberg gewesen zu sein und viele seltsame Künste gelernt zu haben.

In der zuletzt angeführten Sage ist es wohl auf den Einfluß von kirchlich orientiertem Denken zurückzuführen, daß das nichtchristliche Kultgeschehen negativ bewertet wird.
Prophetinnen begegnen uns schon im Alten Testament der Bibel. Dort heißt es: „Damals war Debora, eine Prophetin, die Frau des Lappidot, Richterin in Israel. Sie hatte ihren Sitz unter der Debora-Palme zwischen Rama und Bet-El im Gebirge Ehaim, und die Israeliten kamen zu ihr hinauf, um sich Recht sprechen zu lassen…" (Richter 4 #).

Der schlaue Müller

Vor vielen Jahren wohnten in Grumme bei Bochum einige Windmüller dicht beieinander. Einer von ihnen spielte seinen Nachbarn oft schlimme Streiche.

Nachdem man ihn eines Tages zu Grabe getragen hatte, wollten sich die Nachbarn, die sich an den sehr starken Mann nicht herangetraut hatten, an seinem zwanzigjährigen Sohne Jakob rächen, zerstörten eines Abends seine Mühle und machten unter sich aus, daß ihn keiner in seiner Mühle mahlen lassen sollte, um ihn auf diese Weise in den Ruin zu treiben. Dem schlauen Jakob kam dieser Streich schlecht gelegen, doch ließ er sich seinen Ärger nicht merken. Der Vater hatte ihm einst gesagt: „Jakob, alles, was du zur Stadt bringst, trägt dir schönes Geld ein!", und diese Worte wollte er jetzt wahr werden lassen. In der Nacht stieß er einen Mühlstein seiner zerstörten Mühle zu Staub, füllte damit einen Sack, machte sich auf den Weg nach Bochum, wo er sich in der Herberge „Zur fröhlichen Einkehr" an der Königstraße ausruhte, die von einer Witwe mit ihren beiden Töchtern geleitet wurde. Vor dem Schlafengehen übergab Jakob der Wirtin seinen Sack Sandstaub mit den Worten: „Meine liebe Frau Wirtin, dieser Sack hat für mich einen unschätzbaren Wert. Nehmt ihn in eure Obhut und achtet gut darauf; denn wenn er abhanden käme, könnte mich nichts für den Inhalt entschädigen!" „Lieber Mann", antwortete die Wirtin, „Ihr könnt ganz ruhig schlafen, Euer Sack mag enthalten, was er will, und sollte es gemahlenes Gold und Silber sein. Auf mein Wort, kein Stäubchen geht davon verloren!"

Als Jakob zu Bett gegangen war, regte sich bei der ältesten Tochter die Neugier. Sie öffnete das Säcklein vorsichtig, und der gemahlene Sandstein erschien ihr beim Lampenschein wie eitel Silber. Schnell benachrichtigte sie ihre Mutter von dem geheimnisvollen Fund; diese sprach zu ihren Töchtern: „Was sollen wir tun?" Die ältere antwortete: „Wir werden das Säckchen leeren und es dem Manne mit Kupfermünzen füllen, er wird's nicht merken, denn er scheint einer von den guten Dummen zu sein!" Die jüngere Tochter hatte Mitleid mit dem Manne und wollte von dem Tausch nichts wissen; aber die Mutter nahm den Sack an sich und tat, wie die ältere Tochter geraten hatte.

Als Jakob am anderen Morgen Zehrgeld bezahlt hatte, ließ er sich seinen Sack wieder aushändigen. Obwohl er sofort merkte, daß der Inhalt nicht mehr derselbe war, dachte er bei sich: Reden ist Silber, doch Schweigen ist Gold. Erst draußen am Grummer Hohlwege machte er halt, band den Sack auf und fand ihn voll Kupfergeld. Freudig zog er der Heimat zu, ging zu den Nachbarn und sagte: „Ihr habt mir in der vergangenen Nacht einen bösen Streich gespielt; ich wollte es eigentlich dem Gericht anzeigen, doch seht einmal her, dieses ganze Säcklein Geld habe ich für einen einzigen Stein meiner Mühle erhalten!" Die erstaunten Nachbarn fragten neugierig, wie er es denn angefangen hätte, soviel Geld damit zu verdienen, und Jakob antwortete: „Mein seliger Vater sagte immer: ‚Alles, was du zur Stadt bringst, trägt dir schönes Geld ein', und ich habe es jetzt selbst erfahren, daß er recht damit hatte." Eiligst rissen nun auch die anderen Müller ihre Mühlen ab, luden die Steine auf Wagen und eilten in die Stadt bis zum Alten Markt, wo sie vom Morgen bis zum Abend warteten; aber vergebens, es kam niemand, der ihnen die alten Steine abkaufen wollte. Enttäuscht und voll Zorn traten sie den Heimweg wieder an und erkannten mit verhaltener Wut, daß sie diesmal die Dummen gewesen waren.

Warum die Hasen so lange Ohren haben

– Ein Märchen aus der Bochumer Gegend –

Als der Herr die Tiere geschaffen hatte, gab er jedem einen Namen. Nachdem er nun alle Tiere benannt hatte, wollte er sich vergewissern, ob sie ihren Namen auch behalten hätten; schließlich sollte keines von ihnen ohne Namen herumlaufen.
Er begann also zu fragen:
„Wie heißt du?"
„Pferd!"
„Und du?"
„Kuh!"
„Und du?"
„Iltis!"

So befragte er sie der Reihe nach. Bisweilen hatte ein Tier seinen Namen schon wieder vergessen, dann half der Herr ihm freundlich auf die Sprünge. Bei der Schnecke mußte er sogar zweimal nachhelfen. Andere kamen aus dem Stottern nicht heraus. Die Taube beugte den Kopf immer nach vorn und sagte: „Tru-Tru!", aber „Taube" bekam sie nicht hintereinander. Das Eichkätzchen (= Eichhörnchen) hatte seinen Namen schon auf der Zunge, da sprang die Katze hervor und rief: „Nein, Katze bin ich!" Andere warfen alles völlig durcheinander. Die Elster wollte Bachstelze heißen und der Pfauhahn „Sonnenschirmchen". Es war manchmal ganz schön verzwickt, aber zuletzt kannten alle Tiere ihren Namen. Nun sagte der Herr, sie sollen schön auf ihren Namen achtgeben und ihn in Ehren halten, und dann ließ er sie laufen. Und was machte der Hase? Während der Herr die Namen vergab, saß er in der letzten Reihe und knabberte mal rechts ein Blättchen und mal links ein Krautspitzchen ab. Schließlich war er das Herumsitzen leid und hoppelte los. Wie es der Zufall wollte, geriet er auf eine Wiese, voll von Klee – jawohl, Klee! Nun war Hasensonntag. Und als er sich rundum vollgefressen hatte, legte sich der Hase in eine weiche Mulde, ließ Namen Namen sein und döste vor sich hin. Bald darauf wurde es dunkel, und er schlief ein. Weil er sich aber so mit saftigem Klee vollgestopft hatte, daß er schon mehr Klee als Hase war, träumte er auch von Klee und immer wieder nur von Klee. Manchmal begann der Hase sogar im Traum zu mümmeln, denn soweit er nur schauen konnte, lagen die schönsten Kleewiesen vor ihm ausgebreitet. Aber auch bei den Hasen haben schöne Träume einmal ein Ende. Am nächsten Morgen kam er sich ein wenig steif vor, und um sich warmzulaufen, brachte er ein ganzes Stück Wegs hinter sich. Nur noch den Berg dort hinaufflitzen, dann wollte er sich ausruhen. Als er oben war und sich ein Stündchen die Sonne auf den Balg hatte scheinen lassen, wurde er wieder hungrig und dachte an den Klee von gestern.
Gras ist zwar auch ganz lecker, aber es ist kein Klee, und überhaupt: „Es geht nichts über Klee!" Und los lief er, das Kleefeld von gestern müßte doch zu finden sein!
Da kam der Herr des Weges. Als er den Hasen sah, blieb er stehen. „Warum rennt das Tier denn nur so?" dachte er. Als dann der Hase in seine Nähe gekommen war, fragte er: „Na, Mümmelmännken, wo

willst du denn so eilig hin?“ Oh, diese Begegnung war dem Hasen gar nicht geheuer, und er lief ganz schnell weg. „Paß auf!“ dachte er, „der fragt dich noch nach deinem Namen.“ Ja, was für einen Namen hatte er denn bekommen? Den hatte er ja völlig vergessen! Der kalte Schauder lief ihm vom Näschen bis zum Schwanz, er wurde vorne und hinten kreideweiß. Und von diesem ersten Schrecken haben alle Hasen einen weißen Flecken auf der Brust und einen unterm Schwanz. Bis heute noch!

Und nun kam es: „Sag mal, Mümmelmännken, wie war das mit deinem Namen? Bist du mir gestern nicht allzu früh weggehoppelt? Welchen Namen habe ich dir denn gegeben?“ wollte der Herr wissen.

„Mümmelmännken!“ sagte der Hase, gerade noch hatte er gehört, daß der Herr ihn so anredete, wenn dieser Name ihm auch ein bißchen zu lang vorkam. „Nein!“ entgegnete der Herr und fing an zu lachen. „Das kommt davon, wenn man zu eilig wegläuft! Aber ich will dir deinen Namen noch einmal sagen: Hase!“ Dabei bückte er sich und zog dem verdatterten Tier die Ohren lang.

„So – nun nicht noch einmal vergessen!“ Damit ließ er den Hasen sitzen und ging seiner Wege.

Von dieser Zeit an haben alle Hasen lange Ohren.

(Bernhard Kleff; Übersetzung aus der Bochumer Mundart von Grete Frese)

Riesensagen

Der nächste Sagenzyklus handelt von Riesen. In fast allen Kulturen begegnen uns Riesensagen. Am bekanntesten sind wohl die Abenteuer, die der griechische Sagenheld Odysseus während seiner Irrfahrten nach dem Trojanischen Krieg bei den Riesen (Zyklopen) erlebte; an dieser Stelle sei nur an die Blendung des Polyphem erinnert.

Oder denken wir an die zumeist aus dem orientalischen Raum stammenden Sagen und Märchen aus 1001 Nacht, besonders an die Abenteuer, die Sindbad der Seefahrer während seiner dritten Reise bei den Riesen erlebte.
Selbst die Bibel berichtet von Riesen: „Damals und auch noch später lebte auf der Erde das Geschlecht der Riesen. Sie waren aus der Verbindung der Gottessöhne mit den Menschentöchtern hervorgegangen und sind als die großen Helden der Vorzeit bekannt." (1. Mose Kap. 6,4)
Der deutsche und skandinavische Raum haben ebenfalls eine reiche Fülle dieser Überlieferungen hervorgebracht:
So sollen Wodan oder Odin zusammen mit anderen Göttern die Erde aus dem Leib des von ihnen erschlagenen Riesen Ymir geschaffen haben, wobei die Knochen des Riesen zur Gestaltung der Berge, die Zähne zur Bildung der Steine gedient haben sollen. Die Sagen, die Ihnen nun vorgestellt werden sollen, sind inhaltlich miteinander verwandt und haben die „Riesen vom Tippelsberg" zum Thema.

Die Entstehung des Tippelsberges

In der Nähe der Wittewiwerkuhle in Riemke hauste vor vielen Jahren ein Riese. Als er eines Tages von einem Ausflug ins Grüne zurückkehrte, da drückten und stachen seine Füße so schmerzlich, daß er laut jammerte. Also setzte er sich hin und zog seine Holzschuhe aus. Heftig klopfte er die Schuhe aus – kein Wunder, daß es wehtat: Sand und große Steine, die beim Wandern in seine groben Holzschuhe hineingeraten waren, polterten zu Boden und bildeten einen hohen Berg – den Tippelsberg.
Oder entstand der Tippelsberg etwa auf die folgende, weniger friedvolle Art und Weise?

Der Riese Tippulus

Der Riese Tippulus hatte Streit mit einem Riesen aus der Haard, beide bewarfen sich mit großen Steinen. Während des Streites warf der Riese aus der Haard so viele Steine nach Tippulus, daß diese einen großen Berg bildeten. Dieser Berg wurde Tippelsberg genannt, in Anlehnung an den Namen des Riesen Tippulus. Tippulus jedoch stand dem Riesen aus der Haard im Steinewerfen nicht nach, und so bildeten seine Steine die Haardhöhe.
Die Haard(-höhe) liegt an der Grenze des Ruhrgebietes, bei Oer-Erkenschwick.
Bleiben wir noch ein wenig bei den Riesen vom Tippelsberg, und sehen wir nun einmal, unter welch schwierigen Umständen die Riesen ihr Brot backten:

Das verhinderte Backvergnügen

Früher wohnten auf dem Mechtenberg und auf dem Tippelsberg Riesen. Der Tippelsberg liegt etwa eine Wegstunde von Bochum entfernt, der Mechtenberg befindet sich nur einige Steinwürfe weit vom Weg entfernt, der Wattenscheid mit Altenessen verbindet. Ihr Brot backten die beiden Riesen immer gemeinsam: Einmal backten sie bei dem einen, das nächste Mal backten sie bei dem anderen; auf diese Weise wechselten sie sich immer ab. Wenn nun einer der Riesen alles zum Backen vorbereitet hatte, kratzte er so laut im Backtrog, daß es sich anhörte wie Donner, das war ihr verabredetes Zeichen. Eines Tages nun mußte der Riese vom Mechtenberg die Backvorbereitungen treffen. Er wollte aber dem Tippelsberger einen Streich spielen, und statt im Backtrog kratzte er sich am Rücken und weiter darunter, daß es nur so dröhnte. Der Tippelsberger eilte daraufhin mit seinem Backgerät sogleich zum Mechtenberg, aber der Ofen war noch gar nicht angezündet. Das ärgerte den Riesen dermaßen, daß er einen großen Stein nahm und ihn nach dem Mechtenberger schleuderte. Dieser lief jedoch fort, so schnell ihn seine langen Beine trugen, und kam nach einigen Sprüngen in Ückendorf bei Gelsenkirchen an. Dort soll auch der Stein heruntergekommen sein. Er lag früher in der Nähe des Spritzenhäuschens der Feuerwehr. Diesen Gesteinsbrocken kennen alle Leute, die in der Gegend wohnen, und sie nennen ihn: „Den großen Kieseling von dem Kerl auf dem Tippelsberg!"

Der große Kieseling liegt heute im Ückendorfer Park (Von-Wedelstaedt-Park) direkt am zum Teich führenden Weg. Es handelt sich um einen Findling bräunlicher Farbe mit den Maßen von ca. 1,0 m Höhe x 1,2 m Breite x 1,2 m Länge. Der Mechtenberg liegt am „Nettelbusch" im Dreistädteeck von Wattenscheid, Essen und Gelsenkirchen auf Essener Gebiet, ca. zehn Kilometer vom Tippelsberg entfernt.
Im allgemeinen haben Riesensagen wohl folgenden Ursprung: Unsere Vorfahren konnten sich oftmals die Herkunft von Naturerscheinungen, wie zum Beispiel mächtiger Berge, nicht erklären. Diese gewaltigen Gesteins- und Erdmassen konnten ihrer Auffassung nach nur Wesen bewegt haben, die mit übermenschlichen Kräften ausgestattet waren, sogenannte Hünen oder Riesen. Riesensagen sind demnach häufig „Erklärungssagen". Lesen sie nun die Kostprobe einer dichterischen Bearbeitung der vorangegangenen Sage. Sie stammt von dem um die Jahrhundertwende in unserer Region sehr bekannten Bochumer Bergarbeiterdichter Heinrich Kämpchen:

Der Hünenstein

(Strophen 1-2)

Vom Mechtenberg der Hüne
Schloß einen Freundschaftsbund
Mit dem vom Tippelsberge
Die Sage gibt es kund.
Gemeinsam hielten beide
Gelag' und Kumpanei,
Doch auch zur Arbeit kamen
Gemeinsam sie herbei. –

Sie buken und sie brauten
Befreundet Brot und Bier,
Der eine bei dem andern,
Abwechselnd dort und hier.
Und mußten neu sie backen,
Derweil der Vorrat bar,
So wurde Bäckermeister,
An dem die Reihe war. –

Die nächsten 13 (!) Strophen beschreiben mit dichterischer Freiheit die Entwicklung hin zum Streit. Um den Umfang dieses Beitrages nicht zu sprengen, schließen wir nur die letzten drei Strophen an.

Schon nah' dem Tippelsberge,
Hemmt plötzlich er den Lauf,
Ein Felsblock liegt am Wege,
Er hebt ihn grimmig auf
Und dann mit starkem Schwunge,
Dem Hünen kracht's Gebein,
Fort schleudert er in Lüften
Den ungeheuren Stein.

Wär' nicht sein Fuß gestrauchelt,
Indem der Wurf geschah,
Dann weh' dem Mechtenberger!
Das Unheil war' ihm nah'. –
Es hätte ihn zerschmettert
Das riesige Geschoß,
So aber schlug es nieder
Noch hart vor seinem Schloß. –

Das kündet uns die Sage –
Auch liegt am Wegesrain
Zu Ueckendorf noch heute
Der große Hünenstein. –

Ein Ausflug zum Tippelsberg im Bochumer Norden führt uns sicherlich auch zum angrenzenden, oft nebelverhangenen Wald des Zillertals. Das Zillertal gehört neben der Gegend um die alte Dorfkirche in Stiepel zu den schönsten Landstrichen Bochums. Im Zillertal hat sich ein pflanzlicher Nachkomme der Steinkohlen- oder Karbonzeit erhalten, nämlich der Riesenschachtelhalm (Equisetum Maximum). Dieser wird bis zu 2 m hoch, dennoch ist er nur ein kleiner Nachfahre seiner einst 30 m hohen Ahnen.
Jedenfalls befand sich der Riese vom Tippelsberg in netter Gesellschaft mit den pflanzlichen Riesen vom angrenzenden Zillertal.
Noch ist unser bunter Reigen von Bochumer Riesensagen nicht abgeschlossen:

Der Eiberg bei Dahlhausen

In alter Zeit lebten auf dem Tippelsberg, Mechtenberg und in der Nähe vom Horkenstein, der damals in Dahlhausen lag, gewaltige Riesen. Wenn sie im Schlafe schnarchten, so erzitterte die ganze Gegend. Die Brote, die sie backten, waren so groß wie Küchenschränke. Erbsen und Bohnen aßen sie mit Heugabeln, und mächtige Eichenbäume dienten ihnen als Wanderstöcke. Wenn sie einmal Streit miteinander bekamen, dann ging es hoch her. Gegenseitig bewarfen sie sich dann mit mächtigen Felsbrocken, die auch Hünensteine genannt werden. An einem schönen Morgen warf der Riese vom Mechtenberg dem Riesen vom Horkenstein wohlgelaunt ein Frühstücksei herüber. Leider verfehlte das Ei seinen Empfänger und fiel statt dessen auf die Ruhrhöhe nieder, genau dort, wo später der Eiberger Wasserturm hingebaut wurde. Das Ei zerbrach auf dem harten Boden und lief völlig aus. Das war ein Spektakel! Das Eigelb floß in breiten Strömen den Berg herunter und ergoß sich bei Dahlhausen in die Ruhr, die bald schon bis zum Grund mit köstlichem Inhalt angefüllt war. Sofort kamen die Dahlhausener Bürger mit Töpfen und Pfannen, Kellen und Eimern herbeigelaufen und sicherten sich ihren Anteil vom leckeren Dotter. War das eine Freude! Drei Tage lang gab es in Dahlhausen die feinsten Eier-

kuchen. Der Berg bei Dahlhausen aber wurde seit jenem Ereignis nur noch „Eiberg“ genannt.
Anschließend folgt eine Sage, die die geheimnisvollen Überlieferungen von den Gespenstern der Wittewiwerkuhle mit den Riesen vom Tippelsberg in Verbindung bringt:

Der Kampf am Tippelsberg

Die Witte-Wiwer entführten einst die Frau eines Riemker Bauern in ihre Höhle. Mit der Drohung, ihr den Hals zu brechen, falls sie jemals aus dem Höhlentor sehen würde, schüchterten sie die arme Frau ein. Davon hörten auch der Riese Tippulus, der auf dem Tippelsberg wohnte, und sein Freund, der Riese vom Stimmelsberg bei Haltern. Beide beabsichtigten, die Bäuerin aus der Hand der Witte-Wiwer zu befreien, und so forderten sie die gespenstischen Wesen zum Kampf. Diese ließen nicht lange auf sich warten, so daß alsbald eine fürchterliche Schlacht entbrannte. Fünf Tage und fünf Nächte tobte der Kampf so mächtig, daß ganz Riemke erzitterte. Als Waffen diente den Riesen alles, was ihnen vor die Augen kam: Felsbrocken, Steine, Bäume und Erdklumpen gingen im wilden Durcheinander auf die Witte-Wiwer nieder. Während der Auseinandersetzung schaute die Bäuerin, dem Verbot trotzend, vorsichtig aus der Höhle heraus und sah ihre Entführer so sehr in das Kampfgeschehen vertieft, daß sie ihren ganzen Mut zusammennahm und aus dem feuchten Gefängnis in ein nahes Gebüsch floh. Von dort aus eilte sie zurück zum nahe gelegenen Bauernhof ihres Mannes – gerettet! Doch die fürchterliche Fehde nahm ihren Fortgang. Des Kampfes überdrüssig floh schließlich der angeschlagene Riese vom Stimmelsberg zurück nach Haltern. Tippulus jedoch kam nicht davon. Von den Witte-Wiwern erschlagen sank er zu Boden. Die Witte-Wiwer hatten nun gegen die Riesen gesiegt, aber die Riemker Bäuerin war ihnen entkommen. Sie lebte noch sechzig Jahre lang glücklich und zufrieden mit ihrem Mann zusammen.

Die Versuchung auf dem Mechtenberg

Der Teufel wollte einst Jesus Chistus auf einem hohen Berg in Versuchung führen. Vom Mechtenberg nahe Wattenscheid aus zeigte der Satan ihm das märkische Land mit seinen Siedlungen und Dörfern und sprach: „Das alles und alle Reiche der Welt will ich dir geben, wenn du vor mir niederfällst und mir dienen willst. Nur diese Orte will ich für mich behalten: Castrop und die Gegend zwischen Ruhr und Schwarzbach, zwischen Goldhamme und Leithebach, das Land zwischen Radbecke und Mühlenbach sowie die Flecken um Hasselte und Aa!"
Da lachte Christus auf und sagte: „Satan, du bist nicht schlecht beraten, Castrop und Wattenscheid für dich zu beanspruchen, doch niemals wird es dir gehören, denn es ist Gottes Land und wird Gottes Land bleiben – und nun Satan, weiche von mir!"
Die Worte des Herrn machten den Teufel sehr grimmig. Voller Zorn nahm er die umliegenden Felsbrocken und schleuderte sie blindwütig auf Christus. Dann tat sich der Berg auf, und der Teufel fuhr mit lautem Getöse in die Hölle hinab, wobei er einen üblen Gestank zurückließ. Einige der Felsbrocken liegen noch jetzt auf dem Mechtenberg. Hin und wieder erzittert der Berg bis auf den heutigen Tag, als bebe dort drinnen der Teufel noch immer voller Wut.

An anderer Stelle heißt es, der Teufel sei nahe der Pappelallee bei Haus Sevinghausen in die Hölle gefahren. Tiefe Erdlöcher, die davon zeugten, sollen noch vor einigen Jahren dort zu sehen gewesen sein.
Dieser Legende liegt sicherlich folgender Text aus dem Neuen Testament der Bibel zugrunde:
Jesu Versuchung
Der Teufel führte Jesus mit sich auf einen sehr hohen Berg und zeigte ihm alle Reiche der Welt und ihre Herrlichkeit und sprach zu ihm: „Das alles will ich dir geben, wenn du niederfällst und mich anbetest." Da sprach Jesus zu ihm: „Weg mit dir, Satan! denn es steht geschrieben: Du sollst anbeten den Herrn, deinen Gott, und ihm allein dienen." Da verließ ihn der Teufel. Und siehe, da traten Engel zu Jesus und dienten ihm (Matthäus-Evangelium Kap. 4, 8-11).

Die Wittewiwerkuhle

Es ist immer wieder faszinierend: Um auf den Pfaden alter Volkssagen zu wandeln, müssen Sie beispielsweise nicht erst nach Hameln reisen, um dort den Spuren des Rattenfängers nachzugehen. Auch wenn Sie im Ruhrgebiet wohnen, brauchen Sie nur einen Schritt vor die Haustür zu setzen, und schon sind Sie mitten in einer von sagen-haftem Geschehen durchwobenen Landschaft. Besonders interessant sind jene Sagen, die sich um die Wittewiwerkuhle in Bochum-Riemke ranken.
So heißt es nach einem alten Sagenbuch von 1859:
Am Tippelsberg bei Riemke liegt ein einzelner Bauernhof, auf dem der Bauer Thiem wohnt. Unmittelbar an dem Gehöft befindet sich eine etwa zwanzig Fuß (ca. sechs Meter) hinabgehende Tiefung, in der eine schöne klare Quelle entspringt, ringsum umgeben von schönen Gehölzen. Diese Vertiefung nennt man die Wittewiwerkuhle und erzählt, daß hier vor Zeiten die Witte-Wiwer gewohnt haben, die sich zuweilen auch sehen lassen.
Die in der Sage enthaltene Ortsangabe zur Wittewiwerkuhle interessierte den Herausgeber vor einiger Zeit sehr. Wo genau mochte die geheimnisvolle „Kuhle“ gelegen haben“?
Also machte sich der Herausgeber eines Nachmittags auf die Suche nach der seltsamen Vertiefung. Die sagenumwobene Wittewiwerkuhle fand er zwar nicht, dafür aber einen alten Bauernhof an der „Tippelsberger Straße“. Der Eigentümer des Hofes heißt Tappe-Tiemann. In der erzählten Sage wurde der Inhaber Thieme genannt, die Namensähnlichkeit war auffällig genug: das war wahrscheinlich der Hof, bei welchem die sagenhafte Wittewiwerkuhle liegen mußte.
Telefonisch wurde ein Besuch bei Herrn Tappe-Tiemann vereinbart. Das Treffen mußte allerdings mehrmals verschoben werden: Soweit sich der Herausgeber erinnert, mußte damals Heu eingefahren werden, denn nach einer langen Regenperiode schien endlich die Sonne.
An einem Nachmittag kam es dann aber doch zustande:
Mit Tonband, Photoapparat und – als Gastgeschenk – einer Flasche Mariacron besuchte der Herausgeber „vor Ort“ den ca. 80jährigen Herrn, der dort seit knapp 60 Jahren auf seinem Bauernhof lebt. Auf einem der Felder gegenüber dem Hof lag die in vielen westfälischen

Sagensammlungen erwähnte Wittewiwerkuhle, sie grenzte an das Haus „Tippelsberger Straße 103".

Herrn Tappe-Tiemanns Ausführungen nach entsprang der Wittewiwerkuhle früher eine „Quelle, an der noch vor 30 Jahren Frauen auf dem Waschbrett Wäsche säuberten". Die Quelle soll in einer langgestreckten „Kuhle" gelegen haben und in ihrem weiteren Verlauf den Osterbach gebildet haben. Noch 1983 umsäumte Buschwerk die Kuhle. Im selben Jahr tauschte der Landwirt Tappe-Tiemann die Felder auf dem Tippelsberg gegen das städtische Grundstück, auf dem die Wittewiwerkuhle lag. Die Kuhle wurde auf Anweisung der Stadt Bochum zugeschüttet, um eine landwirtschaftliche Nutzung zu ermöglichen. Je nach Wetterlage ist das Quellgebiet auch heute noch sehr feucht. Der Tippelsberg wird von der Stadt als Bauschuttdeponie genutzt. Große Teile des beim U-Bahnbau anfallenden Aushubs wurden dort abgekippt. Wer die A 43 befährt, sieht den lehmbraunen Berg schon von weitem her.

Doch hören wir nun die Sage:

Es wird erzählt, daß vor langer Zeit auf dem Hofe des Bauern Stimberg in Riemke die Frau des Landwirts ein Kind zur Welt brachte, denn Hausgeburten waren damals noch die Regel. Kurze Zeit nach ihrer Niederkunft hielt sich die Bäuerin für mehrere Tage außer Haus auf. Doch hatte sie zuvor versäumt, den nach einer Geburt üblichen Kirchgang zu absolvieren. Zurückgekehrt, saß die junge Mutter abends am wärmenden Stubenfeuer, als plötzlich zwei Witte-Wiwer zur Tür hereinkamen und die Frau mit Gewalt ergriffen, um sie in ihre Höhle zu entführen. Dort angekommen, verboten die Witte-Wiwer der Bäuerin, jemals wieder aus der Höhlentür hinauszutreten – oder auch nur einen Blick hinaus zu tun. Ja, sie drohten der Frau sogar an, ihr den Hals zu brechen, falls sie die Anweisung mißachte. Zu essen bekam sie ausschließlich die Speisen der Witte-Wiwer – Möhren, Äpfel, rohe Wurzeln und dergleichen. Sieben Jahre lang hat die Bäuerin ihr Schicksal ertragen müssen. Als aber die Witte-Wiwer eines Tages einmal die Höhle verlassen hatten, konnte die Frau das Verlangen, ihre Kinder wiederzusehen und der langjährigen Gefangenschaft zu entfliehen, nicht mehr unterdrücken. Sie öffnete die Höhlentür, und kaum war sie ins Freie getreten, verloren die Witte-Wiwer ihre unheimliche Macht über sie. Sie hörte das Läuten der Bochumer Kirchenglocken. Dieser Klang war ihr noch sehr vertraut, trotz der langen Jahre ihrer Gefangenschaft. Nun erkannte die Bäuerin auch, daß der Ort ihres erzwungenen Aufenthaltes nicht allzu weit vom Hofe ihres Mannes entfernt lag. So eilte die Frau gleich nach Riemke hinab. Ihr Mann hatte aber indessen, da er seine Frau nach einer langen Zeit des Wartens für tot gehalten hatte, eine andere geheiratet. Als die Bäuerin die neue Frau ihres Mannes erblickte, setzte sie sich traurig und ohne ein Wort zu sagen an den Herd. Ihre Kinder erkannten sie sofort und sprangen freudig auf sie zu, worauf die Stiefmutter die Kleinen ärgerlich zurechtwies, sie sollten gefälligst von dem Bettelweib ablassen. „Wohl gehen sie mich mehr an, als dich!“ rief die Mutter daraufhin, denn die rüden Worte der neuen Frau ihres Ehemannes konnte sie nicht ertragen. In diesem Moment kam auch der Bauer ins Haus herein und erkannte völlig überrascht seine verschollene und tot geglaubte Ehefrau wieder. Natürlich schickte der Landwirt sie nicht wieder fort, sondern behielt sie neben der zweiten Frau im Haus – ja er war sogar froh, sie wiederbekommen zu haben.

Einige Jahre lebten die drei zusammen auf dem Hof; verwunderlich fand der Bauer nur, daß seine erste Frau seit ihrer Rückkehr nichts anderes als Apfelmus essen konnte. Abends nach ihrem anstrengenden Tagewerk spann die endlich freigekommene Bäuerin zum Dank für ihre Rettung Garn für zwei Altarlaken, die sie dann der Kapelle in Eickel bei Herne stiftete. Kurze Zeit darauf starb sie.

Eine weitere Sage berichtet: So fischreich der Bach am Tippelsberg auch war, kein Mensch wollte dort Fische fangen. Die Leute befürchteten, ebenfalls auf geheimnisvolle Weise zu verschwinden und vielleicht niemals mehr das Tageslicht zu sehen. Sie hatten Angst vor den Geistern des Tippelsberges, die sich zuweilen an der Wittewiwerkuhle sehen ließen und des Nachts in weißen Schleiern sonderbare Reigen tanzten.

Nach der Flucht der Stimberg-Bäuerin trieben die Witte-Wiwer auch weiterhin ihren Spuk:

Ein Knecht von Thiems Hof hat einmal an der Wittewiwerkuhle gepflügt, und da es gerade um die Frühstückszeit war, rief er: „Witte-

Wiwer heraus, ich bin hungrig!" Und sogleich hat ein Tisch, mit den herrlichsten Speisen gedeckt, vor ihm gestanden. Er dachte nicht lange nach, sondern langte tüchtig zu und ließ es sich schmecken. Solche ausgesuchten Delikatessen gab es sonst nur für reiche Leute auf prächtigen Anwesen. Wahrscheinlich wußte der Knecht von der alten Sage, die ein greiser Knecht aus Hillen erzählte: Danach soll in der Wittewiwerkuhle ein Schloß untergegangen sein. Kamen die feinen Gerichte vielleicht von dort? –

Ein Pferdejunge, der mit dem Knecht zusammen die morgendliche Feldarbeit verrichtete, rief – dem Beispiel des Älteren folgend – ebenfalls: „Witte-Wiwer heraus, ich bin hungrig!" Und schon stand auch vor ihm ein herrlich gedeckter Tisch. Aber aus lauter Furcht vor diesem unheimlichen Zauber mochte er nun doch nichts essen, ja sein Entsetzen über dieses unheimliche Geschehen war sogar so groß, daß er nach einigen Wochen starb.

Der Name der von den Witte-Wiwern entführten Bäuerin – Stimberg – läßt sich auch heute noch in der Nähe des Tippelsberges in Straßennamen wiederfinden. „Stembergstraße" und „Stembergsbusch" sind Bezeichnungen für Wege, an denen auch gegenwärtig noch alte Gehöfte liegen.

„Nixenstraße", „Feenstraße" und „Elfenstraße" sind bezeichnende Wegebenennungen in der Gegend der Wittewiwerkuhle, die an diesen sagen-haften Ort erinnern.

Da wir nun schon soviel von Witte-Wiwern gehört haben, kommt sicher die berechtigte Frage auf: Was eigentlich sind Witte-Wiwer? Einige Sagenforscher übersetzen Witte-Wiwer mit „Weiße Frauen" und meinen, diese seien in Beziehung zu setzen zu den sagenumrankten germanischen Schicksalsschwestern, den sogenannten Nornen. Es sind Göttinnen der germanischen Mythologie, die das Geschick der Menschen voraussehen und sogar beeinflussen können. Ferner wird behauptet, Witte-Wiwer seien unterirdische Geister, die nicht der gesellschaftlichen Norm entsprechende Verhaltensweisen von Frauen bestrafen, im obigen Fall den versäumten Kirchgang nach der Niederkunft. Andere Fachleute meinen dagegen, Witte-Wiwer-Sagen verdanken ihren Ursprung vorzeitlichen Begräbnisstätten.

Doch was verbinden die Anlieger der ehemaligen Wittewiwerkuhle heute mit diesen merkwürdigen Gespenstersagen?
Herr Davidheimann, „Tippelsberger Straße", ca. 85 Jahre, meinte vor drei Jahren zu dem Herausgeber: Vor langer Zeit wurden zwölf weiße Weiber in den Tippelberg verbannt, anschließend wurden sie niemals mehr gesehen. Aber blond müssen sie wohl gewesen sein, denn Herr Davidheimann hatte eine Verwandte mit blonden Haaren, und diese Frau hieß früher nur „Die Witte."

Jäger Goi

Nun folgt eine Sage, die eines der variantenreichsten Themen der deutschen und skandinavischen Sagenbildung – den Wilden Jäger, oder auch Jäger Goi genannt – behandelt. Im Sturm (Element Luft) begegnet uns der Wilde Jäger als dämonischer Führer der Seelen von Verstorbenen. Die germanischen Götter Odin oder Wodan, aber auch die bekannten Sagengestalten König Artus, Dietrich von Bern und selbst Frau Holle werden oft mit diesem Führer der Seelen gleichgesetzt.
In anderen Überlieferungen wird der Wilde Jäger als Adliger dargestellt, der seine Jagdhelfer während der Hatz mißhandelt und als Sühne dazu verdammt wird, nach seinem Tode ohne Rast bis in alle Ewigkeit zu jagen. Die hier vorliegende Sage behandelt eine dritte Hauptgruppe dieses Themas, nämlich einen den Feiertag mißachtenden Jäger, der einen Hubertushirschen, also einen Hirschen mit einem Kreuz – als Symbol für Christus – zwischen dem Geweih, erjagt und daher als Frevler ebenfalls zur ewigen Jagd verdammt ist.
Der erwähnte Heilige Hubertus lebte um 655 bis 727 und war der erste Bischof von Lüttich, er gilt als Apostel des Ardennengebietes. Der Legende nach erschien ihm auf der Jagd ein Hirsch mit einem strahlenden Kreuz zwischen dem Geweih, woraufhin er dem weltlichen Treiben entsagte und Geistlicher wurde. Hubertus ist der Schutzheilige der Jäger, sein Namenstag, der 3. November, wird in Jagdkreisen mit einer feierlichen Hubertusjagd begangen. So heißt es in einem 1859 erschienenen Sagenbuch:

Ein neunzigjähriger Mann aus Riemke erzählte, Jäger Goi sei ein leidenschaftlicher Jäger gewesen, der selbst an hohen kirchlichen Feiertagen auf die Pirsch ging. Einst sei er an einem stillen Freitag auf die Jagd gegangen; als er nun nichts vor die Flinte bekam, sprach er: „Ich muß heute noch ein Wildbret haben, und sollte es ein Hirsch mit einem Kruzifix sein!" Da wurde sein vermessener Wunsch sofort erfüllt, denn ein schöner Hirsch mit mächtigem Geweih – und zwischen demselben ein Kruzifix – stand plötzlich vor ihm. Doch auch der erfurchtgebietende Anblick dieses Tieres brachte ihn von seinem unheilvollen Vorhaben nicht ab, und nach einem gezielten Schuß brach der Hirsch, zu Tode getroffen, zusammen. Aber als der Jäger Blut aus der Wunde strömen sah, begann er heftige Reue zu spüren. Mit seiner bloßen Hand versuchte der Schütze das Blut zurückzuhalten – doch vergebens, es war zu spät, das Tier war verendet. Seitdem ist der Jäger Goi verflucht, bis in alle Ewigkeit zu jagen.

Der unheimliche Turm von Haus Langendreer

Die Geschichte von Haus Langendreer geht wohl bis ins 13. Jahrhundert zurück. Hier wohnten einst die Ritter von Langendreer. Heute ist auf dem Burggelände, gegenüber der S-Bahnhaltestelle eine Schule untergebracht. Links neben dem Eingang der Anlage steht ein alter Turm. Ursprünglich zu Verteidigungszwecken errichtet, diente er wohl ab 1611 als Gefängnis. Viele Spukgeschichten ranken sich um den „unheimlichen Turm":

Wie die Leute erzählen, birgt er außer Sensen und Beilen auch eine Köpfmaschine. Ein unterirdischer Gang führte zu einem weiteren, reich mit goldenen Kannen und Eßgeschirr ausgestatteten Turm. Bänke und Richtstühle standen an den Seiten – kein Wunder, denn hier hat der Teufel persönlich über seine Anhänger Gericht gehalten. Das Grab eines Unbekannten ist ebenfalls in dem Turm verborgen; bis in alle Ewigkeit verdammt, kann er im Tod keine Ruhe finden. Allnächtlich entsteigt er seiner kühlen Gruft und wandelt im Treppen-

haus der Burganlage ruhelos umher. Wehe dem Menschen, der zu fortgeschrittener Stunde das Gemäuer betritt. Mit grauenhaftem Geheul stürzt sich das Gespenst dann auf den Eindringling.
Nur einem alten Mann, der ebenfalls im Haus Langendreer wohnte, war es vergönnt, direkten Kontakt mit den Burggeistern aufzunehmen. Seltsam war auch er – so besaß er eine sehr sonderbare Katze, deren Augen sich dort befanden, wo normalerweise die Stirn ist. Über Katzen, Hunde und Eulen hatte er eine geheimnisvolle Kraft; wie gebannt folgten sie seinen Befehlen. Auch die anderen Haustiere der Burg schienen verhext zu sein. Im verfallenen Stall stand ein weißer Esel, der nicht „Iah", sondern einer Katze gleich „Miau" schrie.
Eine Tanne, mehrere tausend Jahre alt, dient mitternachts als Versammlungsstätte der Geister von Haus Langendreer. Dort salben sie sich mit dem Harz der Tanne, die weit in die Nacht hinein ihren eigentümlichen Geruch verbreitet.
Auch in dem erwähnten unterirdischen Gang geht es nicht mit rechten Dingen zu. Oft hörten die Langendreerer ein Schreien und Stöhnen tief unten aus dem Gang ertönen. An der „Oesterheide" soll er wieder

Haus Langendreer

ans Tageslicht gekommen sein, andere meinen, er mündete in einen Turm südlich der „Hasselbringstraße", genau weiß man es heute leider nicht mehr zu sagen. Jedenfalls stand am Ende des Ganges eine Birke, unter der sich zu mitternächtlicher Stunde ebenfalls Spukwesen versammelten. Daß es sich um keine gewöhnliche Birke gehandelt haben kann, liegt auf der Hand, denn abends begann sie plötzlich aufzuglühen und tauchte das gespenstische Geschehen in ein unwirkliches Licht. Einen wahren Höllenlärm veranstalteten die Untoten, sie verschwanden aber am Ende der Geisterstunde mit Getöse und Gepolter wieder in die Erde. Bis in die Stollen und Schächte der angrenzenden Tiefbauzechen war das Spektakel zu hören, und oftmals sprachen die Bergleute ängstlich von den seltsamen Ereignissen. Ein Langendreerer machte vor einiger Zeit unfreiwillig die Bekanntschaft mit einem der Geister. Unweit der Birke begegenete er einer Gestalt, die immer näher und näher auf ihn zukam – noch ein paar Meter – jetzt sah er sie deutlich – grauenvoll – ein Knochengerippe im weißen Gewand stand vor ihm. So schnell er konnte, lief er fort, doch das Gespenst hinterher: „Warte, du Hund, jetzt sollst du büßen!" hörte der Mann hinter sich herrufen. Mit letzter Kraft, völlig erschöpft, kam er zuhause an. Gerettet! Liegt ein Fluch über dem alten Rittersitz von Langendreer?
Kein Ort innerhalb dieser Anlage scheint ohne Spuk zu sein. Selbst in den Burggraben ist ein Geist gebannt, aus dem Schilf hört man es klagen: „Hier wohne ich allein... allein!"

Der Ort (Langen-) Dreer wird erstmals um das Jahr 880 im Verzeichnis der Bauernhöfe, die der Benediktinerabtei Werden abgabepflichtig waren, urkundlich erwähnt. Damals schrieb man noch „Threiri". Der Ortsname wurde in der Folgezeit von drei (threi-) Langendreerer Bächen (-ri), Ölbach, Salbach und Eschbach, abgeleitet, die auch in das Wappen des Ortes Aufnahme fanden. Drei waagerecht übereinanderliegende silberne Wasserläufe auf rotem Grund zieren dieses Wappen. Der Name Langen-dreer begegnet uns erstmals im Jahr 1338, tatsächlich weist er wohl auf die langgestreckte Lage des Ortes hin.

Die „Witte-Wie“

Ebenso wie am Tippelsberg in Riemke oder im Rechener Busch soll es auch in Langendreer „Witte-Wieber“ gegeben haben. Nach E. Tetzlaff waren sie gottgeweihte Jungfrauen, die das heilige Feuer hüteten und sich um die Pflege von Kranken kümmerten. Eine von ihnen, Heimberthe mit Namen, wohnte auf dem nach ihr benannten Heimbertsberg, dem heutigen „Heimelsberg“. Heimberthe verstand das Sprudeln des Wassers der heiligen Quelle zu deuten, und aus dem Schreien und dem Fluge der Vögel sowie aus der Beschaffenheit der Eingeweide der Opfertiere wußte sie zu weissagen. Da sie sich mit weißen Gewändern kleideten, wurden die Jungfrauen „Witte-Wieber“ (Weiße Frauen) gerufen.
Der Weg, den Heimberthe sowie ihre Schülerinnen und Nachfolgerinnen zumeist benutzten, hieß bei den Dorfbewohnern „Witte-Wieber-Pfad“, später wurde dieser Weg „Witte-Wie“ genannt, und so bezeichnet man ihn noch heute.
Gerhard Nowak deutet diesen Namen im Gegensatz zu Tetzlaff viel nüchterner. Er meint, die Straße „Witte-Wie“ habe nichts mit „Weißen Frauen“ zu tun, sondern sei ursprünglich schlicht und einfach der „Wittener Weg“ gewesen, also der Weg, welcher den Kern Langendreers mit Witten verband. Später übernahm die heutige „Hauptstraße“ diese Funktion, so daß den Langendreerer Bauern der ursprüngliche Sinn des Straßennamens „Witte-Wie“ vielleicht nicht mehr geläufig gewesen sei, was dann zu einer sagen-haften Deutung eingeladen habe.

Die drei Krähen im Wappen der Ritter von Langendreer

In alter Zeit lagen die Ritter von Haus Langendreer in Fehde mit den Herren von Burg Hardenstein in Herbede. Die Langendreerer waren froh, in den Rittern von Querenburg Verbündete zu haben, denn auf sich allein gestellt, wären sie der Übermacht der Herbeder unterlegen gewesen. Die starken und mächtigen Herren von Burg Hardenstein

griffen Haus Langendreer und die Querenburg oftmals an. Solchermaßen bedrängt, konnten diese die feindlichen Attacken nur dann abwehren, wenn sie sich im Kampfe gegenseitig beistanden.
Eines Tages nun nahmen die Hardensteiner den Junker gefangen, der bisher dafür Sorge getragen hatte, daß die befreundeten Burgherren im Falle eines Angriffes voneinander Nachricht erhielten, und so kamen sie in Gefahr, von dem mächtigen Feind einzeln erobert zu werden. In dieser schwierigen Lage fand ein kluger Langendreerer Knappe Rat. Er hatte drei Krähen großgezogen, mit denen er sich eines Nachts, von den Hardensteinern unbemerkt, zur Querenburg schlich; die Krähen sollten, Brieftauben gleich, bei Not eine Nachricht übermitteln. Wenige Tage später zogen die Ritter von Hardenstein mit einer ansehnlichen Streitmacht aus, um die Querenburg zu erobern. Der Knappe ließ also die drei Vögel los, die auch sogleich zum Haus Langendreer flogen und dem Ritter die Kunde brachten, daß der Feind die befreundete Burg bestürmte. Die Langendreerer eilten bewaffnet herbei und griffen den Gegner von hinten an, während die Querenburger gleichzeitig aus ihrer Burg hervorbrachen. Nach schweren Kämpfen siegten schließlich die beiden Verbündeten. Es blieben so viele gefallene Hardensteiner auf dem Kampfplatz zurück, daß selbst ihre Kinder und Enkelkinder es niemals mehr wagten, eine neue Fehde zu beginnen. Seit diesem Sieg aber führten die Ritter von Langendreer drei Krähen in ihrem Wappen.

Im Jahre 1448 heiratete Beate von Dreer, Erbin des Rittersitzes Haus Langendreer, Arnd von der Borch, der tatsächlich drei Rabenvögel (Krähen?) im Familienwappen führte. Haus Langendreer war nun bis zum Verkauf an die Bergbau-Gesellschaft Luise Tiefbau (1905) Eigentum der Familie von der Borch.

Haus Hardenstein, eine in (Witten-) Herbede an der Ruhr gelegene, ehemals wasserumwehrte Burganlage, fiel mit der Heirat der Erbtochter von Hardenberg (1439) an die Familie von Stael-Holstein. Von 1505 – 1603 war die Familie von Brempt Eigentümer Hardensteins; in der Folgezeit wurde die Anlage zur landwirtschaftlichen Nutzung an Bauern verpachtet. Eine „Querenburg" ist urkundlich nicht belegt. Für

den in Frage kommenden Zeitraum (ab 1448) kann die Existenz einer „Querenburg“ sogar mit Sicherheit ausgeschlossen werden.
Gerhard Nowak (Flurnamen als Straßennamen, 1986) hält es jedoch zumindest für denkbar, daß in altsächsischer Zeit am Kalwes, einem bewaldeten Berg in der Nähe des Botanischen Gartens und der Straße „Im Lottental“ in Querenburg, eine mit Erdwällen und Dornenhecken befestigte Fluchtburg angelegt worden ist, wohin sich in Kriegszeiten die Bewohner der umliegenden Höfe zurückziehen konnten.
Anlaß zu dieser Überlegung gibt ihm eine alte urkundliche Erwähnung Querenburgs in den Urbaren (Abgabeverzeichnissen) der Benediktinerabtei Werden um das Jahr 890. „Villa Quernberga“ heißt es dort, wobei -berga Schutz, Berge bedeutet und auf eine befestigte Höhe als Fluchtburg hinweisen kann. Für sinnvoller und wahrscheinlicher hält Nowak aber die Deutung: Querenburg = Mühlenberg, von quern altdt.: Handmühle; er weist darauf hin „daß sich der harte Sandstein aus den Steinkuhlen am Kalwes vorzüglich zur Anfertigung solcher Mühlsteine eignete“.

Zwergenkönig Goldemar auf Burg Hardenstein

Die Hardensteiner sind nicht nur durch die „Querenburger Fehde“ (siehe: Die drei Krähen im Wappen der Ritter von Langendreer) und durch Haus Rauendahl (siehe: Archäologische Sensation im Rauendahl) mit der Geschichte Bochums verbunden. Sie hatten auch sehr viele Besitztümer im Bochumer Raum, zum Beispiel das Sattelgut Dahlhausen sowie den heute im Botanischen Garten der Universität Bochum gelegenen Beckmannshof.
Burg Hardenstein selbst, eine der am romantischsten gelegenen Adelssitze Westfalens, liegt in Witten-Herbede, an der sehenswerten „Burgenstraße an der Ruhr.“ Diese alten Gemäuer sind aber nicht nur schön anzusehen, sie sind auch Nischen des Irrationalen, des Sagenhaften.
Eine der bekanntesten Sagen des Ruhrgebietes, die auch in das literarische Werk der Brüder Grimm aufgenommen wurde, handelt vom Zwergenkönig Goldemar:

Vor mehr als 600 Jahren wohnte auf Burg Hardenstein der Zwergenkönig Goldemar. Bei Tisch saß er stets zur Rechten des Ritters Neveling von Hardenberg; man hörte den Zwergenkönig schlürfen und schmatzen, aber er selbst blieb den Augen verborgen, er war nämlich unsichtbar.
Mit seinem Pferd verhielt es sich nicht anders. Es stand im Stall, man hörte es saufen, trampeln und wiehern, aber niemand hat es je erblikken können.
Solange Goldemar auf der Burg wohnte, hatte Hardenstein eine gute Zeit. Die Speisekammern wurden nie leer, und das Weinfaß war stets bis zum Rand gefüllt. Wenn sich einmal Feinde in böser Absicht der Burg näherten, warnte der Zwergenkönig den Ritter, so daß er rechtzeitig Vorkehrungen treffen konnte. Beim gemeinsamen Würfelspiel leerte der Zwergenkönig mit dem Burgherrn manchen Becher guten Weines, und hin und wieder ließ er dabei sein Harfenspiel erklingen. Viele Leute, geistliche wie weltliche Herren besuchten Goldemar auf Burg Hardenstein. Der Zwergenkönig redete zwar mit allen, aber die Geistlichen konnte er nicht leiden; oftmals trieb er ihnen die Schamesröte ins Gesicht, indem er ihre heimlichen Sünden vor allen Leuten offenbarte. Den Ritter Neveling, den er seinen Schwager nannte, lehrte Goldemar, sich mit den Worten zu bekreuzigen: Unerschaffen ist der Vater, unerschaffen ist der Sohn, unerschaffen ist der Heilige Geist!
Zu dieser Zeit wohnte auch ein Küchenjunge auf Hardenstein, der unbedingt wissen wollte, wie der Zwergenkönig denn aussähe. Man munkelte, Goldemar habe Hände, kalt wie ein Fisch und weich wie eine Maus – aber es hatte ihn ja kein Sterblicher jemals zu Gesicht bekommen. Dem Küchenjungen jedoch war bekannt, daß Goldemar die Angewohnheit hatte, noch zu später Stunde in die Burgküche zu gehen, um sich mit ein paar vom Abendessen übriggebliebenen Happen zu stärken.
Der Junge hatte einen Plan: „Wenn ich nun Mehl und Erbsen auf die Küchenstufe ausstreue, so stolpert Goldemar über die Erbsen, fällt zu Boden und verliert seine Tarnkappe, so daß ich ihn sehen kann, zumindest aber wird sich seine Gestalt im Mehl abzeichnen!"
Gesagt, getan. Der Junge bereitete alles vor, versteckte sich hinter der Küchentür und wartete, eine Stunde, zwei Stunden. Von Herbede

klang der Glockenschlag zwölfmal herüber – Mitternacht. Plötzlich kam etwas durch den Flur, der Junge hörte es ganz deutlich. Knarrend öffnete sich die Tür, ein Schatten huschte herein, da – ein Aufschrei, der Zwergenkönig stolperte über die Erbsen und fiel polternd zu Boden.
In diesem Augenblick sprang der Küchenjunge hinter der Tür hervor und erblickte Goldemar. Dieser aber schnappte den Jungen, außer sich vor Wut, riß ihn auseinander und kochte und briet ihn anschließend in großen Töpfen. Diese Gerichte ließ er sich auf sein Turmzimmer bringen, das bis auf den heutigen Tag „Goldemars Kammer" heißt, und dort verspeiste er den Küchenjungen. Sein Schmausen war begleitet von Musik und Gesang, sonst war es mucksmäuschenstill in der Burg. Kein Mensch wagte auch nur einen Ton von sich zu geben, denn alle hatten große Furcht vor dem unheimlichen Treiben.
Neveling von Hardenberg war es, der am nächsten Morgen seinen ganzen Mut zusammennahm und als erster nach dem Rechten sah. Er ging also zu Goldemars Turmkammer und sah, daß über der Tür etwas geschrieben stand. Beim Nähertreten durchlief ihn ein kalter Schauder, denn die Worte ergaben einen Fluch: „Burg Hardenstein soll künftig so unglücklich sein, wie sie vormals glücklich gewesen ist, und all ihr Gut soll zerrinnen, solange nicht drei Generationen derer von Hardenberg zugleich am Leben sind!"
In der Folgezeit aber lebten niemals Großvater, Vater und Sohn in dem alten Gemäuer zusammen, und die Familie von Hardenberg starb schon vierzig Jahre nach diesem schicksalschweren Fluch im Jahre 1439 im Mannesstamme aus. Die einstmals stolze Burg zerfiel im Laufe der Jahrhunderte zu der noch heute stehenden Ruine. Den Zwergenkönig Goldemar aber hat man seit jener Nacht nicht wieder in dieser Gegend gesehen.

Volkssagen haben nicht nur einen Unterhaltungswert; zumindest in der Vergangenheit wurden sie als „wahr" angesehen und wirk(t)en zum Teil verhaltensbeeinflussend; so auch die Sagen um den „Zwergenkönig Goldemar auf Burg Hardenstein".

Fluch über Hardenstein

In den Mauern der Vorburg von Hardenstein stand einst ein Wirtschaftshof. Ein altes Fachwerkhaus des Hofes diente bis 1974 als Gartengaststätte und Wohnhaus. Obwohl die Vorburg stets bewohnt gewesen war, hüteten sich schwangere Frauen davor, ihre Kinder dort zu gebären, wenngleich Hausgeburten bis in die fünfziger Jahre dieses Jahrhunderts in Herbede weit verbreitet waren. Die Frauen fürchteten, daß König Goldemars Fluch, der seit 600 Jahren über Burg Hardenstein liegt, bei der Geburt sie oder ihr Kind treffen könnte. Kam doch einmal ein Kind in der Vorburg zur Welt, so wurde es krank geboren, oder es starb bald nach der Geburt.
(Mündlich von Frau Niemann, Herbede, 1985. Ein Redakteur, von einer großen Zeitung beauftragt, noch nicht dokumentierte Sagen im Ruhrgebiet aufzuspüren, irrte sehr, als er zum Abschluß seiner vergeblichen Bemühungen (1988) feststellte: „Die alte Frau, die Märchentante, die gibt es nicht mehr".)

Ruine der Burg Hardenstein in Witten-Herbede

Der Schatz von Hardenstein

Nach einer alten Überlieferung geschah in den Ruinen der einstmals stolzen Burg Hardenstein diese seltsame Begebenheit...
Der Sommertag hielt nicht, was er versprach, erhellte eben die Sonne noch den Wald, zogen nun Gewitterwolken auf. Schon gingen die ersten Blitze zu Tal.
Zwei Burschen, die unterhalb der Ruine am Ruhrufer spielten, wurden von dem Unwetter überrascht und suchten in einem Stollen Unterstand. Der Stollen führte Wasser, das in den angrenzenden Fluß mündete. Neugier ließ die beiden tiefer in den Gang eindringen, der vom Tageslicht kaum erhellt wurde. Plötzlich standen sie vor einem unterirdischen See, jedoch schien dieser seicht zu sein. Sie wateten hindurch und erblickten an dessen Ende einen weiterführenden Weg; so drangen die Burschen immer tiefer und tiefer in den Stollen ein. Nach einer Weile kamen sie in ein hohes Gewölbe.
Doch welch ein Anblick: unter verfallenen Mauerresten und modernden Balken lagen Gebeine von Leichen, Skelettreste, teils mit rostigen Ketten an den Wänden verankert. Dies konnte nur ein Verlies der Ruine Hardenstein sein. Da – in einer Nische, halb verborgen, stand eine hölzerne, reich mit Eisen beschlagene Truhe. Schon zerschlugen sie das Schloß der Truhe, öffneten sie und waren geblendet.
Reiches Geschmeide, Gold, Silber und Edelsteine zuhauf! Gierig stürzte sich der erste mit beiden Händen auf den Schatz, da plötzlich – ein lauter Aufschrei. Etwas fesselte ihn. Hände, Kopf, Glieder, alles war wie mit Eisen beschwert. Schwere metallene Reifen schienen ihn zu schnüren, waren aber nicht zu sehen. Er spürte die Marterketten, aber sie blieben unsichtbar.
Voller Entsetzen entfloh sein Spielgeselle und ließ ihn allein zurück. Verzweifelt sank der Gefesselte auf die Knie, um zu Gott zu beten, schließlich fiel er in eine erlösende Ohnmacht.
Doch welch ein Wunder, als er erwachte, waren die Lasten von ihm gefallen, er konnte sich frei bewegen, nur seine Handgelenke wurden noch von unsichtbaren Reifen geschnürt. Schnell eilte er zurück zum Stolleneingang und dankte Gott für seine Rettung. Die unsichtbaren Handfesseln hat er jedoch bis zum Ende seines Lebens tragen müssen.

(Mündlich überliefert von Herrn Bernd Schmidt/Witten-Annen, 1986.)
Sie sind der Meinung, daß diese Art von Schatzsagen inhaltsarme Nebelgebilde der ausgeprägten Phantasie früherer Generationen seien?
Sie würden wohl recht behalten, gäbe es nicht hin und wieder Ereignisse folgender Art:
Man braucht nicht in die Ferne schweifen und auf den sensationellen Fund des Hobbyarchäologen Heinrich Schliemann aufmerksam machen, der vor 120 Jahren aufgrund Homers Sagen vom Trojanischen Krieg in der Tat Troja entdeckte und Ausgrabungen tätigte. Reisen wir in die Randregion des Ruhrgebietes, nach Oberaden bei Kamen. Dort erzählte man sich in alter Zeit, ein König sei in dieser Region in prächtigen Gewändern, mit Gold und Geschmeide ausgestattet, begraben worden. Kleine blaue Flämmchen, sogenannte Schatzlichter, sollten bisweilen diesen Ort anzeigen.
In aufgeklärter Zeit glaubte wohl niemand an einen Wahrheitsgehalt dieser Sagen, bis um die Jahrhundertwende ein Pfarrer den Volksmund beim Wort nahm und dort nachgrub. Nicht weniger als ein Römerlager entdeckte er daraufhin, eine Außenstelle des großen Lagers bei Xanten, um 11 v. Chr. vom Heerführer Drusus während der Regierungszeit Kaiser Augustus angelegt. Der „Schatz“ bestand wohl aus Grabbeigaben für verstorbene römische Offiziere.
Soviel zu der These: Volkssagen haben oft einen historischen Kern!
Wenn Sie nun der Empfehlung nachkommen möchten, die Burgruine Hardenstein in Witten-Herbede an der Ruhr am „Hardensteiner Weg“ zu besuchen, so bitte nicht mit Schaufel und Spaten bewaffnet, auf der Suche nach einem sagenhaften Schatz. Die reizvolle Lage Hardensteins und die sehenswerte Burgruine bieten zum Ausgleich einen wertvollen optischen Schatz, an dem sie umso reichlicher Anteil haben können.

Das Wunderkästchen

– Ein Langendreerer Schildbürgerstreich –

Neid ist es, „ein klein wenig Neid“, wenn manche Leute behaupten, die Langendreerer hätten einen „langen Dreh“, also eine „lange Leitung“, und bei ihnen „falle der Groschen nur langsam“.
„Denn immerhin weist die Geschichte Langendreers nach, daß hier tüchtige und einflußreiche Menschen gewohnt haben, die – im Laufe der Zeiten – immer wieder die Nachbarschaft geistig beeinflußt und auch in fernen, fremden Ländern ihren Mann gestanden haben.“

Diesen Worten von Pfarrer Alberts hat der Herausgeber dieses Buches, der übrigens ebenfalls in Langendreer wohnt, nichts hinzuzufügen.
Doch kennen sie die Schildbürgerstreich-Geschichte vom „Langendreerer Wunderkästchen?“
Als 1850 das Amt Langendreer eingerichtet wurde, beschränkte sich der Amtsgemeinderat bei seiner ersten Sitzung auf das Wesentlichste: nämlich auf die Einrichtung eines Gefängnisses in Langendreer (der Ort hatte seit der Napoleonischen Neuordnung im Jahre 1809 zu Witten gehört, und dort mußten bis dato auch die Gefangenen arrestiert werden).
Und los ging es! Der Bau schritt zügig voran. Im März 1853 nun hatte ein örtliches Ratsmitglied den Drang nach Höherem und beschloß, die obere Etage des zukünftigen Gefängnisses zu begutachten. Als er seinen kühnen Plan in die Tat umsetzen wollte, wurde er bitter enttäuscht, denn die Bauarbeiter hatten leider vergessen, eine Treppe einzubauen. Nach einigem Hin und Her wurde festgestellt, daß schon in der Bauzeichnung die Treppe fehlte.
Also wurde der Plan (zum dritten Mal) geändert, und da man nun schon einmal dabei war, sollte der Baumeister statt der bisher vorgesehenen Kettenkammer, in der mit Halseisen, Handfesseln und Fußkugeln für das leibliche Wohl zukünftiger Gefangener hätte gesorgt werden sollen, nun ein „molliges Wohnzimmerchen mit einem Fenster zur Straße einrichten, damit die Frau Kerkermeisterin, deren Gatten man sich doch wohl als Nutznießer der Wohnräume gedacht hat, auch den

lebhaften Verkehr auf der damaligen Hauptstraße des Ortes, der „Unterstraße", beobachten kann". (Tetzlaff)
Während des wiederum „rüstig fortschreitenden Baues" verspürte ein anderer Amtmann den Drang, die tieferen Regionen des künftigen Gefängnisses zu inspizieren, sah sich jedoch daran gehindert, weil das Kellergeschoß fehlte. Was soll's – der Plan wurde zum vierten Mal geändert... Nach einem weiteren halben Jahr kamen die Langendreerer Offiziellen zu dem weisen Entschluß, statt eines Gefängnisses doch lieber ein Amtshaus mit einigen Arrestzellen zu bauen: kein Problem – Papier ist geduldig, und nachdem der Baumeister für die abermalige Änderung des Planes weitere 41 blanke Taler erhalten hatte, radierte und korrigierte er wiederum an der Zeichnung herum. Alles lief nun bestens, bis zu einem denkwürdigen Tage im März 1854. Ein Bürgervertreter des Ortes kam, sah und fragte sich, wo die Gefangenen denn ihr „Geschäft" verrichten sollten – tja – man hatte versäumt, Toiletten einzubauen. Aber zwischen den Zellen war ja noch Platz für ein stilles Örtchen, und da man mal wieder beim Umbauen war, wurde auch gleich ein Stall angebaut und der Garten eingefriedet.
„Die Räume wachsen, es dehnt sich das Haus", sagten diejenigen Amtsräte, die das Glück hatten, noch zu ihren Lebzeiten das Ende der rastlosen Bauarbeit erleben zu dürfen. Jetzt konnte der Herr Bürgermeister seinen „Amtspalast" beziehen. „Aber kaum war er darin eingezogen, da gab es eine neue Schwierigkeit. Als die Frau des Bürgermeisters just mit einem Körblein, voll mit den für ihr Bübchen notwendigsten Wäschestücken, auf den Trockenboden steigen wollte, konnte sie in dem 28 Fuß (ca. 9,3 Meter) langen und 26 Fuß (ca. 8,6 Meter) breiten Riesengebäude die Bodentreppe nicht finden. Sie irrte umher, als wenn sie in das Bochumer Rathaus verschlagen worden wäre, aber die Bodentreppe fand sie nicht. Einer Baukommission gelang es endlich festzustellen, daß eine Bodentreppe auch tatsächlich nicht vorhanden war; sie fand aber heraus, daß eine „Handleiter" genügen würde, um in die obersten Regionen des Hauses hinaufsteigen zu können". (nach Tetzlaff)
Dem Herausgeber dieses Buches ist nicht bekannt, ob die Langendreerer damals von sonnigem Wetter verwöhnt wurden, sicher ist aber, daß es um den 8. Juni 1854 im Ort geregnet haben muß, denn gerade an

diesem Tag bemerkten die stolzen Amtshausbewohner, daß Dachrinnen nicht vorhanden waren, worauf die Amtsversammlung bezüglich dieses neunten schweren Mißgeschicks beschloß: „Die Beschaffung von Dachrinnen mag jemandem im Akkord übertragen werden."
Im September desselben Jahres wurde es kalt im Land. Nicht weiter tragisch, denken Sie? Im Regelfall sollten Sie Recht behalten, doch entspricht dieses Amtshaus der Regel? – Ein Ofen fehlte, der Sekretär fror! Zweifellos ein Tagungsfall für die zehnte Verordnetenversammlung in Sachen „Amtshaus". Man beschloß, einen billigen Büroofen zu erwerben. Leider gab es jedoch für so wenig Geld, wie man auszugeben gewillt war, keinen Ofen, worauf man dem Sekretär, „weil frierend", eine Gehaltszulage von acht Talern bewilligen mußte, damit er sich einen Mantel kaufen konnte.
Nur am Rande sei bemerkt: Von diesen acht Talern zusätzlich hätte man einen guten Ofen kaufen können!
Ist diese Baugeschichte nicht schildbürgerlich? Schon deswegen hätte dieses Haus „Wunderkästchen" heißen können. Aber – nur wenige Jahre diente das Gebäude seinem ursprünglichen Zweck. Danach wohnte für lange Zeit ein Polizeibeamter namens „Wunder" in diesem Haus, dessen Arrestzellen er fleißig füllte. Nach ihm wurde das Haus dann „Wunderkästchen" benannt.

Das aus Ziegeln erbaute Amtshaus hat links neben dem alten Fachwerkgebäude auf der „Unterstraße" Nr. 12 gestanden.
Übrigens – während der Kaiserzeit hat auch der Ur-Großvater des Herausgebers wegen der Teilnahme an einer verbotenen Veranstaltung zum 1. Mai für einige Tage die Bekanntschaft mit dem „Wunderkästchen" machen dürfen.

Der Hoymann

Bis in unsere scheinbar aufgeklärte Zeit hinein glauben sich viele Menschen von überirdischen Wesen oder von übersinnlichen Mächten umgeben. Unsere Vorfahren waren der Meinung, alle Elemente, Feuer, Wasser, Luft und Erde seien von geheimnisvollen Geistwesen bevölkert. Man denke nur an die Nixen – Wesen halb Mensch, halb Tier –, die wohl in grundlosen Seen und Meeren wohnen, oder an den bekannten Berggeist Rübezahl. Auch tiefe Wälder beherbergen angeblich Feen, Zwerge und Kobolde.

In Langendreer haust ebenfalls solch ein Waldgeist – der Hoymann. Nach ihm wurde auch eine Straße benannt: „Am Hoymann".

Die Sage berichtet folgendes:

Häßlich soll er sein, der Hoymann. Obwohl klein, ja zwergenwüchsig, macht er sich bisweilen riesengroß, so daß er die Gipfel von alten Bäumen erreicht. So gestaltet erschreckt er oft Wanderer in den Wäldern. Voller Angst fliehen sie dann laut schreiend vor diesem Spuk. Manchmal verwandelt sich der Hoymann auch in ein Irrlicht. Wenn nun ein Wanderer in der Dämmerung diesem Licht folgt in der Annahme, auf eine menschliche Siedlung zu stoßen, so führt der Waldgeist diesen völlig in die Irre. Oftmals finden die so an der Nase herumgeführten erst nach Stunden hungrig und erschöpft zum richtigen Weg zurück. Dann läßt der Hoymann sein höhnisches Lachen erschallen: „Hoi, hoi, hoi!" – sie sehen schon, von diesem Lachen hat der Geist auch seinen Namen: Hoymann. Kinder, die ins Kornfeld laufen und Blumen pflückend, die Halme niedertrampeln, sind dem Hoymann ein besonderes Ärgernis. Durch sein scheußliches Aussehen erschreckt er sie derart, daß sie niemals wieder in ihrem Leben einen Fuß ins Kornfeld setzen. Auch Erwachsene, die im Kornfeld Spiele spielen, finden nicht seine Nachsicht. Er verwandelt sich dann in einen Wirbelwind, packt die Leute und wirft sie nieder.

„Hoi, hoi, hoi!" triumphiert er auch dann.

Eines Tages kam nun ein Durchreisender zu Fuß des Weges. Mit diesem wollte der Hoymann ebenfalls seinen Spaß treiben. Abermals verwandelte er sich in einen Wirbel und packte den Reisenden, der schließlich schreiend zu Boden fiel. Erneut triumphierte er: „Hoi, hoi,

hoi!" „Hoi, hoi, hoi", höhnte der Gepeinigte zurück. Wutentbrannt verwandelte sich das Gespenst nun in einen Aufhockeralb und sprang dem Wanderer auf die Schultern. Gleich einem westfälischen Werwolf ließ er sich nun von dem Bemitleidenswerten herumschleppen, bis dieser völlig entkräftet wiederum zu Boden fiel, und wieder ließ der Hoymann sein lautes Lachen ertönen; diesmal wagte der Wanderer nicht zurückzuspotten. Nach einiger Zeit raffte er sich auf und setzte seinen Weg fort. In diese Gegend aber hat er niemals mehr in seinem Leben den Fuß gesetzt.

Hörte der Hoymann das Fluchen der Bauern über ihre Zugochsen von den Feldern hertönen oder schlugen sie ihre Arbeitstiere, so wurde der Geist ebenfalls höchst ungemütlich, dann drohte er den Bauern oder zauberte mancherlei Plagen auf sie herab. Gingen die Landwirte jedoch ordentlich mit ihrem Vieh um, schaute der Hoymann gutmütig vom Waldesrand aus dem arbeitsamen Treiben zu.

Eine Viertelstunde weit, so sagt man, sei das markerschütternde Lachen des Hoymanns zu hören. An eine grobe Männerstimme oder an einen Eulenruf soll das Lachen erinnern.

Einen Namensvetter findet der Hoymann von Langendreer in den Bergwäldern der Oberpfalz, vielleicht stammt er ja sogar von dort – wer weiß? An anderen Orten Westfalens nennt man vergleichbare Geister zumeist Heitmännchen, diese begegnen den Menschen oft als blaue Flämmchen; hin und wieder erweisen sich diese Geister den Bauern gegenüber als sehr hilfsbereit, für ein Butterbrot packen sie dann tatkräftig bei der Ernte zu.

Aber wer mag nun der Hoymann von Langendreer sein? Vielleicht die bemitleidenswerte Seele eines Menschen, verflucht bis in alle Ewigkeit, als Gespenst zu spuken?

Womöglich war er sogar ein Grenzsteinverrücker, diese sollen oftmals zum Wiedergängertum verdammt worden sein; oder ist der Hoymann nur ein ganz gewöhnlicher Hausgeist – wer weiß?

Von den Schandtaten des Hoymanns erzählen die Langendreerer selbst nicht viel. Sicherlich haben sie ihm stets die letzte Garbe auf dem Feld als Opfer überlassen. Ab und zu wird er aber wohl doch seine Streiche ausgeheckt haben, hätte er sonst sein namengebendes Hoi, hoi, hoi, ertönen lassen?

Liebe Leser/in, es geht das Gerücht um, daß der Hoymann auch heute noch in Langendreer seinen Spuk treibt, sehen Sie sich vor!

Hexenmeister Bottermann

Richter: Ist es nicht wahr, und muß er nicht bekennen, daß er ein Zauberer ist, sich von Gott abgewendet und dem Teufel zugesagt hat? Wer hat ihn die Zauberkunst gelehrt, und wie lange hat er sie gebraucht?
Bottermann: Er wüßte nicht, daß er die Zauberkunst könne.
Richter: Hat er nicht dem schwarz-braunen Pferd der Frau von Witten ins Maul gesehen, und war es danach nicht krank und starb, als man es vor den Pflug spannen wollte?
Bottermann: Er sei daran unschuldig, und dem Pferd ins Maul gesehen zu haben, wisse er sich nicht zu erinnern.
Richter: Hat er nicht selbiges Pferd bezaubert, und was hat er dazu gebraucht?
Bottermann: Er habe nichts dazu gebraucht, habe es auch nicht bezaubert.

Liebe Leserinnen und Leser, diese Zitate stammen nicht aus älteren Schauergeschichten oder einem der Romane über das Mittelalter à la Umberto Eco; es sind Zitate aus Vernehmungsprotokollen des Gerichts unserer Nachbarstadt Witten vom 4. Oktober 1647.
Einer der vier Unterzeichner des Schriftstückes war Conrad Wiesmann, Pastor der lutherischen Pfarrkirche von Langendreer-Ümmingen („Alte Ümminger Straße").
Der Hexenaberglaube erlebte gegen Ende des Dreißigjährigen Krieges (1618-48) keinesfalls nur in Witten eine traurige Blüte. In vielen deutschen Staaten brannten die Scheiterhaufen. Vor den Toren Braunschweigs sollen die Brandpfähle dicht wie ein Wald gestanden haben.
Der im Vernehmungsprotokoll Beschuldigte namens Arndt Bottermann und mindestens dreizehn weitere Personen fielen allein 1647 in Witten dem Hexenaberglauben zum Opfer.

Arndt Bottermann war dem Besitzer des Rittersitzes Haus Witten (an der „Ruhrstraße“ gelegen) dienstverpflichtet und hatte Frondienste zu leisten. Eines Morgens sollte er Korn holen. Zu diesem Zweck mußte er ein Pferd ausspannen, das zuvor einen Wagen der Frau von Witten, Anna Johanna von der Reck, gezogen hatte. Einem anderen Pferd soll er das Maul geöffnet haben, vielleicht um das Gebiß zu untersuchen. Anschließend wurde dieses Roß in den Stall geführt. Als es später vor einen Pflug gespannt werden sollte, war es krank, mit Ungeziefer bedeckt und verendete bald darauf. Die Frau von Witten gab Bottermann die Schuld an dem rätselhaften Tod des Tieres. Kurz nach diesem Ereignis soll er das Pferd einer Marktfrau verhext haben, so daß auch dies bald darauf starb. Von nun an hielt man Bottermann für einen Zauberer. Das Dorf ächtete ihn, und die Jugend wies mit Fingern auf den alten Mann. Die Anschuldigungen der Ortsbewohner kränkten ihn sehr. Weil er nicht länger als Ausgestoßener dastehen wollte, bat er den Richter Übelgünn, seine Unschuld durch ein Gottesurteil, und zwar durch die Wasserprobe, beweisen zu dürfen. Zitat Bottermann: „Da ich mich vor Gott und der ganzen Welt solch gottloser Zauberkunst unschuldig weiß, ...und mir die üblen Nachreden und Verleumdungen stark zu Herzen genommen habe, bitte ich um die Wasserprobe.“ Nach zweimaligem Gesuch wurde seiner Eingabe am 30. September 1647 stattgegeben. Der Richter bestimmte, daß die Wasserprobe am folgenden Donnerstag, dem 3. Oktober, um 9 Uhr morgens stattfinden sollte. Ort des Geschehens sollte der sogenannte „Hexenkolk“ sein (dort gelegen, wo heute die Eisenbahnbrücke über die „Wetterstraße“ führt).
Nachdem Bottermanns Hände an seinen Füßen festgebunden worden waren, warf der Scharfrichter ihn ins Wasser, wartete einige Zeit und zog ihn dann mittels eines Seils wieder aus dem Kolk heraus. Diese Prozedur wiederholte sich dreimal, und jedesmal versank der Angeklagte nicht im Wasser, sondern trieb auf der Oberfläche, was einem Schuldbeweis gleichkam. Er wurde in den Kerker geworfen und (nach der Aussage von Dr. Tobien) zur Tortur verurteilt. Nachdem Bottermann auch auf der Folterbank kein Geständnis abgelegt hatte, suchten die Pastoren Steller aus Witten und Wiesmann aus Ümmingen den Beschuldigten auf, um ihn zu einem Schuldbekenntnis zu bringen. Sie

redeten solange auf ihn ein, bis er schließlich gestand, er habe Verbindung mit dem Teufel gehabt und dieser habe ihn dazu verleitet, die Wasserprobe zu verlangen. Der Teufel sei sogar persönlich bei dem Gottesurteil am Hexenkolk zugegen gewesen, habe ihm aber nicht beigestanden.

Er erklärte, er sei ein Zauberer, habe mit seiner Kunst aber niemandem etwas Böses zugefügt.

Was Arndt Bottermann bewogen hat, diese absurden Schuldbekenntnisse abzulegen, ist nicht bekannt. Vielleicht hatten Kerkerhaft und Folter ihn so sehr zermürbt, daß er des Lebens müde war. Möglich ist auch, daß der Hexenwahn der Zeit ihn so gefangen hielt, daß er schließlich selber an die Schuld glaubte, die die Geistlichen ihm einzureden versuchten. Arndt Bottermann wurde an der Grenze zwischen Witten und Langendreer am „Galgeneck" (unweit der „Rheinischen Straße") gehängt, sein Leichnam wurde auf dem „Hexenring" (in der Nähe des heutigen Friedhofs an der „Pferdebachstraße") verbrannt.

Soweit die offizielle Geschichtsschreibung.

Bei der Bevölkerung dieser Region erregte der Scheiterhaufen in Witten großes Aufsehen. Das Volk hatte damals natürlich keine Einsicht in Gerichtsprotokolle, abgesehen davon, daß das Gros der meist bäuerlichen Bevölkerung weder lesen noch schreiben konnte.

Doch auch nach 200 Jahren waren die Wittener Vorfälle noch erzählenswert. In dieser Zeit wurde das Geschehen von Mund zu Mund weitergegeben, von Generation zu Generation weitergesagt.

Die historische Begebenheit wurde vom Volk zu deuten versucht (Warum half der Teufel nicht bei der Wasserprobe?) und weitererzählt. Aberglaube, Überlieferung und Erfahrung der Erzählenden haben das Gesagte, die Sage, im Laufe der Jahrzehnte inhaltlich verändert. Die Sage wurde beim Weitererzählen immer stärker an bereits bekannte, ähnliche Sagen angeglichen und somit in ihrer historischen Substanz gemindert. Doch lesen Sie selbst: Der „Fall Bottermann", wie man ihn sich hundertachtzig Jahre später (im Jahre 1823) erzählte:

Einer der bekanntesten Hexenmeister in Witten war Bottermann. Einst fuhr er von Witten über Bochum nach Steele und ließ dort seinen mit einem großen Faß Wein beladenen Wagen von sieben schwarzen Katzen den Steeler Berg hinaufziehen. Daraufhin wurde er der Zauberei beschuldigt und der Wasserprobe unterzogen, die er jedoch nicht bestand, weil der Teufel, mit dem er ein Bündnis geschlossen hatte, ihm einen Schelmenstreich spielte und ihm nicht, wie versprochen, eine unsichtbare Stange Eisen, sondern eine Nähnadel auf den Rücken legte. Er erlebte einmal im Leben einen warmen Tag, wie er es selbst bezeichnete: das war der Tag, an welchem er lebendig verbrannt werden sollte.

Wenn man den „Justizfall Bottermann" mit der Volkssage vom „Hexenmeister Buttermann" vergleicht, ist zu erkennen, daß die Sage einen klar hervortretenden Kern geschichtlicher Fakten aufweist. Ein historischer Kern läßt sich durchaus auch in anderen Sagen wiederfinden, so daß man viele Sagen als Geschichtsüberlieferungen des Volkes ernst nehmen kann.
Auch in Bochum wurden im Jahr 1588 zwei Bürger, die sich gegenseitig der Zauberei beschuldigten, nämlich Johann Erve und Gerwin vor dem Baum, der Wasserprobe und Folter unterzogen.

Werwölfe im Bochumer Osten

Der Glauben, daß sich Menschen in Tiere verwandeln können, ist so alt wie die Menschheitsgeschichte selbst. Noch heute ist diese Vorstellung in sogenannten „primitiven Kulturen" Afrikas und der Neuen Welt verbreitet. Werwölfe sind sowohl in germanisch-skandinavischen als auch in asiatischen Kulturen bezeugt. Das Wort „Werwolf" leitet sich von althochdeutsch: wer = Mann, also Mannwolf ab. Zu kultischen oder kriegerischen Handlungen bekleidete man sich mit Tierfellen, um sich das Wesen des Tieres, seinen Mut und seine Kraft zu eigen zu machen. Durch Rauschmittel oder hypnotische Einflüsse wurde dieser Verwandlungsglaube noch verstärkt. Die nordischen „Berserker" gehen ebenfalls auf diese Verwandlungsvorstellung zurück. Sie waren in Bärenfelle gekleidete Krieger (ber: Bär, sekr: Gewand). Später wurde angenommen, schon ein Teil des Felles könne eine Verwandlung bewirken, so daß man sich nicht mehr vollständig mit Tierfellen bekleidete, sondern nur einen (Wolfs-)riemen umlegte. Literarisch belegt begegnen uns Werwölfe auf deutschem Boden erstmals in der Wölsungensage um das Jahr 1260. Zur Mitte des letzten Jahrhunderts kannten die Bochumer noch viele Sagen. Vor allem in Harpen soll es in allen Ecken und Winkeln gespukt haben. Man erzählte sich vom Mann mit dem Kopf unter dem Arm, von Menschen, die sich in Tiere verwandeln konnten, und von Hexenplätzen. Am meisten aber sprachen die Harpener vom Werwolf, den sie auch Klüngelpelz nannten: Eines Abends machte der Berginvalide B. mit dem alten Dirkhinnerk Sch. einen Kontrollgang, um Felddiebstähle zu verhindern. Ihr Weg führte sie auch ins Harpener Bockholt. Nachdem sie eine kurze Wegstrecke zurückgelegt hatten, sprang plötzlich ein Werwolf vom Baum herunter, dem alten Bergmann direkt in den Nacken. Voller Entsetzen schrie er: „Dirkhinnerk, schlag ihn – schlag ihn!“ Der Mann schlug zu, aber er traf den Werwolf nicht, denn dessen geheime Zauberkräfte schützten ihn. Immer wieder und wieder versuchte er, der Gestalt zu Leibe zu rücken, doch – auf einmal war der Werwolf verschwunden und ließ sich nicht mehr blicken.

Dem Bergmann Diedrich Sch. erging es um 1850 nicht viel besser. Nach Schichtende auf der Zeche „Präsident“ ging er heimwärts nach Harpen. Als er in die Ladbecke kam, stand mit einmal ein Wesen in Wolfshundgestalt vor ihm, das Anstalten machte, ihm auf den Rücken zu springen. Der Bergmann blieb wie angewurzelt stehen. Was sollte er nun tun? Plötzlich fiel ihm ein, daß ein gewisser Janhinnerk im Ruf stand, ein Werwolf zu sein. Sagte man nicht, die geheime Kraft eines Werwolfes weiche, wenn er mit Namen angerufen würde! Also schrie er aus Leibeskräften: „Janhinnerk, Janhinnerk, bliv mi van de Hut!“ (Janhinnerk, bleibt mir von der Haut!) – Vergebens, der Zauber war nicht gebrochen, denn sogleich sprang das Unwesen auf ihn zu. Der Bergmann versuchte sich, so gut es ging, mit seinem Krückstock zu wehren, doch schon brach der Prügel laut krachend entzwei. Jetzt blieb nur noch die Grubenlampe. Wieder und wieder schlug er mit ihr auf den Werwolf ein. Da – ein harter Widerstand, die Lampe traf den ledernen

Gürtel, den das Untier um den Leib trug. Der Werwolfsgürtel sprang auf und verlor damit seine Zauberkraft – der Spuk war vorbei. Vor dem erstaunten Bergmann stand nun tatsächlich Janhinnerk, er war entlarvt. Der Bergmann hatte ihm jedoch so schwere Wunden zugefügt, daß Janhinnerk eine Zeitlang im Krankenhaus liegen mußte und später zuhause infolge der Verletzungen gestorben ist.
Überall in Harpen sollen Werwölfe ihren Spuk getrieben haben. In der Nähe der Vinzentiuskirche saß der Werwolf abends am Steg, der über den Bach führte; am Hexenplätzchen an der „Wiescherstraße" sprang um 1850 ein Werwolf jemanden auf die Schultern und ließ sich tragen, bis dem Opfer der Schweiß herniederrann; auch auf dem alten Kirchenhof der Vinzentiuskirche und in der Grumme wurden Werwölfe gesehen.
Manchen Leuten in Werne erging es nicht besser als den Harpenern: In Werne, an der Grenze zu Harpen wohnte der alte B. Eines Tages ging er, wie er es hin und wieder zu tun pflegte, nach Lütgendortmund, um Besorgungen zu machen. Nachdem er alles erledigt hatte, trat er den Rückweg an. Wie gewöhnlich führte ihn sein Weg den „Werner Hellweg" entlang. Von fern schon sah er die große Eiche, die jene Stelle markierte, die damals „Auf dem Gericht" genannt wurde. Gerade hatte er die Eiche erreicht, als ihm unversehens ein Werwolf auf den Rücken sprang. Der alte Mann versuchte, das Untier los zu werden. So fest er konnte, prügelte er auf den Werwolf ein – aber umsonst. Er mußte ihn bis zu der Stelle tragen, wo später die Zeche „Heinrich Gustav" gebaut wurde. Dort angelangt – der alte Sch. war schon durch und durch geschwitzt – entließ der Aufhocker endlich sein Opfer.
Jemand, der sich mit Werwölfen auszukennen meinte, riet dem Alten, er solle, falls ihm solches noch einmal widerfahre, versuchen, den Werwolf mit einem Messer zu verletzen, so daß er blute, denn Blut soll den Werwolfszauber lösen. Einen der Werwölfe in Werne kannte man sogar mit Namen: Zigarrenwilm; auch ihm wurde die Fähigkeit nachgesagt, in Tiergestalt erscheinen zu können.
In Hiltrop legte sich ein Knecht jeden Abend an einen anderen Ort des Hofes schlafen, denn der Werwolf sollte ihn nicht finden. Den Gerthern ließ der Werwolf, den sie Haikäl nannten, ebenfalls keine Ruhe; nahe eines sumpfigen Geländes, „In den Päschen" genannt,

trieb er sich zur Geisterstunde, zwischen elf und zwölf Uhr nachts herum. Auch bei Schuth und auf dem Weg von Schulte-Mausbach nach Wilhelms wurde wiederholt solch ein Untier gesichtet. Und in (Bochum-) Bergen? Auch dort trieb sich ein Werwolf herum:
Damals, so um das Jahr 1850, bestellte ein Leineweber aus Bergen den Schneider K. zum Nähen ins Haus. Abends klopfte der Knecht von Schulte-Bergen an der Tür und brachte Garn, das der Leineweber weben sollte. Nachdem der Auftrag besprochen war, verabschiedete sich der Knecht, um den Heimweg anzutreten. „Warte auf mich!“ rief der Schneider, „ich komme mit!“ „Nee!“ erwiderte der Knecht, „ich habe keine Zeit, ich muß nach Hause und die Pferde füttern!“ und ging. Kaum war der Knecht fort, eilte ihm der Schneider hinterher, sprang ihm als Werwolf auf den Rücken und krallte sich mit den Klauen dort fest. Bis an des Schneiders Haustür mußte der Knecht ihn nun schleppen, erst dort sprang der Werwolf wieder von seinem Rükken herunter, verwandelte sich in den Schneider zurück und meinte: „So, nun sind wir hier; warum hast du nicht auf mich gewartet?“
Einige der im Text angeführten Straßennamen finden wir auch heute noch im Bochumer Stadtplan:

Die „Wiescherstraße“ liegt in Hiltrop. Der „Werner Hellweg“ und „Auf dem Gericht“ sind in Werne gelegene Straßen. Die Vinzentiuskirche steht an der „Vinzentiusstraße“, das Harpener Bockholt befindet sich an der „Maischützenstraße“, Zeche „Präsident“ lag an der „Seilfahrt“ in Hamme, und an die Zeche „Heinrich Gustav“ erinnert noch heute die gleichnamige Straße in Werne. Im Jahre 1929 wurde die Zeche „Heinrich Gustav“ mit der Zechengruppe „Robert Müser“ vereinigt, deren Förderturm noch heute an der „Heinrich-Gustav-Straße“ steht.

Sonntagsspaziergang

Vor einigen Jahren veröffentlichte ich in der „Langendreerer Dorfpostille“ einen Artikel, der bei den Lesern auf ungewöhnlich reges Interesse stieß und zu einem festen Bestandteil der Sagenveranstaltungen „SAGEN-HAFTES RUHRGEBIET“ wurde.
Dieser Artikel demonstriert, unter welch ungewöhnlichen Begleitumständen mir bisweilen mündliche Überlieferungen von sagenkundigen Leuten mitgeteilt werden. Während im Vorspann der Sage „Die Wittewiwerkule“ von einem eher planvollen Vorgehen beim Sammeln von Sagen berichtet wurde, spielt im vorliegenden Beispiel der „Kollege Zufall“ eine bedeutende Rolle:
Winter 1985. Ich ging eines Morgens am Ufer der Ruhr unterhalb von Schloß Steinhausen, dem ehemaligen Sitz der Ritter von Witten, spazieren. Über der Gegend lag dichter Nebel, der mit dem Weiß des frischgefallenen Schnees verwoben schien.
Es war Sonntag und sehr kalt. Unterwegs begegnete mir ein alter Mann, der ebenfalls frühmorgens unterwegs war. Ich wünschte ihm freundlich einen guten Tag. Ein Wort gab das andere: wir kamen ins Gespräch. Auf seinen ostdeutschen Dialekt angesprochen, erzählte der alte Mann, daß er aus dem Raum Danzig stamme und als Flüchtling in den Westen gekommen sei. Vormals war er als Knecht auf einem großen Hof tätig gewesen. In seiner neuen Heimat hatte er zunächst keine Arbeit gefunden, so nahm er ein Umschulungsangebot war und wurde Maurer, denn wiederaufzubauen gab es nach dem Krieg in Deutschland genug. In Witten wohnte er nun schon seit mehr als zwanzig Jahren. Er war froh darüber, daß er nun eine Rente erhielt, und sprach davon, wie gut es ihm doch gehe, wogegen er sich als Knecht nichts habe leisten können. Während unseres Spazierganges erzählte ich ihm jene merkwürdige Sage, die sich um das alte Gemäuer von Steinhausen rankt:
„Bei Steinhausen soll dereinst ein Zwerg gehaust haben. Es wird von Menschen berichtet, die tot umfielen, nachdem sie ihm ins Angesicht geschaut hatten. Niemand wagte sich in seine Nähe. Bald war die Gegend um Steinhausen menschenleer. Eines Tages kam ein Müllergeselle nach Witten und hörte von diesen Ereignissen.

Der Bürgermeister versprach ihm seine hübsche Tochter zur Braut und noch tausend Goldstücke dazu, wenn er dem Schrecken ein Ende machen würde. Der kluge Müller versprach sein Bestes zu tun, begab sich in den Wald um Steinhausen und hoffte, dem Unhold zu begegnen. Plötzlich polterte es im Gesträuch, und ein kleines Wesen sprang hervor. Eilig wandte der Geselle seinen Kopf ab, zog blitzschnell einen Spiegel aus der Tasche und hielt ihn dem Zwerg vor das Gesicht. Diesen erschreckte sein eigener Anblick so sehr, daß er tot umfiel. Die Wittener konnten nun wieder ohne Angst in den Wald um Steinhausen gehen.

Der kluge Müller heiratete die Tochter des Bürgermeisters, und beide lebten glücklich und ohne Sorgen bis an ihr Lebensende."

Hier beendete ich meine Erzählung und wartete auf irgendeine Reaktion des alten Mannes, doch ich wartete vergeblich. Auf mein Fragen hin meinte er, diese Art von Erzählung habe für ihn nichts Merkwürdiges an sich. Er sei manches gewohnt, was mir vielleicht sonderbar erscheinen würde. Wie Sie sich sicher vorstellen können, war ich sehr erstaunt über diese Antwort. Mein Interesse war geweckt: Was mochte er mit seinen Andeutungen gemeint haben? Ich bat ihn also um nähere Auskunft, worauf er etwa folgendes erzählte:

„Zu meiner Aufgabe als Knecht gehörte der Transport von Waren, auch diente ich als Kutscher, wenn die Herrschaften ausfahren wollten. Eines Nachts, ich hatte Getreide ausgeliefert und fuhr nun mit dem zweispännigen Wagen heim, sprang aus einem Busch ein riesengroßer Hund hervor. Er lief neben dem Gespann her. Die Pferde mußte ich nicht erst zu schnellerer Gangart antreiben, denn der Schrecken peitschte sie vorwärts. Der Hund war pechschwarz und hatte einen Baum (!) im Maul. Er lief mit teuflischer Geschwindigkeit neben dem Gespann her. Mir war, als säße mir der Leibhaftige im Nacken, ich wagte nicht, den Blick auf den Hund zu richten. So jagten wir dahin. Nach endloser Zeit, wie mir schien, blickte ich zur Seite, aber da war der Hund verschwunden."

Ich glaubte zunächst, der alte Mann habe seinen Bericht nun beendet, doch nach einer Weile fuhr er fort:

„Mein Bruder war eines Nachts zu später Stunde noch unterwegs und wollte den Weg abkürzen. Es war kühl und nebelig. Er wußte, daß jenes

Gebiet, das er nun durchqueren mußte, nachts zu meiden war, denn die Abkürzung führte an einem alten Friedhof vorbei.
Der Nebel schien immer dichter zu werden, als auf einmal – wie aus dem Nichts – ein mannshoher ‚Hund' vor ihm stand. Doch war es ein Hund? Das ‚Wesen' ging aufrecht auf zwei Beinen, sein behaartes Gesicht hatte fast menschliche Züge. Mein Bruder änderte blitzschnell die Richtung, der ‚Hund' verschwand, tauchte jedoch urplötzlich an anderer Stelle erneut auf. Wieder floh mein Bruder, der gespenstische ‚Hund' aber verfolgte ihn nicht weiter. Die Abkürzung hat mein Bruder nachts nie wieder gewählt."
Hier endete seine Erzählung.
Können Sie sich vorstellen, wie mir zumute war? Ich erzähle dem alten Mann eine Sage über Steinhausen, die ihn sichtlich unbeeindruckt läßt, und er berichtet mir von ähnlich mysteriösen Begebenheiten, die ihm und seinem Bruder selbst widerfahren sein sollen. Ich fand keine Worte und wollte ihm zunächst nicht recht glauben. Während seiner Berichte hatte ich genau auf seine Mimik und seinen Tonfall geachtet. Vielleicht würde der Ansatz eines schelmischen Lächelns seinen angeblich wahren Ausführungen zuwidersprechen? Doch nichts, er erzählte, als handelte es sich um die alltäglichsten Angelegenheiten, genauso hätte er von seinen Kindern oder von einem Marktbesuch erzählen können.
Skeptisch fragte ich, ob er vor der damaligen Kutschfahrt „einiges" getrunken habe. Er versicherte mir jedoch, nüchtern gewesen zu sein, und sprach ganz selbstverständlich von den merkwürdigen Geschehnissen.
Ich war in Gedanken vertieft, als wir wieder am Ausgangspunkt unseres Spaziergangs anlangten. Er sagte, er wohne in einem der Häuser gegenüber dem Thyssen-Stahlwerk, wobei er auf einen grauen Reihenhauskomplex wies. Wir wünschten uns gegenseitig einen schönen Sonntag und verabschiedeten uns.

Wieder daheim!

Im Sagenbuch wimmelt es unter dem Stichwort „Danzig" nur so von Werwolf-Sagen.

Doch stellt sich hier wieder die Frage nach dem Ursprung derartiger Sagen. Hat der alte Mann vielleicht eine ihm bekannte Überlieferung als Tatsache ausgegeben, oder entspringen solche merkwürdigen Sagen tatsächlich persönlichen Erlebnissen? Ich kann diese Frage nicht beantworten.
Als mir diese Begebenheit widerfuhr, sah ich Werwolf-Sagen mehr oder weniger als Phantasiegebilde an. Heute betrachte ich diese Art Sagen, die die Grenzen unserer gewohnten Realitätssphäre zu sprengen scheinen, mit anderen Augen:

„VAMPIRE UND DIE WISSENSCHAFT"

Chemiker erklärt die Sagen von Blutsaugern und Knoblauch
LOS ANGELES. Menschen mit bestimmten Mißbildungen, die in früheren Zeiten von ihren Mitbürgern als „Vampir" oder „Werwolf" bezeichnet und gemieden wurden, waren der Therorie eines kanadischen Wissenschaftlers zufolge vermutlich Opfer einer seltenen Krankheit, der Porphyrie. Diese Stoffwechselkrankheit kann durch Einwirkung von Sonnenlicht und Genuß von Knoblauch verschlimmert werden. Wissenschaftler hatten schon früher die Auffassung vertreten, daß „Werwölfe" oder „Wolfmenschen" – Personen, die sich nach alter Überlieferung bei Vollmond in reißende Wölfe verwandeln konnten – in Wirklichkeit an einer seltenen Form der Porphyrie litten. Der Chemieprofessor David Dolphin von der Universität der kanadischen Provinz British Columbia hat die Porphyrie-Theorie jetzt auch auf die Vampire, die in der Roman- und Filmgestalt „Graf Dracula" verkörperten Blutsauger, ausgedehnt.
Die Porphyrie hat ihren Namen von den Porphyrinen – rotvioletten Blutfarbstoffen, die verstärkte Lichtempfindlichkeit bewirken. Die krankhafte Entstehung von Porphyrinen wird durch eine Störung bei der Bildung von Hämoglobulin (Blutfarbstoff) verursacht. Heutzutage kann die Porphyrie durch Blutfarbstoff-Injektionen behandelt werden. In alten Zeiten jedoch, so meinte Professor Dolphin bei einer Tagung der Amerikanischen Gesellschaft für die Förderung der Wissenschaft in Los Angeles, wäre es für die an der Krankheit leidenden Menschen tatsächlich das Beste gewesen, „eine Menge Blut zu trinken".

Dolphin zeigte Dias von Menschen, die Nasen und Finger verloren haben sollen, weil sie Sonnenlicht ausgesetzt waren. Seinen Ausführungen zufolge können Opfer der Krankheit durch Sonnenlicht schrecklich entstellt werden. Lippen und Gaumen können schrumpfen, so daß die Zähne hervorstehen. Körper und Gesicht können haarig werden wie bei einem „Werwolf". „Stellen Sie sich die Art und Weise vor, wie ein Mensch im Mittelalter behandelt worden wäre, der nur nachts aus dem Haus ging, behaart und mit langen Zähnen, ein Mensch, der furchtbar entstellt, wie ein Tier aussah", sagte der Chemiker.
Auch der alte Volksglaube, daß Knoblauch Vampire abschreckte, paßt laut Dolphin in die Theorie. Das in Knoblauch enthaltene Dialkydisulfid ähnele nämlich Substanzen, die durch Zerstörung eines Bluteiweißstoffes namens Cytochrome p450 eine Verschlimmerung der Porphyrie hervorrufen.
(Frankfurter Rundschau, 1. Juni 1985)

Wie Hordel zu seinem Namen kam

Die Gegend, wo die heute zu Herne gehörenden Orte Röhlinghausen und Eickel an Hordel grenzten, nannten die Einheimischen bis zur Mitte des letzten Jahrhunderts „Im Ordale". Immer wenn in germanischer Zeit die Siedlungsrichter zu keinem Urteilsspruch kommen konnten, wurden dort Gottesurteile, die man „Ordal" nannte, vollzogen. Bei diesen Gottesurteilen trugen die Kontrahenten einen Zweikampf mit Schleuder und Keule aus. „Die Götter werden dem Gerechten zum Sieg verhelfen!" war die vorherrschende Meinung.
Von dem Wort „Ordal" soll sich der Name „Hordel" herleiten.

Soweit die Sage. Die Historie bietet weitere Erklärungsmöglichkeiten: Die Bauernschaft Hurlaon (Hordel) wird um das Jahr 890 im Abgabenverzeichnis der Benediktinerabtei (Essen-) Werden erstmalig erwähnt. Der Name „Hurlaon" soll auf eine wellige Landschaft hinweisen. Vielleicht aber ist der Name „Hordel" auch von dem ehemals im Ort gelegenen Bauerngut „Horle" abgeleitet.

Lehnsherren der zur Grafschaft Bochum gehörenden Siedlung waren von 1200 – 1226 die Grafen von Isenberg (siehe: „Das Ende des Grafen von Isenberg“) und anschließend die Grafen von der Mark. Im Jahr 1856 wurde die Zeche Hannover gegründet, deren „Malakoff“ -Förderturm noch heute ein weithin sichtbares Wahrzeichen Hordels ist. Zusammen mit einigen weiteren vormals selbständigen Orten wurde Hordel 1926 nach Bochum eingemeindet.

Die weiße Frau von Schloß Dahlhausen

Der letzte Ritter von Dahlhausen hatte zwei Töchter und einen Sohn. Elsebe, die älteste Tochter, die wegen ihrer Schönheit „Schön-Elsken“ genannt wurde, wollte in ihrer Habsucht das Schloß und die reichen Güter weder mit ihren Eltern noch mit den Geschwistern teilen. Eines Tages faßte sie einen gräßlichen Plan. Heimlich braute sie ein tödliches Gift und reichte es den ahnungslosen Eltern, dem Bruder und der jüngeren Schwester. Am folgenden Tag starben sie allesamt einen schrecklichen Tod. Nun war Elsebe die Alleinerbin des Ritters von Dahlhausen, das Schloß und alle Güter gehörten jetzt ihr. Bald kamen von nah und fern viele junge Edelleute, die um die Hand der schönen und vermögenden Frau anhalten wollten. Ihre Wahl fiel auf den stattlichen Heinrich von Düngelen, und bald darauf wurde „Schön-Elsken“ die Stammutter des neuen Rittergeschlechts derer von Düngelen zu Dahlhausen. Es schienen sich all ihre Träume von Macht und Reichtum zu erfüllen. Nachts jedoch, wenn sie zu Bett ging, überfielen sie furchtbare Gewissensqualen, die ihr allzuoft den Schlaf raubten. Eines Abends erschien ihr im Traum ein Mann. Ganz deutlich sah sie sein von Todesqualen entstelltes Gesicht vor sich, als er zu sprechen begann: „Verflucht seist du, vierfache Mörderin! Dreihundert Monate zählte dein Leben, als du die Mordtat verübtest. Dreihundert Jahre lang sollst du im Grabe keine Ruhe finden, danach soll dein Geschlecht untergehen. Schon dein ältester Sohn wird sterben, bevor er sein Erbe antreten kann, ein jüngerer wird daher das Gut leiten

müssen. Und stets, bevor der jeweilige Herr von Düngelen zu Dahlhausen in die Ewigkeit abgerufen wird, sollst du deiner feuchten Gruft entsteigen und im Schloß umgehen. Dieser Fluch soll von nun an auf dir lasten!" Kaum war das letzte Wort gesprochen, entschwand die Traumgestalt.
Die schreckliche Prophezeiung sollte sich nur allzu bald erfüllen, denn schon nach wenigen Wochen trug man die Schloßherrin zu Grabe. Und immer, bevor der jeweilige Erbherr von Düngelen zu Dahlhausen sterben sollte, erschien Elsebes Geist am Jahrestag ihres Giftmordes. Sie entstieg dann ihrem Grabe, angetan mit einem weißen Kleid und einem großen weißen Schleier darüber; ein weißes Kinntuch umgab ihr Gesicht, an den Händen trug sie schwarze Handschuhe und am Gürtel einen Schlüsselbund. So schwebte sie leise seufzend über die Treppen und Flure des Schlosses in das Schlafgemach des Ritters, der noch vor Jahresende von den Lebenden Abschied nehmen sollte. Im Jahr 1802 ist die weiße Frau zum letzten Male in den weiten Fluren des Hauses erschienen, denn Karl von Düngelen zu Dahlhausen starb, ohne leibliche Erben zu hinterlassen. Nun waren die Mordtaten gesühnt.

Urkundlich werden die Ritter von Dahlhausen erstmalig 1321 erwähnt. Im Jahr 1435 gelangte das wasserumwehrte Gut durch Heirat an den Herrn von Düngelen. 1792 wurde das neue, schieferverkleidete Herrenhaus vollendet. Der heutige Bauzustand erinnert kaum an die Pracht vergangener Jahre. Haus Dahlhausen liegt an der „Berthastraße" in Hordel.

Der Jungfernweg nach Haus Dahlhausen

In alter Zeit lag am Eickeler Lohof, mitten im dichten Eichenwald, ein tiefer Teich. An seinem nördlichen Ufer stand eine mächtige Eiche, unter deren Ästen drei Schwestern hausten. Alle drei waren in wallende Gewänder gekleidet: die älteste trug himmelblaue, die zweite feuerrote und die jüngste rosenfarbene Kleider. Ihre Zeit verbrachten sie damit, weiße Stäbchen auf den bemoosten Boden zu werfen, um anschließend deren Anordnung genau zu betrachten. Die ältere Schwester wurde stets von einem Wolfshund begleitet, die zweite von einem Ziegenbock und die dritte von einer Katze. Eines Morgens wurden die Schwestern in ihrer Ruhe gestört. Von Norden und Süden her drangen fremde Geräusche an ihr Ohr, die von Tag zu Tag lauter wurden. Es waren kräftige Axtschläge. Bald schon erblickten sie auch einen der Holzfäller, der mit der Axt auf eine der heiligen Eichen einschlug, bis sie splitternd und krachend zu Boden stürzte. Im Norden und im Süden wollten die Menschen an den Bachläufen zwei Burgen errichten, die auf Hunderten von Holzpfählen gegründet sein sollten, und so fielen immer neue Baumriesen ihren Äxten zum Opfer. Schließlich wurde sogar der Baum, unter dem die Schwestern wohnten, gefällt. Vergeblich suchten sie ein anderes Versteck im stark gelichteten Wald. So beschlossen sie gen Sonnenuntergang zu ziehen und tief unter der Erde zu leben. Gerade dort aber, wo sie sich niederließen, bauten die Menschen kurze Zeit später ebenfalls eine Burg. Die drei fürchteten sich jedoch nicht länger, wußten sie sich doch tief im Schoß der Erde in Sicherheit. Die Burg über ihnen nannten die Menschen „Haus Bönninghausen“, der Südburg gaben sie den Namen „Haus Dahlhausen“, und die Nordburg wurde „Dorneburg“ genannt. Die Menschen, die dort lebten, traf die Schuld, die drei Schwestern von der Eiche am Teich vertrieben zu haben. Darum beschlossen die Schwestern, sich an ihnen bitter zu rächen. Sie schworen, den jeweiligen Burgherren zu erscheinen, wenn deren Ende nahte und es auch für sie an der Zeit war, ihre Wohnstätte zu verlassen, um bis zum Jüngsten Gericht in einer feuchten Gruft zu liegen. So beauftragten die drei Schwestern wohl an die hundert Zwerge von Haus Bönninghausen ausgehend einen unterirdischen Gang zur Dorneburg und zu Haus Dahlhausen zu graben. Die Erdmännchen begannen sogleich mit der Arbeit und hatten schon nach drei Tagen den Verbindungsgang zur Burg im Norden vollendet. Da nun aber das Werk zehnmal so flink fertiggestellt worden war, als die Schwestern es erwartet hatten, wollten sie den Zwergen nur einen Teil des ausgemachten Lohnes geben. Darüber gerieten die Zwerge in großen Zorn, und sie beschlossen, nicht mehr weiterzuarbeiten, so daß der unterirische Gang zu Haus Dahlhausen nicht zustande kam.

Nur in den Nächten des Neumondes und des Vollmondes ließen sich die drei Schwestern sehen, wenn sie den Burgbewohnern erscheinen wollten. Den unterirdischen Gang zur Nordburg benutzten sie ausschließlich in Neumondnächten. Wenn die jüngste im rosenfarbenen Gewand mit der klagenden Katze durch die Räume der Dorneburg wandelte, so mußte die Gräfin oder eine Tochter des Grafen noch vor dem nächsten Neumond sterben. Zeigte sich die zweite Schwester in der Burg, angetan mit ihrem feuerroten Kleid und von dem meckernden Ziegenbock begleitet, so bedeutete dies den Tod eines der Grafensöhne. Erschien aber die älteste Schwester im himmelblauen Kleid, gefolgt von dem heulenden Wolfshund, so mußte vor dem nächsten Neumond der Burgherr selber sterben. Da nun aber kein unterirdischer Gang nach Haus Dahlhausen gegraben worden war, mußten die Schwestern einen beschwerlichen Weg über Felder und steinige Hügel zurücklegen, um dorthin zu gelangen. In Vollmondnächten erschienen sie den Bewohnern der Südburg als Todesboten. Die jüngste Schwester war nur von jemandem zu sehen, der an einem Freitag geboren war. Die zweite Schwester war ausschließlich für denjenigen sichtbar, dessen Geburtstag auf einen Donnerstag fiel. Die älteste hingegen konnten nur am Mittwoch Geborene erblicken. Der Weg aber, auf dem die Schwestern bei Vollmond von Haus Bönninghausen nach Haus Dahlhausen gingen, hieß beim Volk der „Jungfernweg".
Nachdem die älteste Schwester die letzten Herren der beiden Burgen aus dem Leben abberufen hatte, ist keine von ihnen jemals wieder erschienen. Noch lange Zeit später aber hat man den Wolfshund heulen, den Ziegenbock meckern und die Katze miauen gehört.

Haus Dahlhausen steht in Hordel an der „Berthastraße". Der „Jungfernweg" befindet sich in (Herne-) Eickel, ungefähr 1,2 Kilometer von Haus Dahlhausen entfernt. Haus Bönninghausen soll „An der Burg" auf dem Brachgelände rechts neben der Schule, unweit vom „Jungfernweg" gestanden haben. Die Dorneburg wurde im Krieg durch Bomben zerstört. Ihr Standort lag ebenfalls in Eickel, an der Stelle, wo die „Dorneburger Straße" in die „Königstraße" mündet. An den Teich am Eickeler Lohof erinnert noch heute die „Lohofstraße".

„Am Bollwerk“

Als der Herr von Dahlhausen einst beschloß, in Röhlinghausen ebenfalls eine Burg zu bauen, begehrten die Bauern der Gegend auf und beschlossen, gegen die Ausführung dieses Plans, der ihre Freiheit arg beschnitten hätte, anzugehen. So faßten sie einen klugen Beschluß: Als sie beim Bau der Burganlage helfen sollten, hoben sie an der Grenze zu Hordel heimlich einen tiefen Spitzgraben aus, füllten ihn mit Wasser aus dem angrenzenden Bach und legten dazu noch einen hohen, festen Wall an. An diesem Bollwerk sollte sich der Herr von Dahlhausen die Zähne ausbeißen. Als der Wehrbau vollendet war, kündigten die Bauern ihrem Herrn den Gehorsam auf und weigerten sich, beim Bau der Burg mitzuhelfen. Der Burgherr mußte nachgeben, und die Röhlinghausener Bauern hatten somit ihre Freiheit bewahrt.

Noch heute deutet die Straße „Am Bollwerk“ in (Herne-) Röhlinghausen, direkt an der Grenze zu Hordel gelegen, auf den bäuerlichen Schutzwall hin.

Die weißen Frauen von Haus Rechen

Wo heute das Domizil der Kammerspiele an der „Königsallee“ ist, stand bis zur Zerstörung durch Brandbomben im November 1944 Haus Rechen, ein alter, von einer Gräfte umgebener Rittersitz.
An Haus Rechen, einem Lehen der Grafen von Isenberg (Limburg-Styrum), führten wichtige Wege in Richtung Bochum, Blankenstein und Hattingen vorbei.
Heute erinnern nur noch einige historische, an der Melanchtonkirche („Königsallee“) aufgestellte Grabsteine adliger Bewohner an die Anlage.

Der Sage nach wohnten auf Haus Rechen, in einem alten, innerhalb der Gräfte gelegenen Turm Geister, die Witte Juffern (Weiße Frauen) genannt wurden. Tagsüber ließen sich diese Geister nicht sehen,

abends aber begann es im Turm zu wispern, und seltsame Stimmen und Geräusche drangen nach außen. Mitternachts schließlich, wenn die Kirchturmglocken zwölfmal anschlugen, entstiegen die Witte Juffern diesem Turm und trieben ihren Spuk. Wehe dem Wanderer, der in dieser nächtlichen Stunde ihre Wege kreuzte: Sie griffen ihn bei seinen Händen und führten ihn über Wiesen und Felder und schließlich im Rechener Busch völlig in die Irre. Dann verschwanden die Witte Juffern so plötzlich, wie sie aufgetaucht waren, und überließen den armen Wanderer der dunklen Nacht. Erst im Morgengrauen konnte dieser sich dann auf die Suche nach dem richtigen Weg machen, und meist dauerte es Stunden, bis er ihn fand.
Ob die Witte Juffern heute als „Phantome der Oper" in den Kammerspielen erneut ihr Unwesen treiben, ist nicht bekannt.

Der heutige Süd-Park an der „Königsallee" war ursprünglich ein Teil des Rechener Busches, der zum Grundbesitz von Haus Rechen gehörte.

Das Ende des Grafen von Isenberg

Die Geschichte der Grafen von Isenberg steht in engem Zusammenhang mit der mittelalterlichen Geschichte Bochums. Auch in den Sagen, die sich um Burg Blankenstein, Haus Rechen und die Propsteikirche St. Peter und Paul ranken, war immer wieder die Rede von dem Lehnsherrn der (halben) Grafschaft Bochum, Graf Friedrich von Isenberg. Aus diesem Grund sollen hier die Historie und einige Sagen wiedergegeben werden, die von der Isenburg an der Ruhr bei Hattingen, dem Stammsitz dieser Familie, erzählen.
„Wessen Leben ich preise, dessen Tod will ich immer beklagen:
Daher wehe dem, der den edlen Fürsten von Köln erschlug!
O Jammer, daß ihn die Erde noch trägt!
Ich weiß keine Marter für ihn zu finden, die seiner Schuld entspräche:
Ein Eichenstrang um seinen Hals wäre allzu weich.
Ich wünsche ihm nicht den Scheiterhaufen, auch nicht das Vierteilen oder Schinden, noch, daß ihm die Knochen mit dem Rad zerbrochen

werden oder er drauf geflochten werde, ich warte nur darauf, daß ihn die Hölle lebendig verschlinge."
Diese „frommen" Wünsche galten keinem anderen als dem Lehnsherrn vieler Ritter des Bochumer Raumes, nämlich dem Grafen Friedrich von Isenberg.
Kein geringerer als der berühmteste Dichter der mittelhochdeutschen Epik, Walther von der Vogelweide, verfaßte diese Verse, die man wohl auch als „politische Agitationsrede" bezeichnen könnte.
Doch welches Geschehen veranlaßte Walther von der Vogelweide dazu, den Isenberger in solch einer Weise zu verdammen?
Die gräßlichen Ereignisse, deren Auswirkungen bis auf den heutigen Tag in der Landes- und Stadtentwicklung Nordrhein-Westfalens wahrnehmbar sind, nahmen in der Zeit des Hochmittelalters ihren Anfang.
Es war die Zeit des sagenumwobenen Richard I. Löwenherz, des Königs von England, die Zeit der Kreuzzüge, die regelmäßig gegen Osten zogen, angeblich, um das Heilige Grab vor den Moslems zu schützen.

Wir schreiben das Jahr 1200. Der Graf Arnold von Altena-Isenberg gehörte einem der mächtigsten und einflußreichsten Adelsgeschlechter des damaligen Reiches an. Vom Sauerland bis zum Münsterland erstreckte sich sein Besitz. Mehr als 30 Rittern war er Lehnsherr, darunter auch den Rittern von (Langen-)Dreer, Rechen, Laer, Sevinghausen und Dahlhausen. In diesem Jahr bezog der Graf seine neu erbaute Stammburg, die Isenburg. Zwei Kilometer von der Hattinger Altstadt entfernt, auf dem Isenberg stehend, hat der einstmals zu den größten Burganlagen Deutschlands zählende Wehrbau als Ruine die Jahrhunderte überdauert.
Die Grafen von (Altena-)Isenberg standen auf dem Höhepunkt ihrer Macht, nichts schien auf die schaurigen Ereignisse der folgenden Jahre hinzudeuten, ...wäre da nicht der prophetische Traum der Gräfin gewesen...:

Die Frau Arnolds von Isenberg ahnte das Unheil auf schwarzen Schwingen nahen. Oft saß sie traumverloren auf einem Turm ihrer Burg und schaute weit ins Land hinaus. Wenn dann aber plötzlich in der Ferne ein Rabe sichtbar wurde, erschrak sie und schauderte. Sie dachte an Friedrich, ihren zweiten Sohn. Um ihn bangte sie. Schon ehe er geboren war, hatte sie einen bösen Traum gehabt. Sie wähnte sich auf einem großen Platze. Eine ungeheure Menschenmenge war versammelt. Alle schauten entsetzt zu einer hohen Säule empor. An dieser hing zerschunden ein Leichnam, an dem die Raben fraßen. Es war der Leichnam eines Mörders, und in diesem Mörder erkannte die Gräfin deutlich ihren Sohn. (Weinand)

Wie diese schreckliche Prophezeiung ihre traurige Erfüllung fand, soll der folgende historische Überblick zeigen.
Anno domini 1196: Der Staufer Heinrich VI., deutscher König und Kaiser im Reich, starb plötzlich und unvermutet, woraufhin der untergründig schwelende Streit der politischen Kontrahenten – Staufer und Welfen – erneut offen ausbrach. Zwei Jahre später wählten die Stauferanhänger den Bruder des verstorbenen Kaisers zum König. Die Welfenpartei wiederum bestimmte einen der ihren, nämlich Otto, den Sohn von Heinrich dem Löwen, dessen Denkmal auch heute noch ein Wahrzeichen Braunschweigs ist, zum König.
Kein anderer als Adolf von Altena, Erzbischof von Köln und Bruder des Grafen von Isenberg, krönte Otto IV. zum deutschen Regenten.
Schließlich zählte man ab 1198 sogar drei gewählte Könige im Reich.
Es kam, wie es kommen mußte, die kaiserlich-königliche Zentralgewalt, seit Jahrzehnten geschwächt, zerfiel immer mehr. Chaos, Anarchie und Willkür bestimmten weitgehend das politische Geschehen.
Vor allem die Landesherren – wie auch der Graf von Isenberg – nutzten die schwache Stellung des Königtums aus, um ihre eigene Machtstellung auszubauen.
Fehden verunsicherten das Reich. Friedrich von Isenberg, der Neffe des Erzbischofs von Köln und seit 1209 Herr über die Grafschaft Isenberg, war mit dem Welfenkönig Otto IV., der im selben Jahr Kaiser wurde, befreundet. Da dem Papst die Politik des Kaisers nicht zusagte, belegte er ihn mit dem Kirchenbann, woraufhin die Auseinandersetzungen zwischen den Staufer- und Welfenanhängern einen neuen Höhepunkt erreichten, was schließlich zu einer militärischen Entscheidungsschlacht im Jahre 1214 bei Bouvines (Frankreich) führte.
Wahrscheinlich hat auch Friedrich von Isenberg an der Schlacht teil-

genommen. Der Kampf mündete in eine Niederlage der Welfen. Kaiser Otto IV. mußte abdanken, der Staufer Friedrich II. wurde als deutscher König bestätigt.
Auch der Erzbischof von Köln und Onkel des Grafen von Isenberg wurde durch den Stauferanhänger Engelbert von Berg abgelöst.
Die Politik des neuen Erzbischofs, der ab 1220 der Stellvertreter des zum Kaiser gekrönten Friedrich II. wurde, war zentralistisch geprägt. Engelbert von Berg befriedete sein rheinisch-westfälisches Einflußgebiet. Die Fehden der nach Machtausdehnung strebenden Landesherren nahmen ab, der Handel blühte auf. Der Erzbischof von Köln, Graf Engelbert von Berg, ranghöchster Fürst im Reich, war in weiten Gesellschaftskreisen hochgeehrt. Lesen wir einen Lobgesang auf den Erzbischof von Köln, wiederum verfaßt von Walther von der Vogelweide:
„Edler Bischof von Köln, Ihr dürft Euch mit Recht freuen:
Dem Reich habt Ihr gut gedient, weshalb auch
Euer Ruhm inzwischen steigt und hoch schwebt.
Sollte Euer Ansehen irgendwelchen Bösewichten lästig sein,
dann, Herr aller Fürsten, wertet das als leere Drohung.
Getreuer Vormund des Königs, Ihr seid hochberühmt,
schützt Ihr doch des Kaisers Ehre besser als je ein anderer Kanzler,
Ihr, der Kämmerer der Drei Könige und Elftausend Jungfrauen."
In der Folgezeit ranken sich Volkssagen um die Isenburg, die abergläubisch teuflischen Einfluß vermuten und den Schrecken der kommenden Jahre schon zu ahnen scheinen:

Auf den Isenberger Turm, von dem man die ganze Ruhrgegend überschauen konnte, brachte der Teufel in schnellem Fluge den frommen Mönch Woldus aus dem Zisterzienserkloster Altenberg, den er wiederholt zur Sünde verführen wollte. Er versprach ihm, damit er wenigstens das Gelübde der Armut breche, die stolze Burg nebst allen umliegenden Schlössern, Fluren und Schätzen, wenn er sie wolle; doch der Heilige unterlag dem Versucher nicht, sondern trieb ihn von dannen und kehrte betend ins ferne Kloster zurück.

Doch nun weiter in der Historie:
Die zentralistische Politik des Erzbischofs von Köln konnte nur zugunsten vieler Landesherren durchgesetzt werden und fand schnell

eine Opposition von rheinisch-westfälischen Adeligen mit dem Grafen von Isenberg an der Spitze. Der Konflikt erreichte seinen Höhepunkt nach einem Landtag in Soest im November 1225; dort verhandelten Engelbert von Berg und Friedrich von Isenberg um Vogteirechte am kirchlichen Damenstift Essen.
Der prophetische Traum der Gräfin sollte nun auf schreckliche Weise in Erfüllung gehen..
Als sich der Erzbischof nach Abbruch des Soester Landtages auf der Heimreise befand, versuchte man, ihn gefangenzunehmen; dabei wurde er vom Isenberger und seinen Leuten tödlich verletzt.
Im Reich brach Empörung aus. Das Verbrechen wurde mit Königsmord gleichgesetzt.
Leichenteile des Erzbischofs wurden von der Kölner Kirche im Dezember 1225 zum Reichstag nach Frankfurt gesandt, in dessen Verlauf es zu tumulthaften Auseinandersetzungen kam, da auch Anhänger des Isenbergers zugegen waren. Geschürt wurde die Stimmung durch Walther von der Vogelweide, der das oben zitierte Schmähgedicht gegen den Isenberger vortrug.
Friedrich von Isenberg wurde mit Reichsacht, Bann und Exkommunikation belegt, in weiten Teilen des Reiches wurde der Kirchenbann sonntäglich in den Kirchen verkündet. Die Isenburg wurde zerstört, der größte Teil seines Besitzes von dem Grafen von der Mark eingenommen. Von Isenberg floh nach Rom, um sich beim Papst zu rechtfertigen. Auf dem Rückweg wurde er bei Lüttich gefangengenommen.

Um die Gefangennahme des Grafen rankt sich folgende Sage:
Es wird erzählt, daß Graf Friedrich, als seine Burg belagert wurde, sich noch in letzter Minute durch einen unterirdischen Gang ins Freie gerettet habe. Seine Flucht setzte er auf einem Roß fort, dem die Hufeisen umgekehrt aufgeschlagen waren. Als Handelsmann verkleidet, übernachtete er gegen Ende des Jahres in einer Herberge bei Lüttich. Dort wurde er von einer Magd, die einst auf dem Isenberg gedient hatte, an seiner Gewohnheit, nach dem Waschen in die Hände zu schlagen und sich so zu trocknen, erkannt und verraten.
Als das kölnische Heer die Isenburg einnahm, stürzte sich die Gräfin mitsamt ihrem silbernen Spinnrad, dem Brautgeschenk ihres Mannes,

in den tiefen Burgbrunnen. In stillen Mondscheinnächten hört man noch heute das Schnurren des Rades und die Klage der Gräfin durch die Burgruine hallen.

Der neu erwählte Erzbischof von Köln hatte 560 kg Silber als „Kopfgeld“ auf den Grafen ausgesetzt, eine damals unvorstellbar hohe Summe.
Nachdem er nach Köln ausgeliefert worden war, zerschlug man ihm alle Knochen im Leib, anschließend wurde er auf ein Rad gespannt, das vor dem noch heute stehenden Severinstor in Köln aufgestellt wurde. Der Graf von Isenberg starb am 14. 11. 1226.
Auf diese schaurige Art endete Friedrich von Isenberg, vormals einer der mächtigsten Adeligen im Reich, Lehnsherr der Ritter von (Langen-)Dreer, Rechen und der halben Grafschaft Bochum. Auch heute noch, 750 Jahre nach diesen Geschehnissen, bleiben einige Fragen offen:

- War Friedrich von Isenberg der Kopf oder nur das Werkzeug der welfenfreundlichen Oppositionspartei?
- Ist der Erzbischof mit Absicht oder versehentlich getötet worden?
- Wurde die Exkommunikation des Isenbergers vom Papst aufgehoben, ist er zu Unrecht hingerichtet worden?

Engelbert von Berg, der getötete Erzbischof, wird im Erzbistum Köln als Heiliger verehrt. Sein Leichenschrein ist eines der Prunkstücke der Schatzkammer des Kölner Doms. Sein Todestag, der 7. November, ist in der katholischen Kirche der „Tag des Heiligen Engelbert“.
Manche Hattinger meinen, das Gebiet um die Ruine sei auch heute noch, 750 Jahre nach dem gräßlichen Geschehen, von der katholischen Kirche mit dem Bann belegt. An einer Mauer der Ruine steht geschrieben:

✝ ISENBERGER
DAS KREUZ STEHT NOCH!

Die sehenswerte Ruine der Isenburg nahe der Hattinger „Isenbergstraße“ liegt ebenso wie die Burgen Blankenstein, Kemnade und Hardenstein an der romantischen und sagenumwobenen „Burgenstraße an der Ruhr“.

Linden und die Lindener Madonna

Der Name „Linden" stammt angeblich von mehreren großen Lindenbäumen, die früher den Ort mit ihren mächtigen Kronen schmückten. Eine ausgewachsene Linde ziert auch das Siegel der Gemeinde.
„Im Wickerschen" (vom plattdeutschen Wort wicken = wahrsagen) hieß eine Flurbezeichnung zwischen Linden und (Hattingen-) Baak; hier soll in alter Zeit der Tempel einer Wahrsagerin gestanden haben, deren geheimnisvolle Sage unter dem Titel: „Veleda im Rauendahl" Sie in diesem Buch auffinden können. Bekannt ist die katholische Liebfrauenkirche von Linden; sie beherbergt ein hochgeehrtes Marienbildnis:

Die Lindener Madonna

Eine Legende, die in Linden und Dahlhausen verbreitet ist, berichtet, daß die Madonna um das Jahr 1820 herum bei Stiepel in die Ruhr geworfen worden sei. In aufrechter Stellung sei sie flußabwärts geschwommen und auf einer Insel in Dahlhausen gelandet. Zwei vorübergehende Bauern hätten das auf der Insel stehende Bild bemerkt und sofort in die Notkirche nach Linden gebracht.
Eine andere Darstellung, die sich auf die mündlichen Überlieferungen einer alteingesessenen Lindener Familie gründet, berichtet dagegen, daß unmittelbar nach der Verkündigung des Dogmas von der „Unbefleckten Empfängnis Mariae" durch Papst Pius IX. im Jahre 1854 die während der Reformation zum Protestantismus übergetretenen Stiepeler versucht hätten, das Bild „der Maria", das bisher noch unbeachtet auf einer Konsole ihrer Kirche gestanden habe, in der Ruhr zu ertränken. An einem Nachmittag habe man es zur Ruhr gebracht und im Beisein einer großen Volksmenge in die Flut geworfen. Am nächsten Morgen jedoch habe der Küster zu seinem Schrecken die Muttergottes auf ihrem alten Platz in der Kirche wieder vorgefunden und dieses sofort dem Pfarrer gemeldet. Nach einer geheimen Beratung mit einigen verschwiegenen Presbytern habe man – unbemerkt von der Bevölkerung – im Dunkel des Abends das Bild erneut in die Ruhr

geworfen. Und wieder stand die Statue bei Anbruch des nächsten Tages auf ihrem Sockel. Von Schrecken und Angst ergriffen, wagte man nicht mehr, das Marienbild zu berühren, blieb aber dabei, daß es aus der Kirche entfernt werden müsse. Einer der Presbyter sei dann nachmittags mit Pferd und Wagen nach Linden gefahren und habe dort einem ihm bekannten katholischen Gastwirt unter dem Siegel der Verschwiegenheit das Vorgefallene erzählt und gebeten, „die Maria" wegzuholen. Am gleichen Abend sei dann der Gastwirt mit seinem Bruder und einem Knecht „op dä Stoetkaar" nach Stiepel gefahren, um die Muttergottes mit dem Jesuskind nach Linden zu bringen. In Stiepel hätten die beiden Brüder das Bild von dem Sockel heruntergenommen und in einem Sack geborgen. Ein Presbyter habe ihnen vor der Rückfahrt noch erklärt: „Dä hoal gitt doch nich doa - dä kömmt wier." (Die haltet ihr doch nicht da - die kommt wieder.) Darauf sei ihm von den Lindenern erwidert worden: „Wann wie dä eenmoal in Linnen hätt - dann sall sä schon doa bliewen." (Wenn wir die einmal in Linden haben - dann wird sie schon dableiben.) Das Bild habe dann zuerst in dem Bauernhause der Brüder gestanden, sei aber später in der Notkirche aufgestellt und im Jahre 1867 feierlich in die neue katholische Kirche in Linden an der „Hattinger Straße" übergeführt worden. (Deuschle)
Nach neueren Erkenntnissen gilt es als wahrscheinlich, daß die Lindener Madonna, die thronend mit dem Christuskind dargestellt ist, zusammen mit dem Stiepeler Gnadenbild, das die Heilige Maria mit dem auf ihrem Schoß liegenden gekreuzigten Christus zeigt, bis in das 19. Jahrhundert hinein in der alten Stiepeler Dorfkirche verehrt wurde.

Das Brautpaar von Linden

Dort, wo heute die Dahlhausener Schwimmbrücke über die Ruhr führt, legte vormals die alte Fähre an. Unweit der Anlegestelle stand ein niedriges Sandsteinkreuz, das seit dem Bau der Eisenbahnlinie Dahlhausen-Hattingen (1872) spurlos verschwunden ist. Die Inschrift des

Kreuzes war damals schon kaum noch zu entziffern, doch gab es in der ganzen Gegend wohl niemanden, der auf die Frage nach dem „Woher" des Steinkreuzes die Antwort hätte schuldig bleiben müssen. Alt und Jung kannte die Sage von dem jähen Ende, das hier das „Brautpaar von Linden" gefunden hat:
Auf seinem besten Pferd ritt in früher Morgenstunde ein junger Mann aus Linden mit seiner schönen Braut durch die Schlucht unterhalb des Horkensteins zur Fähre am Stade, um in Niederwenigern den Bund der Ehe zu schließen. Jubelnde, ausgelassene Freunde und Nachbarn folgten ihnen. Noch aber war der Fährmann nicht zur Stelle. Ungeduldig ritt der Hochzeiter am Ufer auf und ab, schließlich aber zog er seine Braut zu sich aufs Pferd und lenkte es übermütig in die Fluten der Ruhr, um so schneller die andere Seite zu erreichen. Doch die Strömung des Flusses war stärker als das treue Pferd; es dauerte nicht lange, und Roß und Reiter wurden von den Wogen verschlungen.
Nach Tagen erst wurden die noch eng umschlungenen Leichname der beiden gefunden; man bettete sie gemeinsam zur ewigen Ruhe.

Noch heute findet man am Niederwenigerner Ruhrufer „Auf dem Stade" die Anlegestelle der alten Fähre. Sie befindet sich knapp zwanzig Meter rechts der Brücke. Der Horkenstein liegt heute in Hattingen. (siehe die Sage: „Der Horkenstein")

Der Horkenstein

Herbert Grönemeyer singt in seinem Lied „Bochum": „Bochum, dein Grubengold hat uns wieder hochgeholt!" Auch wenn damit die historische Entwicklung gemeint wäre, hätte Grönemeyer völlig recht, denn die Steinkohlenzechen sowie die Eisen- und Stahlindustrie leiteten zur Zeit der Industrialisierung, die vor ca. zweihundert Jahren im Bochumer Raum und im gesamten Ruhrgebiet begann, eine zweite Blüte des heutigen Ruhrgebietes ein. Viele Menschen in Deutschland, darunter nicht wenige Bochumer, sind der Meinung, vor der Industrialisierung sei das Ruhrgebiet sozusagen eine geschichtliche Wüste ohne Bedeu-

tung gewesen, in der sich Fuchs und Hase „Gute Nacht" gesagt hätten. Das Ruhrgebiet hatte jedoch eine erste politische Blütezeit, und zwar schon tausend Jahre vor der Industrialisierung.
Damals, im Jahre 803, beendete Kaiser Karl der Große siegreich den ca. Dreißigjährigen Krieg gegen die germanische Volksgruppe der Sachsen. Schon zu Beginn dieser Kämpfe hatte er ihren militärischen Hauptstützpunkt im Revier, die Sigiburg (Hohensyburg) im Dortmunder Süden erobert. Die auch im Ruhrgebiet siedelnden Sachsen hatten ähnliche religiöse Vorstellungen wie viele andere germanische Volksgruppen, die neben anderen den Gott Wodan verehrten. Im Auftrage Karls des Großen gründete Liudger, der später heilig gesprochen wurde, um 800 die Benediktinerabtei (Essen-) Werden als Bollwerk des Christentums und Zentrale der Sachsenmission.
Die Abtei Werden entwickelte sich zu einer der bedeutendsten Klosteranlagen im Reich und zu einem Ausgangspunkt der ersten Blütezeit des Reviers als Grenzgebiet zwischen Franken und Sachsen am Hellweg. Viele Königsaufenthalte in Dortmund und Duisburg zeugen von dieser für das Ruhgebiet wichtigen Epoche. Das Symbol der Sachsen, das steigende Pferd, überdauerte im Wappen Westfalens bis heute jene bewegten Zeiten, ebenso die folgende Sage:

Vor mehr als tausend Jahren errichtete der heilige Liudger, der erste Bischof von Münster, im Dorf Wenigern bei Hattingen eine kleine Kapelle, Tag und Nacht betete er dort vor einem Muttergottesbildnis. Der Turm der Kapelle erhob sich weit sichtbar auf einer Anhöhe. Tagtäglich kamen die Gläubigen, um mit dem heiligen Mann zu beten.
Die Sachsen, die noch ihre germanischen Götter verehrten, betrachteten von fern den hochaufragenden Kirchturm und wunderten sich über dieses ungewöhnliche Bauwerk. Neugierig geworden, gingen viele zu der Kapelle und fanden die Predigten Liudgers so eindrucksvoll, daß nicht wenige von ihnen sich taufen ließen und den Christenglauben annahmen. Nach und nach wurden auf diese Weise fast alle Sachsen bekehrt. Wenn nun ihre Zeit gekommen war und der Tod sein Recht forderte, so kamen sie direkt in den Himmel, wogegen sie als Heiden in der Hölle hätten schmoren müssen. Das paßte dem Teufel überhaupt nicht. Es ärgerte ihn sogar gewaltig: „Wenn das so weiter-

geht, kann ich mein Feuer ausgehen lassen, denn dann kommt niemand mehr in die Hölle!" fluchte er vor sich hin.
Also beschloß der Teufel, doch einmal persönlich ins Ruhrtal zu gehen, um zu schauen, aus welchem Grund die Sachsen nicht mehr in die Hölle kamen.
Er machte sich auf und sah schon von weitem den Kirchturm von Wenigern aufragen, dieser Anblick trieb seinen Blutdruck gewaltig in die Höhe. Gift und Galle spuckend, suchte er wutentbrannt am Ufer der Ruhr einen großen Stein, um die Kirche, für ihn der Grund allen Übels, zu zerschmettern. Er schaute hierhin, er blickte dorthin, aber so sehr er sich auch den Hals verrenkte, kein Stein schien ihm groß genug. Plötzlich hatte er einen Einfall: „Im Morgenland soll es doch ganz besonders dicke Felsbrocken geben, die wären genau das Richtige!" brummte er vor sich hin. Also auf ins Morgenland. Wie mit Siebenmeilenstiefeln eilte er blitzschnell in jene fernen Länder und sah auch schon bald darauf einen riesigen Stein. Diesen packte er sich auf die Schulter – mächtig schwer war dieser Felsbrocken – und lief mit großen Schritten zurück Richtung Norden – immer geradeaus. Mit einem Satz sprang er über die Alpen, aber so schnell er auch vorwärts kam, bald drückte ihn der Stein doch gewaltig im Kreuz. Müde und erschöpft kam er abends in die Nähe von Linden, noch ein paar Schritte, schon stand er mitten in Dahlhausen, unweit der Ruhr.
Dort erblickte der Teufel einen jüdischen Händler, der einen Weidenkorb mit Schuhen auf dem Rücken trug. Als dieser den Teufel erkannte, packte ihn das Entsetzen, und er lief fort, so schnell er nur laufen konnte. „Halt!" herrschte ihn der Höllenfürst an, „fürchte dich nicht, ich bin nicht gekommen, um deine Seele zu holen jedenfalls noch nicht. Doch sage mir, wie komme ich nach Wenigern, zur Kirche des Liudger? Willst du dein Leben retten, so antworte schnell, denn ich habe schwer zu tragen!" Der Händler betrachtete den riesigen Fels auf den Schultern des Teufels und dachte: „Mit diesem Brocken hat er bestimmt nichts Gutes im Sinn, und da er auch noch nach der Kirche fragt, so ahne ich schon, was der Gottseibeiuns mit ihm vorhat. Zerstören will er die Kapelle! Bestimmt! Und was machen dann meine Geschäfte? Wem soll ich dann noch Heiligenfiguren verkaufen?" Also sprach der Händler listig: „Oh Teufel, bis nach Wenigern ist es noch

grausam weit. So weit, daß du die Sohlen aller Schuhe, die ich in meinem Korb trage, ablaufen müßtest, um dorthin zu gelangen!" Als das der Teufel hörte, wurde er sehr mutlos, denn zu arg drückte mittlerweile der riesige Stein auf seinem Rücken. „Ja, aber" stotterte er, „ist denn dieser Fluß dort nicht die Ruhr?" „Ach nein", erwiderte der Gefragte, „was soll das anderes sein als der Jordan, wir sind doch hier im Gelobten Land!" „Was! Der Jordan!" schrie der Teufel auf, und indem er laut Schimpfworte vor sich hin fluchte, die an dieser Stelle kaum zitiert werden können, nahm er voller Wut den Stein und schleuderte ihn steil in die Höhe. Augenblicklich tat sich sodann die Erde zu seinen Füßen auf. Flammen schlugen hoch, und er fuhr, Pech und Schwefelgestank zurücklassend, in die Hölle. Nie wieder hat sich daraufhin der Teufel im Ruhrtal sehen lassen. Nach einigen Tagen fiel der Stein in Dahlhausen wieder auf die Erde zurück und wird seitdem der Horkenstein genannt.
Noch in der Mitte des letzten Jahrhunderts wurden des Nachts am Horkenstein oftmals Spukgestalten gesehen.

Um diesen Stein bildeten sich viele Schauergeschichten: So wurde behauptet, er sei ein Opferstein, der „nach der roh eingemeißelten Rinne zum Abfließen des Blutes zu urteilen, in heidnischer Vorzeit als Opferaltar gedient hat, auf dem auch die gefangenen Römer geschlachtet worden sind" (nach der Hermannsschlacht) oder: auf dem Horkenstein seien „in einem der Göttin Hertha geweihten Haine in mondhellen Nächten von heidnischen Priestern in weißen Gewändern Menschen und Tieropfer dargebracht worden".

Glaubwürdiger scheint die Erklärung von Dr. Eversberg (Hattingen) zu sein, der in dem Horkenstein einen frühgeschichtlichen Ortungs- bzw. Kalenderstein zur Datierung der germanischen Kultfeste sieht. Mit seiner Hilfe wurden demnach am Horizont die Punkte abgelesen, die die Wende der Jahreszeiten markieren.
Sie möchten diesen sagenhaften Horkenstein einmal mit eigenen Augen einer kritischen Prüfung unterziehen? Kein Problem – seit 1984 liegt der Horkenstein in Hattingen, nahe der Altstadt, an der „Martin-Luther-Straße"/Ecke „August-Bebel-Straße". Viel Vergnügen!

Sagen-hafte Geschichten von heute

Auf den vorangegangenen Seiten wurden Ihnen einige Sagen vorgestellt, die seit Generationen mündlich überliefert worden sind, die man aber erst seit wenigen Jahrzehnten schriftlich dokumentiert hat. Nun möchten wir Ihnen einige „Moderne Sagen" aus Bochum vorstellen. Es sind Großstadtsagen (urban legends), im Gegensatz zu den traditionellen älteren Sagen der ländlich-bäuerlichen Lebenswelt.
Im Wesen jedoch unterscheiden sie sich weniger von den traditionellen Volkssagen, als man vom ersten Eindruck her meinen könnte. Ebenso wie diese werden die modernen Stadtsagen mündlich weitergegeben, erheben Anspruch auf „Wahrheit", erklären Unvorhergesehenes, Bedrohliches, Unbegreifliches, behandeln grundlegende menschliche Erfahrungen wie Rachegedanken, Angst, Tod und weisen auf eine verborgene Irrationalität in allen Lebensbereichen hin.

Der Gummibaum

Frühjahr 1989. In Noordwijk/Niederlande erzählte die Sozialarbeiterin Ilse Beßler aus Langendreer dem Herausgeber folgende sagen-hafte Geschichte:

Sie hatte von einer Bekannten gehört, daß eine kaufmännische Angestellte in Bochum die Pflege des großen Gummibaumes übernommen hatte, der über mehrere Etagen eines Verwaltungstreppenhauses gewachsen war. Zuvor war der Baum nicht fachgerecht versorgt und weder gedüngt noch richtig gegossen worden. Oft hatte er trocken gestanden oder voller überschüssigem Wasser im Topf, so daß er viele Blätter verloren hatte und einen kümmerlichen Eindruck machte. Als sie nun den Gummibaum regelmäßig goß und düngte sowie jeden Tag verwelkte Blätter abknipste, Staub von den Blattflächen wischte, Zweige festband – einige ihrer Mitarbeiter wollen sogar gehört haben, daß sie den Baum ansprach –, brachte er neue Blätter hervor, entwickelte sich wieder prächtig und wuchs sehr üppig. Viele der Kollegen lobten ihren „grünen Daumen“ und erfreuten sich täglich an der schönen Pflanze, die ein wenig Farbe in das graue Gebäude brachte. An einem sonnigen Wochenende hatte die Angestellte auswärts Freunde besucht und fuhr abends mit dem Pkw auf der Autobahn zurück nach Bochum. Während dieser Fahrt wurde die Frau in einen Unfall verwickelt, der für sie tödlich ausging. Am Montagmorgen begann in der Verwaltungsstelle wie gewöhnlich der Dienst. Doch waren die Angestellten sehr erstaunt, denn der am Freitagnachmittag noch prächtig aussehende Gummibaum hatte sämtliche Blätter verloren und lag völlig verdorrt und abgestorben im Treppenhaus. Sofort fragten sie nach ihrer Mitarbeiterin, um wenig später von dem tragischen Unfall zu erfahren. Die Angestellten waren nun der Meinung: Der Gummibaum starb in dem Moment, in welchem seine Pflegerin verunglückte!

Der explodierte Fabrikbesitzer

Am 25. November 1990 trug Prof. Brednich/Göttingen im „Café Tucholsky“ (Bochum), in der Reihe: „Tucholsky und Janssen lassen lesen“, folgende Sage aus seinem zu dieser Zeit noch unveröffentlichten Buch „Die Maus im Jumbo-Jet“ vor.

In den fünfziger Jahren fuhr ein Fabrikbesitzer in Bochum morgens des öfteren mit der Bahn zum Betrieb. Um sich „volksnah“ zu geben, ging er sogar ein Stück des Weges zu Fuß; dabei schnippte er die Asche seiner Zigarre stets auf die Straße. Eines Morgens nun fiel die Aschenglut in einen Abwasserkanal, woraufhin die Straße und der Fabrikbesitzer mitsamt seinem Betrieb explodierten und in die Luft flogen. In dem Abwasserkanal flossen nämlich, als die Zigarrenglut hineinfiel, die giftigen und explosiven Abwässer, die von seiner Firma unrechtmäßig entsorgt wurden.

Der ewige Student

Die folgende sagen-hafte Geschichte wurde dem Herausgeber im Frühjahr 1982 im Kolping-Bildungswerk Coesfeld von einem ca. 27jährigen Examenskandidaten mitgeteilt:

Vor allem in den Gebäuden für Geisteswissenschaften (GA, GB, GC) der Ruhr-Universität Bochum soll morgens, wenn die ersten Studenten, Wissenschaftler und Mitarbeiter ihre Fachbereiche betreten, hin und wieder eine Gestalt durch die Flure und Treppenhäuser huschen, die kaum, daß man sie bemerkt, den Blicken schon wieder entschwunden ist. Es ist der ewige Student, der angeblich schon seit Beginn der Lehrtätigkeit an dieser Hochschule, also seit der Mitte der sechziger Jahre, hier studiert. Mehr als zehn Jahre schon schreibt er an seiner Doktorarbeit, die aber niemals vollendet werden kann, da er den Ehrgeiz hat, eine „perfekte Dissertation" abzuliefern und jede neue Fachveröffentlichung, die sein Thema berührt, in sein Werk einfließen lassen will. Seit Jahren aber ist stets, kurz bevor der ewige Student sein Werk vollendet zu haben glaubte, ein wissenschaftlicher Bericht veröffentlicht worden, den er noch unbedingt in seiner Doktorarbeit berücksichtigen wollte, so daß sein Forschungsabschluß immer wieder hinausgeschoben wird. Da dem ewigen Studenten über sein Werk das Geld ausgegangen ist und er täglich von morgens bis abends in den Bibliotheken sitzt und forscht, wurde ihm schon vor Jahren seine Wohnung gekündigt. Er übernachtet in Fachschaftsräumen, unverschlossenen Bürozimmern und in verborgenen Kellernischen. Seinen geringen persönlichen Besitz verbirgt er tagsüber irgendwo in einem Schließfach der Universität.
Und stets fürchtet der ewige Student, morgens von zu früh eintreffenden Angestellten, abends von den Putzfrauen oder vom Hausmeister entdeckt zu werden. Erst ab ca. 8.30 Uhr, wenn der Lehrbetrieb allmählich beginnt, fühlt er sich sicher, denn dann kann er nicht mehr auffallen.
Man sagt, der ewige Student habe sehr lange Haare, trage ungepflegte Kleidung sowie eine Nickelbrille, und es rieche in seiner Nähe ein wenig muffig; wirklich genau gesehen aber hat ihn wohl noch niemand.

Der behaarte Arm

Frau Christel Sondermann, die Mutter des Herausgebers, teilte ihm am 15. November 1990 folgende moderne Sage mit:

Die Inhaberin einer Modeboutique in Wiemelhausen erzählte, daß eine ihrer Kundinnen in einer Hochgarage der Bochumer City geparkt hatte, um anschließend Einkäufe zu tätigen. Als die Frau zu ihrem Wagen zurückkehrte und gerade einsteigen wollte, wurde sie von einer älteren Dame gefragt, ob sie sie wohl mitnehmen könne, da man ihre Geldbörse samt Papieren gestohlen habe und sie nicht nach Hause zu kommen wisse. Die Frau sagte, sie bitte die Fahrerin wegen ihres Herner Autokennzeichens um die Mitfahrgelegenheit, denn sie wohne ebenfalls in Herne. Die Wagenhalterin hatte nichts dagegen einzuwenden, worauf die ältere Dame einstieg. Während des Ausparkens fiel der Beifahrerin etwas auf den Boden des Wagens; als sie danach griff, rutschte ihr Ärmel hoch, und ein stark behaarter Arm kam zum Vorschein. Die Fahrerin sah nun genauer hin und bemerkte, daß die vermeintliche Frau in Wahrheit ein verkleideter Mann war. Sie ließ sich aber nichts anmerken und bat die Person, kurz auszusteigen, um den Wagen aus der Parklücke zu dirigieren. Kaum war die entlarvte Anhalterin ausgestiegen, drückte die Fahrerin den Verriegelungsknopf der Beifahrertür herunter und fuhr schnellstmöglich davon.
Kurz darauf brachte die Frau den Fall bei der Polizei zur Anzeige, wobei sie auch die Tasche vorlegte, die von der Person im Wagen zurückgelassen worden war. Ein Polizeibeamter öffnete sie, und zum Vorschein kamen: zwei Messer, ein Strick, ein Schlagring und K.O.-Spray. Was die „ältere Dame“ damit vorgehabt hatte, kann man sich denken.
Diese Sage gehört zum Motivreigen des „verschwundenen oder gefährlichen Anhalters“ (vanishing hitchhiker) und gilt fälschlicherweise als der „Prototyp einer modernen Sage“. Sie ist in vielen modernen Großstädten Europas und der USA nachgewiesen. Eine Urform dieser Sage geht jedoch auf das Jahr 1834 zurück und spielt im England des Kutschenzeitalters. Sie ist also ein gutes Beispiel für das Fortleben alter Sagenstoffe in der heutigen technisierten Zeit.

Der Spielmann und das Kalb

Das Erzbistum Köln stand am Anfang des 15. Jahrhunderts auf einem Höhepunkt seiner Macht. Nach Münster hatte es sich zur zweitgrößten Territorialmacht Westfalens entwickelt. Die Niederlage der erzbischöflichen Partei gegen den rheinisch-westfälischen Adel in der Schlacht von Worringen (bei Köln, im Jahre 1288) und der damit verbundene Herrschaftsverlust schienen überwunden zu sein.
Zielstrebig versuchte der Erzbischof von Köln, Dietrich von Moers, die neuerworbene Vormachtstellung auch in der kurkölnischen Stadt Soest auszubauen. Der Rat von Soest hatte sich im Laufe der Zeit weitgehende Rechte und Privilegien gegenüber den Kirchenfürsten gesichert, die er nun nicht antasten lassen wollte. Als nun der Erzbischof eben diese Privilegien in Abrede stellte und sogar zusätzliche Steuererhöhungen durchsetzen wollte, kündigte der Rat der Stadt dem Kölner den Gehorsam auf und wählte im Jahre 1444 den Herzog Johann von Kleve-Mark zum neuen Schutzherrn. Erzbischöfliche Truppen belagerten daraufhin die Stadt: Die „Soester Fehde“ begann.
Nach dreijähriger erfolgloser Belagerung verpflichtete Dietrich von Moers zwölftausend meist thüringische und böhmische Söldner zum Sturme auf Soest. Auch dieser Angriff blieb ohne Erfolg. Als zudem die Verpflegung und der Sold ausblieben, zogen die Landsknechte ab, jedoch nicht ohne in weiten Gebieten Westfalens zu plündern und zu brandschatzen. 1449 konnte Soest seine Unabhängigkeit gegenüber dem Erzbischof beim Friedensschluß von Maastricht behaupten.

Am geografischen Rand des Geschehens gelegen, blieb Bochum dennoch nicht von plündernden Söldnern verschont. Die Bewohner Bochums und der Freiheit Wattenscheid waren nicht zu beneiden, denn Landsknechte ohne Sold und Diebesgesindel machten die Gegend unsicher.
Allen Rechtsbrechern zur Abschreckung stand an der Maarbrücke, zwischen Bochum und Wattenscheid, ein Galgen aufgerichtet; und nicht selten mußten an diesem Galgen Henkersdienste verrichtet werden.
In dieser unruhigen Zeit verdiente auch so mancher Spielmann im Geleit der Kriegshaufen mehr schlecht als recht sein Brot. Mit Spiel

und Gesang verkürzten sie den Soldaten die Abende. Einen dieser mittellosen Gesellen verschlug es am Jahresanfang in die Bochumer Gegend. Ein eisiger Wintersturm fegte über den verharschten, knöcheltief liegenden Schnee. Auf dem Weg nach Wattenscheid kam er an dem Galgenplatz vorbei. Der Anblick, der sich ihm bot, lehrte ihn das Fürchten. Auch wenn er weithin keinen lebenden Menschen sah, so war er doch nicht allein, denn drei Leiber, als warnendes Exempel an Stricken aufgeknüpft, säumten den Pfad. Ein gräßlicher Anblick, aber in jenen unruhigen Zeiten hatte man sich an dergleichen schon ebenso gewöhnt wie an den Hunger. Wahrscheinlich hatten diesmal Pferdediebe hier ihr Leben lassen müssen. Und es war kalt. Lausig kalt! Die Lederfetzen – Schuhe konnte man sie wirklich nicht mehr nennen –, die des Spielmanns Füße vor den frostigen Temperaturen schützen sollten, waren in einem höchst bemitleidenswerten Zustand. Dagegen die festen Stiefel, in denen die Füße eines der Gehängten steckten – fast wie neu schienen sie dem Spielmann.
Wen wundert's, daß ihm sündhafte Gedanken in den Sinn kamen. Was kann auch ein Gehenkter, dessen Seele schon längst in der Hölle schmort, mit solchen prächtigen Stiefeln anfangen? Nichts! Er selber dagegen..., vom Gedanken war es nur ein kurzer Schritt zur Tat – und Gelegenheit macht Diebe, wie man weiß. Noch lehnte die Galgenleiter am Todesbalken. Mit beiden Händen zog er an einem Stiefel des Gehenkten – nichts – auch nicht ein Stück weit ließ sich das Schuhwerk abstreifen. Die Stiefel waren so steif und fest an den Beinen festgefroren, als wären sie dem Pferdedieb angewachsen gewesen. Was tun? Nicht lange sann er nach, um auf eine recht abstoßende Idee zu kommen, aber in der Not frißt der Teufel bekanntlich Fliegen; wenn die Stiefel nicht von den Beinen zu lösen waren, so würde er sie eben zusammen mit den Beinen nehmen. Und so schnitt er dem Galgenvogel oberhalb der Waden mühevoll die Gliedmaßen ab und eilte mit seiner Beute über die Heide in Richtung Wattenscheid, wobei er die Stiefel notdürftig in seinem verlumpten Mantel verbarg. In der Nähe trotzte ein alter Bauernhof, der Kabeisemannshof, dem Winterfrost. Dort fragte er nach einem Nachtlager, welches ihm dann auch im Kuhstall gewährt wurde. Er ließ sich dort nieder und legte die abgeschnittenen Beine neben sich auf den Boden. Die Stallwärme werde schon bald

ihren Dienst tun und sie auftauen, dann werde er schon an die Stiefel kommen, dachte der Spielmann. Erschöpft schlief er kurze Zeit später ein, ohne daß er bemerkte, wie in jener Nacht eine Kuh nahe bei seinem Schlafplatz kalbte. Das junge, noch völlig unbeholfene Kalb kroch zufälligerweise direkt neben den Schlafenden, was das Muttertier mit einem unwilligen Brummen quittierte. Auch das Kalb schnaufte vor sich hin, wovon der Spielmann erwachte, und im Halbschlaf um sich tastend, fühlte er neben sich einen feuchten, warmen Körper. Er schreckte entsetzt auf, denn er glaubte tatsächlich, der gehenkte Pferdedieb sei als Gespenst vom Galgen gestiegen, um sich seine Beine zurückzuholen. Solcher Aberglaube war in jener Zeit ja sehr verbreitet. In panischer Angst sprang er auf und lief, so schnell er nur konnte, aus dem unheimlichen Stall in die dunkle Nacht hinaus. Erwacht von dem Lärm, kam die Magd in den Stall, um nach dem Rechten zu sehen. Doch welch ein Anblick: neben dem Kalb lagen die zurückgelassenen Stiefel mit den Beinen darin, und sie glaubte, das wären die Reste des Spielmanns. „Kabeisemann, Kabeisemann!“ rief die Magd, zitternd vor Entsetzen, zum Bauernhaus hinüber. Durch das späte Lärmen in seiner Nachtruhe gestört, eilte der Bauer schließlich zum Kuhstall. „Der Spielmann – der Spielmann wurde von dem Kalb gefressen, nur die Beine hat es übriggelassen. Verhext ist das Kalb!“ schrie die Magd auf den Bauern Kabeisemann ein.
Schaudernd stand auch der Landwirt vor dem unschuldigen Kalb und den abgetrennten Beinen. Er bekreuzigte sich mehrmals, denn dieser Anblick war selbst für sein wahrlich nicht zartbesaitetes Gemüt grauenerregend. „Gott stehe seiner armen Seele bei!“ entfuhr es dem totenbleichen Kabeisemann.

An die alte Maarbrücke erinnert noch der Straßenname „An der Maarbrücke“ bei Bochum-Hamme. In dem Maarbach wurden vormals auch die Kindermörderinnen ertränkt. Der „Kabeisemannsweg“ in Hordel deutet auf den gleichnamigen Hof hin.

Schweinehirt Jörgen entdeckt die Kohle

Die Entwicklung Bochums hin zur Großstadt ist untrennbar mit der Montanindustrie, also der Gewinnung von Kohle, Eisen und Stahl verbunden.
Erst die Entdeckung und der industrielle Abbau der Steinkohle brachte die Voraussetzung zur Eisenverhüttung und Stahlproduktion. Nachweislich wurde in unserer Gegend schon im 14. Jahrhundert Steinkohle abgebaut, angeblich haben Bauern aber schon um das Jahr 1000 Kohle zum Eigenbedarf gewonnen. Mit der Schiffbarmachung der Ruhr (1780) wurden die Transportprobleme des „Schwarzen Goldes" entscheidend verbessert und gleichzeitig in den Niederlanden neue Absatzmärkte erschlossen. Die Transportschiffe, die sogenannten Aaken, ließ man von Pferden schleppen, die die Kähne auf gepflasterten Uferwegen an Leinen flußaufwärts zogen, daher der Begriff „Leinpfad". Wer denkt heute noch daran, daß in Dahlhausen einst ein wichtiger „Kohlehafen" lag und in Stiepeler Werften Lastkähne gewartet wurden? In beiden Orten sind auch heute noch Schleusenbauten aus dieser Zeit zu besichtigen.
Stiepel ist auch der Ort, bei dem – zumindest der Sage nach – der Schweinehirt Jörgen die erste Kohle fand:

Es war an einem Winterabend, vor langer, langer Zeit. Jörgen hatte den ganzen Tag über Schweine gehütet und wollte nun eine Kuhle graben, um darin Brennholz zu entzünden, denn bei dieser lausigen Kälte waren ein Feuer und eine warme Mahlzeit genau das Richtige, um sich wieder wohlzufühlen. Gerade als Jörgen die Feuerstelle auszuheben begann, sah er, daß eines der Schweine schon ein Loch gewühlt hatte: „Warum dann noch graben?" dachte er und entzündete dort sein zuvor gesammeltes Holz. Nach der Mahlzeit kroch er neben dem Feuer unter seine Decke und schlief ein. Als Jörgen am Morgen erwachte, staunte er nicht wenig; zwar brannte das Feuer nicht mehr, aber die schwarzen Steine, auf denen er das Feuer am Abend zuvor entzündet hatte, glühten und funkelten in den schönsten Farben und gaben Wärme ab. Er konnte es kaum fassen und hielt diese seltsamen schwarzen Steine für verhexte Zaubersteine; daher verließ er mit seiner

Herde eilig diesen unheimlichen Ort. Am nächsten Tag jedoch geschah das gleiche, wieder entfachte er in einer von Schweinen vorgegrabenen Kuhle ein Feuer, wieder lagen dort diese seltsamen schwarzen Steine und wieder glühten sie, als er morgens erwachte. Doch nun war unser Hirte nicht mehr so ängstlich, nahm ein paar dieser Steine mit ins Dorf und berichtete den staunenden Leuten von seiner großartigen Entdekkung. Diese wollten nun ebenfalls solche Wundersteine besitzen, und Jörgen zeigte ihnen die Stellen, wo sie zu finden waren. Die einen sammelten die Steine vom Erdboden auf, und die anderen gruben in Löchern nach ihnen. Zuhause angelangt, erfreuten sich die eifrigen „Bergleute" an den wärmenden Zaubersteinen, mit denen sie vortrefflich heizen konnten.

Zuvor hatten die Leute Holz zum Kochen verwendet, aber der neue Brennstoff gab viel mehr Wärme ab und war hart wie Stein, deshalb nannten sie ihn „Steinkohle".

Eines Tages ging die Botschaft durch das Land, daß die wunderschöne Königstochter den Mann zum Bräutigam nehmen wolle, der ihr die schönsten Edelsteine bringe. Davon hörte auch der Schweinehirt und beschloß, das Herz der Schönen für sich zu gewinnen. Er füllte einige Kohlestücke in einen Beutel und machte sich auf den langen Weg zum prächtigen Königsschloß. Nach tagelanger Wanderung erreichte der Hirte endlich sein Ziel und begehrte bei den Palastwachen Einlaß. Auf die Frage, was er wolle, antwortete er nur: „Die Hand der Königstochter!" Die Wachen lachten ihn aus, sie schlugen sich auf die Schenkel und zeigten mit den Fingern auf den in schmutziger und zerrissener Kleidung vor ihnen stehenden Schweinehirten. Um noch mehr Anlaß zur Belustigung zu erhalten, ließen die Wachen den Hirten zum Schloß hinein.

Er ging auch gleich in den prächtigen Thronsaal und sah, daß schon viele Grafen, Herzöge und junge Prinzen in schmuckvollster Kleidung und mit den kostbarsten Edelsteinen in der Hand in einer langen Reihe darauf warteten, einer nach dem anderen seine Gaben vor der schönen Prinzessin ausbreiten zu können. Endlich kam auch der junge Schweinehirt an die Reihe und stand nun schmutzig und zerlumpt mit seinen schwarzen Kohlen in der Hand vor der Prinzessin. Bei diesem Anblick schrie sie laut auf und sagte: „Was willst du denn hier, du hast

dich wohl verirrt, nach Edelsteinen steht mir der Sinn!" „Warte einmal ab!" sagte der Hirt und legte die schwarzen Steine ins Feuer, wo sie bald in den herrlichsten Farben, in Rot, Gelb, Blau und Orange aufleuchteten und eine angenehme Wärme verbreiteten. Die Prinzessin schaute diesem Schauspiel erstaunt zu, denn so etwas Wunderbares hatte sie noch nie gesehen.
„Diese schwarzen Diamanten sind wirklich die allerschönsten Edelsteine!" sagte die Königstochter.
Einige Wochen später heirateten Prinzessin und Schweinehirt, ein großes Fest wurde gefeiert, und beide lebten lange Jahre glücklich und zufrieden miteinander zusammen.

Mit dem „Jörgenstein" im Weitmarer Holz in der Nähe der „Blankensteiner Straße" wurde unserem Schweinehirten ein Denkmal gesetzt.

Warum der Teufel einen Pferdefuß hat

In alter Zeit kamen die Bergleute des Ruhrgebietes oftmals zu einem kurzen Gebet zusammen, bevor sie in die Grube einfuhren. Anschließend zogen die Kumpel in die Tiefen des Berges und gingen ihrer harten und gefährlichen Arbeit nach. Wenn nun ein Bergmann während der Schicht tödlich verunglückte, so kam er direkt in den Himmel. Es störte den Teufel sehr, daß schon seit vielen Jahren kein Ruhrbergmann mehr in der Hölle geschmort hatte. Schließlich wurde er darüber so wütend, daß er beschloß, einmal selbst ins Ruhrbebiet zu gehen, und er nahm sich vor, nicht ohne die Seele eines Bergmanns zurückzukehren. Also machte sich der Gottseibeiuns auf den Weg und streifte durch die Schächte und Stollen des Reviers. Oftmals beobachtete er von weitem die Bergleute bei der Arbeit. Einige brachen mit Schlegel und Eisen Kohle aus einem Flöz, andere schaufelten die losgelöste Kohle mit einer breiten Pannschaufel in Behälter, die dann wiederum in große Holzwagen, die die Kumpel „Loren" nannten, entleert wurden. Dies alles schaute sich der Teufel aus sicherer Entfernung an, denn angesichts so vieler Leute traute er sich nicht, näher zu kommen.

Also suchte er weiter: „Irgendwo muß doch wohl ein Bergmann allein anzutreffen sein!“ dachte er. Und tatsächlich begegnete er einmal einem Kumpel, der gerade Löcher in die Strecke bohrte. Der Teufel schaute sich noch mal ganz genau um – niemand sonst war in Sicht – endlich! „He du! Du kommst mit mir in die Hölle!“ rief der Teufel dem Mann zu. Der drehte sich um und erschrak fürchterlich, als er den Höllenfürsten erblickte. „Nein!“ rief er „bitte nicht mich, ich bin doch noch so jung!“ Doch der Teufel ließ sich nicht beirren: „Pack dich, du kommst mit mir – und zwar sofort!“
Nun war guter Rat teuer – was tun? Plötzlich hatte der Mann eine Idee: „He Teufel – in das Loch hier, welches ich eben gebohrt habe, ist just, bevor du gekommen bist, die Seele eines Bergmannes hineingeschlüpft. Willst du diese nicht auch mitnehmen – dann hast du doch gleich zwei Seelen für die Hölle!“
„Prima Vorschlag!“ jubelte der Teufel, stampfte mit seinen Füßen und rieb sich die Hände. „Dann paß einmal auf!“ sagte der Kumpel, „ich gehe jetzt kurz hinter die Ecke dort, um einen Krätzer zu holen, mit dem du die Seele aus dem Loch herauskratzen kannst. Aber damit sie in der Zwischenzeit nicht entweichen kann, mußt du einen Fuß auf die Öffnung setzen!“
„In Ordnung – mache ich!“ freute sich der Teufel und verschloß mit seinem großen Fuß triumphierend die Bohrstelle. Der Kumpel ging also um die besagte Ecke – aber er war in Wahrheit gar kein einfacher Bergmann, sondern Sprengmeister; gerade noch hatte er Patronen in die Bohrlöcher gesteckt. Hinter der Ecke lag auch kein Krätzer, sondern dort stand ein großer Sprengkasten. Der Mann schaute noch einmal zurück: Ja – der Teufel war noch guter Dinge, drückte den Fuß auf das Loch und winkte ihm, daß er sich beeilen solle.
In diesem Moment drückte der Meister den Zündhebel des Sprengkastens herunter. Rums! – es gab einen fürchterlichen Knall – und, tja, der Fuß vom Teufel war hin. Als Ersatz hat er sich einen Pferdefuß besorgt, die Seele eines Ruhrbergmannes aber wollte er niemals mehr in der Hölle haben.

Der Bergalte von Dahlhausen

Seit jeher galt die unterirdische Welt des Bergmanns als von Geheimnissen umwoben. Viele Leute meinten, in den Höhlen und Gängen der Erde wohnten Zwerge, Kobolde und Geister, die den Knappen oftmals übel, in einigen Fällen aber auch wohl gesinnt waren. In den Grubengängen lauern böse Wetter, Tod und Verderben bringend, wenn sie sich entladen. Der Druck des Gebirges verursacht in den Gruben bisweilen ein Knistern, das Gefahr ankündigt. Der Glaube früherer Zeiten brachte diese Erscheinungen mit Geistern und Kobolden in Verbindung oder mit Zwergen, die ja als die ersten Schmiede galten und als habgierige Hüter von kostbarem Schmuck im Erdinnern.
Der Bergbau hat seine Wiege an der Ruhr. Auch in Linden und Dahlhausen ist schon vor Jahrhunderten Steinkohlenbergbau betrieben worden. Dort wurde in den Gesprächen der Knappen häufig der Bergalte erwähnt. Das war ein alter „Ruhrpüttmann", der, als er diese Welt verlassen sollte, vor Gott die Bitte vorbrachte, ihn nach seinem Tode, solange es noch Kohlegruben an der Ruhr gebe, in diesen als Geist umgehen zu lassen, damit er die Bergleute bei ihrer gefahrvollen Arbeit warnen und schützen könnte. Dieser Wunsch wurde ihm erfüllt. Und so zeigt sich denn der „Bergalte" den vor Ort und in der Strecke arbeitenden Bergleuten, wenn Gefahr droht, bei Gebirgsschlag oder Wassereinbrüchen, Schlagwettern oder bösen Gasen.
Seine Lampe, die er in der knochigen Hand hält, verbreitet ein silbriges Licht. Wenn es erscheint, bedeutet das drohende Gefahr. Das Gestein, aus dem der „Bergalte" oft unbemerkt hervortritt, schließt sich hinter ihm gleich wieder. Wie alte Bergleute zu erzählen wissen, hat man einmal in einer Grube bei Dahlhausen ein Stück Silber gesehen, das einem Menschenkopf ähnelte. Das war der „Bergalte".
Man glaubte, dies sei ein glückbringendes Zeichen. Die Bergleute gruben an dieser Stelle durch das Gestein und stießen auf ein mächtiges, leicht abzubauendes Flöz.
Der Frevel eines jungen Knappen aber verwandelte das Glück in Unglück. Mit der Hacke schlug er nach dem Silberkopf, um ein Stück Silber loszutrennen. Kaum war das geschehen, sprang aus dem Felsen ein mächtiger Wasserstrahl hervor. Unaufhörlich ergoß sich das

Wasser, erfüllte alle Grubenbaue, und so ersoff die Zeche, deren Ort keiner mehr anzugeben weiß.

Die Bergleute wissen auch von Zwergen zu erzählen, die ihnen, wenn sie die Grube verlassen hatten, das Gezäh (Werkzeug) schärften, so daß sie dieses nicht mitzunehmen brauchten, um es wieder instand zu setzen. Wer aber darüber plauderte, dem wurden sie gram, und dann kamen sie nicht wieder. Auch Stollengespenster hat es gegeben, die zwar keinem etwas zuleide taten, die den Knappen aber Angst einjagten. In der Grube „Himmelsfürster Erbstollen" bei (Essen-) Kupferdreh ist ein Bergmann, der solch ein Gespenst gesehen hat, irrsinnig geworden. (Gottlieb)

Bergbausagen aus Wattenscheid

Schon im 14. Jahrhundert gab es kleinere Schürfbetriebe bei Mundscheid und am hohen Siepen bei Eiberg. Ebenso wie der Bergbau im Bochumer Süden wurde auch der Wattenscheider Bergbau mit der Schiffbarmachung der Ruhr (1780), dem Einsatz von Dampfmaschinen zum Abpumpen von Grubenwässern (1800) und dem Anschluß an das Eisenbahnnetz (ab 1862) wesentlich gefördert. Die rasche Entwicklung der ehemaligen Ackerbürgerstadt mit knapp tausend Einwohnern (um 1800) zur Industriestadt mit vierundzwanzigtausend Gemeindemitgliedern (1905) verdeutlicht den rasanten wirtschaftlichen Aufschwung. Im Jahr 1832 wurde in Wattenscheid die erste größere Zeche „Maria Anna und Steinbach" in Höntrop eingerichtet, und noch heute erinnert der Förderturm „Holland" in Sichtweite der evangelischen Kirche „Am alten Markt" an den gleichnamigen Schacht, der 1845 mit Hilfe von holländischen Geldgebern finanziert wurde.
Die älteste Bergarbeitersiedlung der Stadt (1872) ist an der „Lohrheidestraße" errichtet worden.

Förderturm der ehemaligen Zeche Robert Müser in Werne

Bauern und Bergleute

Gott hatte die Welt erschaffen, den Himmel und das Meer, Bäume und Sträucher, Blumen und Kräuter, die Fische im Wasser, die Vögel in der Luft und die Tiere auf der Erde. Nur die Menschen fehlten noch.
Eines Tages nun ging Gott durch das Land zwischen Ruhr und Emscher. Er freute sich an den blühenden Wiesen, an den murmelnden Bächen, und er fand, daß die Gegend recht schön und sehr fruchtbar sei.
Plötzlich stieß er mit seinem Fuß an einen Erdklumpen. „Werde ein Mensch!" sprach Gott und sah, wie der Haufen sich regte und bebte, um schließlich zu einem Menschen zu werden.
Der erste Wattenscheider stand vor ihm und drückte seinem Schöpfer zur Begrüßung so kräftig die Hand, daß dieser fast aufgeschrien hätte. Dann gab Gott dem Mann einen Pflug, Schaufel und Hacke und sprach: „Ziehe den Pflug durch die Erde, damit du auf dem Boden Korn säen und ernten kannst. Mit Schaufel und Hacke aber sollst du unter dem Boden ernten!" So taten es die Wattenscheider dann auch, sie wurden Bauern und bestellten ihre Äcker. Viele hundert Jahre später jedoch entdeckten sie unter den Feldern Kohle, die sich in dicken und dünnen Flözen durch den Boden zog. Bald ernteten viele Wattenscheider, mit Hacke und Schaufel ausgerüstet, tief unter der Erde die Kohle, während ihre Nachbarn hoch oben auf der Erde auch weiterhin ihre Äcker bestellten und gutes Korn in die Scheunen einbringen konnten.

Der Grubenzwerg

Vor gar nicht so langer Zeit wurde zwischen Mundscheid und Eppendorf in vielen kleinen Stollen Kohle abgebaut. In einem dieser Stollen wohnte ein kleiner Zwerg, den die Bergleute „Stebbelmann" nannten; er hatte nämlich viel zu große Stiefel an, die fürchterlich klapperten, wenn er durch die Grube ging. Mit seinen großen glühenden Augen und dem roten Haarschopf sah er schon sehr merkwürdig aus. Die

Bergleute aber mochten den Grubenzwerg, sie setzten ihm sogar Brot und Milch in den Stollen, worüber sich der Stebbelmann sehr freute. Zum Dank half er den Kumpeln bei ihrer gefährlichen Arbeit, wo er nur konnte. Nicht selten warnte er sie frühzeitig, wenn es gefährlich wurde, weil sich Steine von der Stollendecke, die die Bergleute „das Hangende" nennen, zu lösen begannen.
Und überhaupt: Solange sie den Zwerg in ihrer Nähe wußten, ging den Bergleuten die harte Arbeit gut voran. Einmal aber wollte sich ein junger Knappe einen Spaß erlauben und rief in den Stollen hinein: „Stebbelmann, Stebbelmann, hast so große Stiefel an!" Doch kaum waren seine Worte in den dunklen Gängen verhallt, zitterte und bebte der ganze Berg, bis der Stollen schließlich krachend zusammenstürzte. Nicht wenig mußten sich die Kumpel anstrengen, um die Gesteinsmassen wegzuräumen und den Stollen erneut abzustützen. Als sie nun wieder „vor Ort" Kohle abbauen wollten, war das Flöz auf einmal verschwunden, und so sehr die Bergleute auch suchten, sie fanden kein einziges Stück Kohle mehr in der Grube! Den Stebbelmann aber haben sie seit jenem Tag niemals wieder gesehen, er war zu einer anderen Zeche gezogen und half nun freundlicheren Bergleuten bei der schweren Arbeit unter Tage.

Stebbelmann (Stiefelmann) ist ein sagenhaftes Bergmännchen, das ehedem die Knappen um einen Teil des Lohnes betrog und darum keine Ruhe finden kann; es sucht seine Schuld zu sühnen, indem es Bergleute vor schwerer Gefahr warnt!

Das Wattenscheider Gänsereiten

Was wäre ein Rosenmontag in Wattenscheid ohne das traditionelle Gänsereiten? – Fragen sie einmal einen Wattenscheider – es wäre für ihn unvorstellbar!
Der Sage nach führten spanische Soldaten vor fast 400 Jahren diesen seltsamen Brauch in Wattenscheid ein.
Doch was hatten spanische Soldaten in Wattenscheid zu suchen?

Zur Beantwortung dieser Frage ist ein kurzer historischer Exkurs notwendig:
Nachdem die Kaiser aus der Dynastie der Habsburger, die katholischen Glaubens waren, bis 1543 die nördlichen und südlichen Niederländischen Provinzen ererbt hatten, versuchte der Sohn Kaiser Karls V., Philipp II., der außer dem Königreich Spanien auch die Niederlande von seinem Vater erhalten hatte, dort die katholische Lehre als alleiniges Bekenntnis durchzusetzen. Vor allem der flämische (germanische) Norden hatte sich, im Gegensatz zu dem wallonischen (romanischen) Süden des Landes, den religiösen Lehren des Reformators Calvin sehr aufgeschlossen gezeigt.
Als Philipp II. seine Politik durch eine Militärdiktatur und mit der Hilfe spanischer Truppen massiv durchzusetzen begann, erhoben sich die Niederländer zu einem Freiheitskampf, der erst beim Abschluß des Dreißigjährigen Krieges (1648) mit der Unabhängigkeit des Landes endete. Vorerst spaltete sich das Land jedoch um 1580 in die nördlichen, calvinistisch geprägten Generalstaaten und in die südlichen katholischen Unionstaaten, die unter Philipps Herrschaft standen.
Der rheinisch-westfälische Raum machte seine erste Bekanntschaft mit spanischen und niederländischen Truppen, als sich der Erzbischof von Köln, Graf Gebhard Truchseß von Waldenburg, 1582 öffentlich zum Calvinismus bekannte, nachdem er vorher pikanterweise eine Stiftsdame geheiratet hatte.
Kaiser und Papst holten daraufhin die in den Niederlanden stationierten katholisch-spanischen Truppen ins Land und ließen Graf Truchseß von Waldenburg vertreiben. Er fand nach jahrelangen blutigen Kämpfen schließlich in den Generalstaaten Zuflucht. Vor allem die Spanier blieben in dem vom Kriegsgeschehen bisher verschonten neutralen westdeutschen Raum, und da sie seit neun Jahren keinen Sold mehr empfangen hatten, hielten sie sich im besetzten Land durch Raubzüge schadlos.
Der Gipfelpunkt dieser leidvollen Jahre wurde 1598/99 erreicht. Ein ca. 24.000 Mann starkes spanisches Heer unter General Mendoza überfiel den rheinisch-westfälischen Raum und zwang die Städte und Ortschaften, ihm Behausung und Verpflegung für den Winter zu stellen.

„Grauenhaft hausten die Spanier im Lande, keine Schandtat ließen sie ungetan und verschonten auch die Klöster nicht. Feuersäulen bezeichneten ihren Weg, verwüstete Fluren, entvölkerte Dörfer und Städte ließen sie hinter sich... Überall herrschte Teuerung und Hungersnot, in ihrem Gefolge zog die Pest einher, die weitere zahlreiche Opfer forderte". (Hermann Rothert)

Auch in Wattenscheid fielen die Spanier ein. Während der langen Wintermonate machte sich bei den Söldnern bald Langeweile breit. Sie kamen auf die merkwürdigsten Ideen, um sich die Zeit zu vertreiben; so stahlen sie den Wattenscheider Bauern die Gänse und hingen sie an ein zwischen zwei Bäumen gespanntes Seil. Im schnellen Galopp ritten sie nun auf die lebende Gans zu und versuchten, den Kopf der Gans mit der Hand abzureißen. Gelang dieses Vorhaben, so brach lauter Jubel unter den Soldaten aus. Den Wattenscheidern gefiel dieser Brauch wohl ebenfalls.

Auch heute noch, nach fast 400 Jahren, wird am Rosenmontag dieser traditionelle Brauch von zwei Wattenscheider Gänsereitervereinen, denen von Höntrop und Sevinghausen, alljährlich gepflegt. „Für den Wettkampf stehen zwei Reitbahnen im Südpark und Grüggels Hof zur Verfügung. Hier treten die Bewerber um die Würde des Gänsereiterkönigs, nach feierlichem Wecken am Morgen mit Hornmusik und fröhlichem Umritt um das Dorf, zum Königsritt an; alle im blauen Leinenkittel, mit schwarzer Kappe und rot-weiß gemustertem Halstuch. Im scharfen Ritt versuchen die Reiter, einer toten Gans, die an einem zwischen zwei Bäumen gespannten Seil hängt, mit einem kräftigen Ruck den Kopf abzureißen. Zäh ist ein solcher Gänsehals, besonders dann, wenn mit ein wenig Schmierseife nachgeholfen wird.

Wer den Gänsekopf in der Hand hält, gilt als ‚Gänsereiterkönig'. Stolz zeigt er die begehrte Trophäe seinem Volk. Er empfängt aus der Hand des Rittmeisters die kunstvoll geschmiedete Kette des Gänsereiterkönigs, schwingt sich auf die große Holzgipsgans des Königswagens und fährt, gefolgt von der Zunft der Gänsereiter, zum Gänseappell und kürt sich seine Königin. Zum Gänsereiten gehören der Königsball, das

Würste sammeln und – verzehren, Tanz, Musik und fröhliche Lieder, ... nicht zuletzt aber auch die Einladung an die Kinder des Kinderheimes St. Elisabeth und ihre Bewirtung."
Jedes Jahr aufs Neue – am Rosenmontag.
(Zitat: Heimatmuseum Helfs-Hof)

Die Propsteikirche St. Gertrud in der Legende

Einst lebte in England der fromme Mönch Suitbert. Als er davon hörte, daß in Germanien, zwischen Ruhr und Lippe, die Brukterer noch zu ihren germanischen Göttern Donar und Wodan beteten, beschloß er, als Missionar bei ihnen das Evangelium zu verkünden. Bald darauf schiffte er sich mit einigen Glaubensgenossen zu der weiten Reise ein. Doch kaum waren sie auf hoher See, als auch schon ein gewaltiger Sturm losbrach, der ihr Schiff, einer Nußschale gleich, auf den Wellenbergen hin und her warf. Suitbert und seine Ordensbrüder beteten inständig, Gott möge ihnen in dieser lebensbedrohlichen Lage Rettung bringen. Während sie ihre Gebete zum Himmel schickten, sahen sie auf einmal eine riesengroße schöne Frauengestalt über das brodelnde Meer schreiten. Die Gestalt war mit einem Nonnengewand bekleidet, in der Hand trug sie einen Äbtissinnenstab und im Arm ein kleines Schiff. Mit dem hochgestreckten Stab gebot sie den tobenden Fluten Einhalt, woraufhin der Sturm tatsächlich abflaute und das Meer wieder ruhig vor ihnen lag. Auf diese wundersame Weise gerettet, segelten sie frohen Mutes weiter zur belgischen Küste. Im Kloster zu Nivelles in Brabant wollten sie am Grab der vor kurzem verstorbenen Äbtissin Gertrud beten und für ihre Rettung danken, denn Suitbert hatte in der schützenden Erscheinung auf See niemanden anderes als sie, die fromme Gertrud, erkannt. Suitbert leistete den heiligen Schwur, seine erste Kirchengründung im Brukdererland unter den Schutz von Gertrud zu stellen. Nach mühseligen Wanderungen und großen Gefahren konnte er tatsächlich kurze Zeit später bei diesem germanischen Volksstamm Gottes Wort predigen. Die erste Kirche

baute er auf einem Hügel in Wattenscheid. Gerade dort, wo die Brukterer vormals ihren Göttern geopfert hatten, empfingen sie nun die christliche Taufe.
So erfüllte St. Suitbert sein Versprechen, und die heilige Gertrud, die Patronin der Reisenden, der Seefahrer und Gärtner wurde auch die Schutzherrin der Kirche zu Wattenscheid sowie der ganzen Stadt.

Der Benediktiner und spätere Bischof Suitbert (ausführlicher behandelt im Kapitel „Wundertätige Brunnen") verkündete wohl vor dem Jahr 695, zwischen Ruhr und Lippe bei dem weitläufig zum fränkischen Stammesverband zählenden Stamm der Brukterer, das Wort Gottes. An einer Außenwand der Propsteikirche St. Gertrud ist der heilige Suitbert, ihr legendärer Stifter, bildlich dargestellt.
Die heilige Gertrud, 626 geboren, war die erste Äbtissin des von ihrer Mutter gestifteten Klosters zu Nivelles in Brabant, einer Region in Belgien. Ihr Todestag, der 17. März (des Jahres 659), ist auch ihr Festtag und gilt als Ende des Winters und Anfang der bäuerlichen und gärtnerischen Arbeit im Freien. Der Gertrudstag zählt zu den wichtigeren Lostagen; eine alte Bauernregel lautet: „Friert's an Gertrud, der Winter noch vierzig Tage nicht ruht!"
Viele Heiligenlegenden werden von St. Gertrud erzählt. So wird berichtet, daß die Schiffer des Klosters Nivelles bei heiterem Wetter einem wundersamen großen Fahrzeug begegneten, das sich rasch in ein gefährliches Meeresungeheuer verwandelte und das Segelschiff angriff. Doch als die Matrosen, dem Untergang nahe, dreimal den Namen der heiligen Gertrud anriefen, versank das Höllentier in den Fluten.

Die Propsteikirche St. Gertrud am „Gertrudisplatz" im Herzen Wattenscheids ist die älteste Kirche des Ortes. Nachweislich hat schon in karolingischer Zeit (751 – 911) am Ort der „Wattenscheider Kirchenburg" ein steinernes Gotteshaus gestanden. Ihre heutige neugotische fünfschiffige Gestalt fand die Kirche in den Jahren 1868 – 72. Der Kirchturm, ursprünglich in romanischer Zeit als Wehrturm angelegt, ist stolze 65 Meter hoch. Im Jahre 1904 wurde die Kirche St. Gertrud vom Papst Pius X. zur Propsteikirche erhoben. Mit Nivelles in Belgien, dem Schaffensort der heiligen Gertrud, verbindet die Gemeinde seit 1957 eine Pfarrpartnerschaft. An einem Pfeiler auf der linken Seite des

Propsteikirche St. Gertrud in Wattenscheid

Mittelschiffes der Propsteikirche ist die heilige Gertrud mit Mäusen dargestellt, die am Äbtissinnenstab hinauf- und herablaufen.
Der Legende nach saß Gertrud eines Winterabends in ihrer Kammer und spann Garn. Der Teufel, der die gottesfürchtige Frau zur Ungeduld und zum Zorn verleiten wollte, verwandelte sich in eine Maus und störte wiederholt ihre stille Tätigkeit. Gertrud ließ sich jedoch nicht in Versuchung führen und vertrieb ihn durch ein frommes Gebet. Nie wieder traute sich der Teufel daraufhin in die Nähe der heiligen Gertrud.
Von dieser Zeit an gilt sie als Patronin gegen Mäuseplage im Haus sowie gegen Mäusefraß auf Feldern und in Gärten.

In der Propsteikirche steht auch ein bemerkenswerter frühromanischer Taufstein aus der Zeit um das Jahr 1000. Darstellungen aus dem Leben Jesu: Geburt, Taufe, Kreuzigung und Auferstehung zieren diesen Figurentaufstein, der zu den ältesten Deutschlands gehören soll. Getragen wird er von vier Löwenbildnissen. Natürlich fehlt es nicht an einer Legende, die um diesem Taufstein rankt:

Der Mönch und der Taufstein

Als sich vor mehr als 1000 Jahren immer mehr Bauern aus Wattenscheid und den angrenzenden Siedlungen zum christlichen Glauben bekehren ließen, geriet der Teufel in großen Zorn. Vor allem die Benediktinerabtei Werden an der Ruhr war ihm ein Dorn im Auge, deshalb faßte er den Plan, sie zu zerstören. Im Ruhrtal fand er einen mächtigen Felsbrocken, groß genug, um damit die Abtei zerschmettern zu können. Er lud sich den Felsen auf die Schultern und eilte nach Werden. Unterwegs begegnete er einem von Wattenscheid zur Abtei wandernden jungen Mönch. Als dieser den Teufel erblickte, ahnte er schon dessen unseliges Vorhaben. Sofort griff er nach seinem unter der Kutte verborgenen Kreuz und streckte es dem Teufel zum Bann entgegen: „Im Namen Gottes – ich befehle Dir – Wirf den Stein fort!“ Als der Teufel das Kreuz erblickte, schwand sein Mut, kraftlos warf er den Fels-

brocken, laut vor sich hinfluchend, in Richtung Werden. Doch schon in geringer Entfernung fiel der Stein noch diesseits der Ruhr auf einen Berghang, „die Platte" genannt, nieder.
Der junge Mönch setzte seinen Weg zur Abtei fort, dort angekommen, berichtete er Liudger, dem Abt des Klosters, von seinem Erlebnis. Liudger ließ daraufhin diesen Teufelsstein nach Werden bringen und beauftragte einen Mönch damit, aus diesem Felsen ein Taufbecken zu arbeiten. Zügig ging die Arbeit voran, bald schon zierten vier Begebenheiten aus dem Leben Jesu den Taufstein, und nachdem das Werk vollendet war, schenkte Liudger es der Kirche St. Gertrud in Wattenscheid. Zum Dank für die wundersame Rettung des Klosters stiftete der junge Mönch der Abtei Werden die Hälfte seines vom Vater ererbten Hofes. Die Freude der Wattenscheider über den neuen Taufstein währte nicht lange, denn eine Schar Germanen, die nicht den Christenglauben annehmen wollte und sich bisher in dichten Wäldern und tiefen Schluchten versteckt gehalten hatte, griff wenig später die kleine Kirche an. Sie stürmten das Gotteshaus, ergriffen den Geistlichen und jagten die andächtig betende Gemeinde laut höhnend aus der Kirche. Dann stürzten sie sich auf den Taufstein, um ihn in tausend Stücke zu zerschlagen. Nie wieder sollten über ihm Germanen zu Christen getauft werden. Doch gerade als sie ihr gottloses Vorhaben beginnen wollten, sprangen vier Löwen zur Kirche herein und stellten sich schützend vor den heiligen Stein. Drei der Löwen hoben das Taufbecken hoch und setzten es sich auf den Rücken. Keiner der Angreifer wagte es nun mehr, dem Taufstein in böser Absicht nahe zu kommen, so daß sie schließlich unverrichteter Dinge die Kirche wieder verlassen mußten. Der vierte Löwe hatte unterdessen den frommen Geistlichen von den Fesseln befreit, die ihm die Ungläubigen angelegt hatten, und ihn ins sichere Rheinland getragen. Wo dieser Löwe seither geblieben ist, weiß niemand zu sagen. Die drei verbliebenen Löwen, die den Taufstein schützend auf ihren Rücken trugen, sind mit der Zeit geschrumpft und versteinert, doch ruht der aus dem Teufelsfelsen gearbeitete Taufstein bis heute auf ihnen.

Mit dem Geistlichen, der ins sichere Rheinland getragen wurde, ist wohl St. Suitbert, der legendäre Gründer der Kirche, gemeint. Er gründete in Kaiserswerth bei Düsseldorf am Rhein – nach dem Einfall der Sachsen in den Brukterergau – um das Jahr 695 ein Benediktinerkloster. Eines der vier ursprünglichen Löwenbildnisse am Taufstein ist verlorengegangen oder zerstört worden, man hat es 1928 durch eine Kopie ersetzt. Historisch betrachtet ist Wattenscheid, ebenso wie viele andere Orte des Ruhrgebietes, mit der Geschichte der alten Benediktinerabtei in (Essen-) Werden an der Ruhr eng verbunden. In einem alten Abgabenverzeichnis der Abtei wird Wattenscheid als Siedlung „Uuattanscethe im Brukterergau" erstmals um das Jahr 880 urkundlich erwähnt. Die Abtei Werden wurde gegründet von Liudger (742-809), dem ersten Bischof von Münster, der in Werden auch seine letzte Ruhestätte fand. Auch heute, 1200 Jahre nach der Gründung, ist die Anlage, insbesondere die Grablege des St. Liudger und seiner Verwandten, der „Liudgeriden", sehenswert.

Die Schweden und die Immen

Während des Dreißigjährigen Krieges (1618 – 48) wurde Wattenscheid wiederholt von katholisch-kaiserlichen Truppen der Liga und protestantischen Truppen der Union überfallen und geplündert. Ab 1630 griffen die Schweden unter König Gustav II. Adolf auf protestantischer Seit in das Kriegsgeschehen ein. Gustav Adolf fiel zwei Jahre später in der Schlatz von Lützen.

„Die Schweden kommen!" hallte es durch Wattenscheid. Dieser Ruf verbreitete Angst und Schrecken unter den Bürgern. Eilig liefen Männer, Frauen und Kinder in die schützenden Mauern der Kirchenburg um die Gertrudiskirche. Nur das Notwendigste hatten sie mitnehmen können. Während die Männer die Wälle hinaufstiegen, um dort Angreifer abzuwehren, eilten Frauen und Kinder in den mächtigen Wehrturm der Kirche. Dort beteten sie für die Errettung des Ortes und riefen die Patronin der Stadt, die heilige Gertrud, um Schutz und Hilfe an. Als nun die schwedischen Truppen angriffen, verteidigten sich die Wattenscheider mit ganzer Kraft. „Allzeit gut Wattenschede und die Jungfer Gertrud!" ertönte der Ruf von den Wällen herab den Feinden

so stimmgewaltig entgegen, daß diese erschauderten. Dann warfen die Wattenscheider wohl an die hundert Bienenkörbe auf die völlig verwirrten Schweden herab. Die Körbe zerbrachen, und eine Wolke von stechwütigen Bienen machten sich über die Angreifer her. Diese flohen in wilder Hast, verfolgt von den Bienen und den nachsetzenden Wattenscheidern. Bis zum „Immenkamp" setzten die Verteidiger den arg zerstochenen Schweden nach, und fünfzig von ihnen nahmen sie bis zum Kriegsende als Geiseln gefangen.
Der „Wattenscheider Bienenkorbsturz" muß den Soldaten wohl sehr zugesetzt haben, denn niemals wieder wurde der Ort von Landsknechten heimgesucht.

Der fränkische Name Wattenscheid soll auf eine Scheide (Grenze) zwischen zwei „Watten" (Sumpfgebieten) hindeuten.
Schon im Jahr 1417 wurden Wattenscheid von dem Grafen Adolf IV. von der Mark stadtähnliche Rechte verliehen. Er honorierte damit die treue Verbundenheit der Wattenscheider mit ihren Grafen während der jahrhundertelangen Auseinandersetzungen mit den Erzbischöfen von Köln um die Vorherrschaft in Westfalen.
Das seit 1477 bekannte Wattenscheider Wappen zeigt die halbe clewische Haspel (oder ein halbiertes Glevenrad?) und den halben märkischen Balken.
Die Gleve war eine mittelalterliche Waffe, die aus einer Lanze mit schwertartiger Spitze bestand. Ein Glevenrand diente zur Schildverstärkung.

Erde wird zu Gold

Vor mehr als dreihundert Jahren wünschten sich die evangelischen Christen in Wattenscheid eine eigene Kirche; leider stand ihrem Begehren aber eine leere Gemeindekasse entgegen. Doch das Glück war auf ihrer Seite, denn die Wattenscheider Halbbrüder Johannes Schilder und Dietrich Schmedden, die in der Hafenstadt Libau (im heutigen Lettland) zu Reichtum gekommen waren, schenkten der Gemeinde ein ererbtes Grundstück am alten Stadtwall, wo vormals

unter einem alten Nußbaum Gericht gehalten worden war. Zwar hatten die evangelischen Christen nun ein passendes Gelände, aber noch immer fehlte es an Geld für den Kirchenbau. Die Wattenscheider überlegten nicht lange, sondern schritten zur Tat und schickten Gesandte aus, die bei Glaubensfreunden eine Spende erbitten sollten. Zwei von ihnen trafen auch bei ihrem Wohltäter Schmedden im fernen Libau ein (Wattenscheid war seit 1554 Mitglied der Hanse). Als sie abends mit ihrem Gastgeber zusammensaßen, öffneten sie einen kleinen Beutel, der Erde aus Wattenscheid, vom Acker des Freihofes, enthielt. Der Anblick der Erdkrumen aus der Heimat würde, so hofften sie, ihr Heimweh ein wenig lindern. Doch welch ein Wunder, statt brauner Erde strahlte ihnen glänzendes Gold entgegen. Tatsächlich – die Bodenkrumen hatten sich in Gold verwandelt. So sehr hatten sich die drei noch nie gefreut. Sie tanzten um den Tisch herum und feierten bis zum anderen Morgen das wundersame Geschehen.
Nun konnte der Kirchenbau beginnen. Das Gold reichte sogar noch für einen wertvollen Kanzelaltar, den sie bei einem Bildschnitzer in (Essen-) Werden anfertigen ließen.

Die alte evangelische Kirche (1676 – 1763 erbaut) und der Kanzelaltar sind auch heute noch an der Straße „Alter Markt“ in Wattenscheid zu besichtigen.

Die Grüwellinde

> „Und Gott sprach: Es lasse die Erde aufgehen Gras und Kraut, das Samen bringe, und fruchtbare Bäume auf Erden, die ein jeder nach seiner Art Früchte tragen, in denen ihr Same ist. Und es geschah so.“
> (1. Mose 1, 11; zweiter Schöpfungstag)

Als Gott die Bäume schuf, fertigte er – sozusagen als Musterbaum – in Wattenscheid eine große mächtige Linde an. Noch in den zwanziger

Jahren wurde berichtet, sie stehe am Grüggelweg in Sevinghausen. Drei Männer konnten den Baum kaum umfassen, so dick war er. Seine kräftigen Wurzeln reichten tief in das Erdreich hinein und zogen Wasser sowie Nahrung aus einem unterirdischen Zaubersee. Auf der Linde saß mit scharfem Blick ein Rabe, der nach allen vier Himmelsrichtungen Ausschau hielt, und nichts vom Weltgeschehen entging seinen wachsamen Augen. An der Südseite der Linde hockten drei Schwestern, die den Hellweg und die angrenzenden Wiesen beobachteten. Was sich hingegen in der Ferne zutrug, entging ihren Blicken, der Rabe aber flüsterte es den Schwestern ins Ohr. Jahraus, jahrein spann die jüngste von ihnen Flachs, und die sonst so Fröhliche schaute ernst, sobald sie nach Steele hinübersah: „Wer mag wohl einst von der Ruhr her kommen?" dachte sie.

Zu ihrer Rechten lag ein riesiger Haufen Flachs. Hatte die junge Spinnerin nun eine Fadenlänge gesponnen, reichte sie diese ihrer Schwester, die den Faden mit einem Messer abschnitt, um ihn anschließend zu einer kleinen Kugel zu formen. Die Kugel aber warf sie im hohen Bogen über den Hellweg, und kaum war der Boden berührt, da wurde sie auch schon auf wundersame Weise zu Erdreich. Eine Ewigkeit saßen die drei Schwestern schon unter der mächtigen Linde beisammen. Der Flachshaufen nahm bereits merklich ab, und die kleinen Kugeln, die von der Ältesten immer wieder über den Hellweg geworfen wurden, bildeten schon eine sichtbare Anhöhe, die Tag um Tag wuchs. Jedesmal, wenn die Schwester eine Kugel auf die Spitze der Erhebung warf, rief sie: „Drup!"

Nach einer langen Zeit kamen Menschen in diese Gegend. Das Land auf und um die Anhöhe nahe beim Hellweg schien ihnen besonders geeignet zu sein, um sich dort niederzulassen, Häuser zu errichten und Getreide anzubauen.

So gründeten sie ein Dorf, und weil es auf einer „Höhe drup" stand, nannten die Bauern es : Höntrop. Die drei Schwestern sahen die Siedlung der Menschen mit wenig Freude, und als die Bauern sich sogar daranmachten, am Hellweg eine kleine Kapelle zu bauen, und feierlich der erste Hammerschlag zur Grundsteinlegung erscholl, verschwanden sie auf Nimmerwiedersehen.

Auch der Rabe ist seitdem nicht mehr erblickt worden.

Die Bauern freuten sich, daß die unheimlichen Schwestern die Gegend verlassen hatten. Seit langem waren sie ihnen ein Greuel gewesen. Zum bösen Andenken an die drei nannten sie den Baum, unter dem die Schwestern stets ihrer seltsamen Arbeit nachgegangen waren, gemäß ihrer Mundart Grüwellinde (Greuellinde), und der dorthin führende Pfad hieß seitdem Grüwelweg oder Grüggelweg (Greuelweg).

Bis vor wenigen Jahren erinnerte die „Isenbrockstraße“ und „Ridderstraße“ verbindende „Grüggelstraße“ in Wattenscheid-Westenfeld an die alte Linde; sie selbst steht leider nicht mehr.
Einen weiteren Deutungsversuch des Ortsnamens „Höntrop“ bietet die folgende Sage:
Als in grauer Vorzeit die Römer auch die Gegend um Wattenscheid erobern wollten, lagerten im heutigen Höntrop zwei germanische Kriegshaufen, die bereit waren, den Angreifern entgegenzutreten. Es war damit zu rechnen, daß die römischen Legionäre über den Hellweg anrücken würden. Einer der germanischen „Tropps“ lagerte auf der Höhe nach Varenholt zu, der andere in der Niederung der „Radbecke“, jenseits des Hellweges in Westenfeld. Aber auch nach wochenlangem Warten war weit und breit kein anstürmender Römer zu erblicken. Das auf der Höhe errichtete germanische Lager aber war in der Zwischenzeit immer weiter ausgebaut worden und lockte bald auch Bauern an, die sich dort niederlassen wollten. Die vom „hohen Tropp“ wurden sie bald genannt, und aus dieser Benennung wurde später der Ortsname „Höntrop“.

Der Spielmann als ewiger Jude

Zwischen Höntrop und Wattenscheid stand in früheren Zeiten eine Mühle, deren Besitzer eine wunderschöne Tochter hatte. Von nah und fern kamen viele junge Burschen, um das Herz des schönen Mädchens zu gewinnen – doch vergebens, denn der Rechte war nicht unter ihnen. Da kam eines Tages ein Spielmann aus den Niederlanden des Weges, der in Städten und Dörfern seine Lieder vorspielte. Er kam auch auf den Mühlenhof und strich seine Geige, bald lustig, bald traurig, wie es ihm gerade ums Herz war. Der Müller belohnte ihn mit einem blanken Silbergroschen, und der Spielmann zog dankbar weiter gen Höntrop.

An der Fensterbank aber saß die Tochter des Müllers und schaute dem jungen Mann traurig nach, denn sein Spiel hatte ihr Herz so ergriffen, daß es sie schmerzte. Doch nun ging er fort, und ihre Blicke folgten ihm, bis er hinter den Wiesen und Feldern verschwunden war. Die schöne Müllerstochter konnte nun keine Ruhe finden, wie träge gingen doch die Stunden dahin, und jede führte ihn weiter von ihr fort! Sie wartete auf die Nacht. Als es endlich dunkel war und alle fest schliefen, machte sie sich auf, den Spielmann zu suchen. Sie lief durch endlose Wiesen und Felder, schließlich aber fand sie ihn schlafend am Feldrand liegen.

Da neigte sich das Mädchen über ihn und betrachtete lange sein Gesicht, auf das der Mondschein fiel. Nun konnte es sich nicht länger bezähmen und küßte den Mund des Spielmanns. Der aber drückte das schöne Mädchen an sein Herz, ohne seine Augen zu öffnen, denn er glaubte, alles sei nur ein Traum. Da errötete das Mädchen, riß sich aus seinen Armen und lief dem Dorf und der Mühle zu.

Ein Bauer, der zur Nachtzeit seine Tierfallen und Schlingen absuchte, hatte alles gesehen, ohne jedoch die Tochter des Müllers erkannt zu haben. Den Spielmann aber erkannte er im Näherkommen, als dieser sich gerade die Augen rieb und noch darüber nachsann, was ihm gerade geschehen war. Der Bauer aber machte am Morgen ein großes Geschrei im Dorf und klagte den Spielmann an, daß er Frauen und Töchter zu nächtlicher Stunde zu sich lockte, um sie zu verführen. Schließlich behauptete der Bauer sogar, der Spielmann wäre der ewige Jude, den Christus seiner Hartherzigkeit wegen verflucht und zu ewiger Wanderschaft verdammt habe. Alljährlich brauchte dieser, so sagte man, einen unschuldigen Mädchenleib, um sich zu verjüngen. Und da das Gerücht umging, der ewige Jude reise gerade durch Deutschland und sei schon verschiedentlich gesehen worden, so fand der Kläger Glauben. Schon bald nach dem ersten Hahnenschrei wurde der unschuldige Spielmann von den empörten Bauern gefangen genommen. Vergeblich beteuerte er seine Unschuld. Er kam vor den Richter. Der befahl ihm, den Namen seiner nächtlichen Gespielin zu nennen.

Das aber konnte der Spielmann nicht, denn er glaubte immer noch, alles sei ein Traum gewesen. Der Richter fackelte nicht lange und verurteilte ihn zum Tod durch den Strang, wollte ihm jedoch das Leben schenken, wenn er den Namen der Frau schließlich doch noch nennen und beweisen könnte, daß alles mit natürlichen Dingen zugegangen war. „Er wird nicht zum Sterben kommen", flüsterte der Pfarrer dem Richter zu, „denn in der heiligen Legende steht, daß der ewige Jude ewig wandern muß." Doch die Höntroper warteten ungeduldig darauf, daß das Urteil schnell vollstreckt werde.
Die Stunde der Hinrichtung rückte heran. Das seltene Schauspiel hatte Neugierige aus nah und fern herbeigelockt. Unter dem Galgen bat der Spielmann seinen Henker um eine letzte Gnade: Noch einmal wollte er seine Geige spielen. Es wurde ihm gewährt, und er spielte noch einmal dieselben Weisen, die er vor der Mühle gespielt hatte – als plötzlich die schöne Müllerstochter unter dem Galgen stand.
„Ich beschwöre euch, hört mich an! Es ist meine letzte Botschaft an die Welt, denn morgen trete ich ins Kloster ein! Dieser Mann ist so unschuldig, wie ich selber es bin. Ich bin ihm in der letzten Nacht nachgegangen, doch nichts Verbotenes ist geschehen. Ihr habt sein Lied gehört. Wem von euch ist es nicht zu Herzen gegangen?"
Das Mädchen ging fort und wurde nicht mehr gesehen, denn es hatte ein Gelübde getan, um den Spielmann vom Galgen zu erretten.
Er war nun frei, denn die Müllerstochter hatte seine Unschuld bezeugt. Die Höntroper ließen es sich nicht nehmen, den dem Leben neu Geschenkten festlich zu bewirten. Seine Geige spielte ihnen zum Dank, doch seine Gedanken waren bei ihr. In den folgenden Nächten spielte er seine schönsten Lieder vor der alten Mühle, die Müllerstochter aber war fort.
In die fernen Niederlande, in jenes Land, aus dem der Spielmann gekommen war, ist sie gegangen und dort ins Kloster eingetreten, um von nun an für ihrer beider Seelenheil zu beten.

Alten Erzählungen nach soll Ahasver, der ewige Jude, ein Anhänger der Schriftgelehrten gewesen sein. Es heißt, er habe Christus, als dieser sich beim Kreuzesgang kurz an sein Haus lehnte, um auszuruhen, zugerufen: „Pack dich und geh' dorthin, wo du hingehörst!" Christus habe ihm darauf scharf in die Augen gesehen und einen Fluch über ihn gesprochen: „Ich will stehen und ruhen, du aber sollst für immer ruhelos umherirren!“ Seit dieser Zeit ist Ahasver dazu verdammt, rastlos durch die Welt zu ziehen.

Der hartherzige Bauer

Vor mehr als hundertfünfzig Jahren lebte in Höntrop ein Bauer, der ein arger Geizhals war. Besonders hartherzig zeigte er sich gegenüber dem Gesinde und den Pächtern. Als einer derselben eine Stunde nach der verabredeten Zeit mit dem Pachtzins zu ihm kam, nahm er dem Mann den Kotten fort und ließ den Armen samt Frau und Kindern auf die Straße setzen. Selbst die eigene Familie fürchtete ihn: Seine alte Mutter hatte er aus dem Haus geworfen und ihr einen Platz auf dem Speicher über dem Viehstall zugewiesen. Nicht einmal trockenes Brot gab er seiner Mutter zu essen, und sie wäre bestimmt verhungert, wenn nicht mitleidige Nachbarn ihr des öfteren einen Teller Suppe oder etwas warmes Gemüse vorbeigebracht hätten.
Viele Leute im Dorf munkelten damals, der hartherzige Bauer habe mit dem Teufel persönlich einen Bund geschlossen, und dieser werde ihn bestimmt eines Tages auch holen. Plötzlich starb der Bauer, und wie der Brauch es erforderte, mußten die anderen Bauern der Gegend zur Beerdigung des Geizhalses kommen.
Einige der Männer hoben den Sarg auf einen Pferdewagen, und weil es damals so üblich war, sollte der Tote nun von einem der Nachbarn zum Friedhof gefahren werden.
„Nun los – in Gottes Namen!“ rief der zum Leichenkutscher abgestellte Kötter und knallte mit der Peitsche über die Pferde hinweg, doch die Tiere blieben wie angewurzelt stehen und ließen sich nicht dazu bringen, auch nur einen einzigen Schritt vorwärts zu machen.
„Dann eben – in Teufels Namen!“ brüllte er zornig, und – siehe da! – es gab einen kräftigen Ruck, und die Pferde trabten los.
Noch viele Jahre danach erzählten sich die Höntroper, daß der Geist des hartherzigen Bauern im Tode keine Ruhe finden könne und verdammt sei, des Nachts im Hause zu spuken.

Der Dickkopp

Auch die nun folgende Gespenstersage spielt in Höntrop:

Dort, wo früher an der Hönnebecke die alte Kopfweide stand, erschien mitternachts oft ein ganz eigentümliches Gespenst. Es hatte nämlich einen gewaltig dicken Kopf, und wenn ein Dorfbewohner es von weitem erblickte – denn kein Mensch hat das Gespenst jemals aus der Nähe gesehen –, so fürchtete er sich sehr und lief laut schreiend fort. Ja, wenn die Leute so richtig erschrocken waren, dann freute sich der Dickkopp (so nannten ihn die Höntroper) und ließ sein schallendes Gelächter ertönen, ansonsten aber war das Gespenst recht friedlich und tat niemandem etwas Böses.
Damals sagte man, der Dickkopp sei der Geist eines Knechtes, der vor langer Zeit einen Priester aus Schabernack derart erschreckte, daß der Geistliche eine ganze Weile brauchte, bis er sich wieder beruhigt hatte und seinen Weg fortsetzen konnte, und daß er deshalb zu spät bei einem Sterbenden eintraf, so daß dieser starb, ohne die heiligen Sakramente der Kriche empfangen zu haben. Seit dieser Zeit lastete ein Fluch auf dem Knecht: Nach dem Tod sollte sein Geist keinen Frieden finden, sondern mußte zu mitternächtlicher Stunde ruhelos am Ort seines Frevels umgehen.
Seitdem die Hönnebecke fast vollständig bebaut ist und nachts von Straßenlaternen beleuchtet wird, ist der Spuk verschwunden. Vielleicht hat der Dickkopp den ewigen Frieden gefunden. Übrigens – Kopfweide und Gespenst waren vormals dort zu sehen, wo heute zwischen den Häusern „In der Hönnebecke“ Nr. 68-74 die Treppe zur oberen Siedlung hochführt. Die zwei mächtigen Trauerweiden, links und rechts der Treppe, erinnern noch heute an die Kopfweide des Dickkopps.

Die drei Tänzerinnen

In der Regel verehrten die Germanen ihre Götter weder in Tempeln oder anderen geschlossenen Räumen, noch gaben sie ihnen ein menschenähnliches Aussehen. Statt dessen weihten sie ihren Göttern Lichtungen, Wälder oder einzelne Bäume. Sie stellten sich die Welt als einen Weltenbaum vor, eine immergrüne Esche, Yggdrasil genannt, die Himmel und Erde umspannte. Je eine der drei Wurzeln des Weltenbaumes mündete im Land der Riesen, im Land der Menschen und im Land der Nornen, auch Schicksalsschwestern genannt, die die feinen Fäden des menschlichen Schicksals woben. Die Baumkrone breitete sich über Asgard, dem Sitz der Götter, aus.
Auch die Sachsen, die um das Jahr 700 den größten Teil des heutigen Ruhrgebietes beherrschten, verehrten den Weltenbaum in Form einer Holzsäule. Irminsul nannten sie ihr Zentralheiligtum, das sie in ihrer Hauptfestung, der Eresburg, in der heutigen Ortschaft Obermarsberg im Sauerland errichtet hatten. Der Frankenkönig Karl (im Jahr 800 wurde er zum Kaiser gekrönt) zerstörte 772 dieses Heiligtum. Nachdem Karl der Große 803 die Sachsenkriege nach dreißig Jahren siegreich beendet hatte, wurde der unterlegene germanische Volksstamm verstärkt zwangschristianisiert. Die Ausübung ihrer traditionellen Gottesdienste wurde den Sachsen bei Androhung der Todesstrafe verboten. Bäume, die sie vormals verehrt hatten, wurden in der Folgezeit seitens der Kirche als Hexenplätze verleumdet.
In Volkssagen begegnen uns häufig geheimnisvolle Bäume, vor allem Linden und Eichen wurden besondere Kräfte nachgesagt. So galt früher eine alte Linde als Schutzbaum eines Hofes oder der gesamten Gemeinde. Im Aberglauben galten alte Linden sogar als Sitz einer Fruchtbarkeitsgottheit, deren Verehrung eine gute Ernte oder reichlichen Kindersegen versprach. Noch aus dem Mittelalter sind kultähnliche Reigentänze um Dorflinden bekannt. Auch in Wattenscheid-Höntrop stand ein solcher sagenumwobener Baum:

Den alten Stenshof schmückte vor langer Zeit eine uralte mächtige Linde. Der Baum war so groß, daß die Bauern in seinen Ästen sogar Bänke anbringen konnten, die im Sommer zu einer willkommenen

schattigen Rast einluden. Damals erzählte man, in mondhellen Nächten tanzten drei zarte und wunderschöne Gestalten zauberhafte Reigen um den alten Baum. Manch einer will sie dort beobachtet haben. Herrlich war es anzusehen, wenn die weißen, langen Schleier der Zauberwesen leicht im Abendwind wehten. Und falls man ganz genau acht gab, hörte man sie leise, ganz leise die schönsten Melodien singen. Doch zeigte sich ihnen der nächtliche Lauscher, so waren die geheimnisvollen Gestalten urplötzlich verschwunden, und nichts erinnerte mehr an ihr seltsames Treiben.
Wie sollte man sich die wundersamen nächtlichen Erscheinungen erklären? Waren es vielleicht Elfen, die seit Jahrhunderten unter dieser Linde ihre zarten Reigen tanzten? Einige sagten, es seien in Wirklichkeit drei Bauerntöchter, die vor langer Zeit heimlich den elterlichen Hof verlassen hatten und in ferne Länder gegangen waren, aber in der Fremde nur Unglück erfahren hatten. Heimweh treibe sie nun immer wieder zum Hof der Eltern und unter die alte Linde zurück.
Andere wiederum meinten, die Gestalten seien drei vor Jahrhunderten verbrannte Hexen, die allnächtlich mit dem seltsamen Tanz für ihre zu Lebzeiten begangenen schweren Sünden büßen wollten. Heute existiert der alte Stenshof nicht mehr, und auch die Linde ist längst gefällt worden; mit ihr verschwanden auch die drei nächtlichen Tänzerinnen, niemals mehr wurden sie seit jenen Tagen gesehen.

„Was man heute in Höntrop als den Stenshof bezeichnet, ist tatsächlich der alte Lemanns-Hof, in den vor Jahrzehnten ein Stens hineinheiratete. Vor dem letzten Kriege erinnerte noch ein baufälliges Gebäude, im Volksmund „Backes" genannt, an den ursprünglichen Stenshof, der, zu den ältesten der Umgebung gehörend, von seinem letzten Besitzer in den siebziger Jahren verkauft wurde." (Fritz Pütters)

Der geheimnisvolle Kutscher

Vor langer Zeit trieb sich auf dem Hof allnächtlich ein seltsamer Spukgeist herum. Viele Knechte, Mägde und andere Dorfbewohner wollten oftmals einen gespenstischen Kutscher gesehen haben. Mitternachts,

wenn die Kirchenglocken des Ortes zwölfmal geschlagen hatten, erschien plötzlich wie aus dem Nichts der geheimnisvolle Kutscher mitten auf dem Hof. Im scharfen Galopp hetzte das Spukwesen einen mit vier feurigen Rappen bespannten Wagen durch das Deelentor, das, wie von Geisterhand bewegt, von selbst aufsprang. Blitzschnell wendete der Kutscher mitten auf der Tenne den Wagen, um in Windeseile wieder zum Tor hinauszueilen; doch kaum hatte der Wagen wieder das Freie erreicht, da verschwand er auch schon in dem neben der Scheune gelegenen Brunnen.
Vor vielen Jahren war der geheimnisvolle Kutscher Knecht auf dem Stenshof gewesen, weit und breit war er bekannt für seine Geschicklichkeit beim Lenken von Pferdegespannen. Der Stensbauer hielt viel von den Fähigkeiten seines Pferdeknechtes, und wenn Besuch kam, mußte der Kutscher häufig seine Kunst unter Beweis stellen. Eines Tages nun hatte der Bauer einen seltsamen Gast, manche sagen, es sei der Teufel persönlich gewesen. Der Landwirt erzählte von seinem tüchtigen Kutschenlenker, doch der Gast behauptete, das sei nur Geprahle, und glaubte ihm scheinbar kein Wort. Schließlich gingen die beiden sogar eine Wette ein: Der Knecht sollte im Galopp mit einem vierspännigen Wagen in die Tenne hineinfahren, dort scharf wenden und, ohne irgendwo anzustoßen, wieder hinauseilen; schon häufig war ihm dieses Meisterstück gelungen. Doch was ihm so oft geglückt war, gelang diesmal nicht! Außer sich vor Wut über die verlorene Wette beschimpfte der Stensbauer den Pferdeknecht und machte ihm die bittersten Vorwürfe. Das kränkte den Kutscher sehr, ja er nahm sich die harten Worte seines Herrn so zu Herzen, daß er sich in den neben der Scheune gelegenen Brunnen stürzte und ertrank. Seit diesem unheilvollen Tag war der Kutscher dazu verdammt, des Nachts, wenn die Kirchturmglocken zwölfmal schlugen, seinen Schicksalsritt zu wiederholen, immer wieder – jahraus, jahrein. Einst versuchte ein Hütejunge den fluchbeladenen Wagenlenker bei seiner nächtlichen Fahrt anzusprechen. Die Rache des Kutschers ließ nicht lange auf sich warten: Der Junge starb am nächsten Tag.
Seitdem der Stenshof abgerissen und der Brunnen zugeschüttet worden ist, hat sich der geheimnisvolle Kutscher niemals wieder sehen lassen. Er hat wohl endlich den ewigen Frieden gefunden.

Der Niedergang der Ritter von Leithe

Nachdem der erste Ritter von Leithe seine Wasserburg am Schwarzbach hatte errichten lassen, war von seinem großen Vermögen auch nicht ein einziger Heller übriggeblieben. Traurig hockte er des Abends am Kamin seiner neuen Burg und überlegte, wie er wieder zu klingender Münze kommen könne. Als nun der Ritter tief in Gedanken versunken dasaß, wurde es plötzlich strahlend hell in der Turmkammer, und eine wunderschöne Fee stand vor ihm. Sie reichte dem Ritter ein kleines Holzkästchen und sprach: „Dieses Kästchen wird Euren Kummer vertreiben. Drei goldene Kugeln und ein Brief sind darin enthalten. Die erste Kugel wird Euch Reichtum, die zweite Macht und die dritte Ehre verleihen. Solange dieses Kästchen in Eurem und Eurer Nachfahren Besitz verbleibt, wird es den Rittern von Leithe an nichts fehlen. Hütet Euch aber, es jemals zu öffnen, denn dann wird das Glück von Eurer Seite weichen!" Kaum hatte die Fee das letzte Wort gesprochen, entschwand sie seinen Augen. Und siehe da, kurze Zeit

Haus Leithe in Gelsenkirchen-Neustadt

später fiel dem Ritter der Reichtum nur so zu. Mit Ehren wurde er überhäuft, und Macht besaß er bald so viel wie weit und breit kaum ein anderer Ritter. Nun wollte sich der Edelmann von Leithe auch ein passendes Wappen zulegen. Eben die drei goldenen Kugeln sollten es schmücken, diese wiederum sollten auf einen roten Schrägbalken aneinandergereiht sein. Reichtum, Ehre und Macht blieben den Rittern von Leithe viele Generationen lang bis ans Lebensende treu, denn sie hüteten das Zauberkästchen sorgsam. Nach vielen hundert Jahren aber erbte ein junger Ritter die Burg, dessen Neugier größer war als alle eindringlichen Warnungen seines nunmehr verstorbenen Vaters. Unbedingt begehrte der neue Burgherr zu wissen, was sich in dem alten Holzkästchen verbarg. So zerbrach er noch am Todestag seines Vaters das Schloß des Kästchens, öffnete es und sah die Gaben mit eigenen Augen. Er öffnete auch den Brief und las die feingeschriebenen Worte: „Ritter von Leithe – Ihr habt Euer Glück vertan. Reichtum, Ehre und Macht werden von nun an wie Sand in Euren Händen zerrinnen, es sei denn, Ihr geht an jedem folgenden Johannistag mit den drei goldenen Kugeln zum Mühlenweiher, werft sie mannshoch in die Luft und versucht, sie wieder aufzufangen. Gelingt es, so könnt Ihr Euren Niedergang aufhalten, doch:

So Kugel Eins ins Wasser fällt,
ist's mit dem Reichtum schlecht bestellt.
Und fällt die andere ins Wehr, dann ist es aus mit Deiner Ehr'.
Fällt auch die Kugel Drei – die Macht -:
dann Reichtum, Ehr' und Macht – gut' Nacht!

Frühmorgens am Johannistag ging der Burgherr zum Mühlenkolk hinunter und tat den ersten Schicksalswurf. Hoch über sich warf er die erste Kugel, doch beim Versuch, sie zu fangen, entglitt sie seinen Händen und fiel vor seinen Augen in das tiefe Wasser. Mit den beiden anderen Kugeln hatte er mehr Glück, die erste aber blieb verschwunden, obwohl er sofort nach ihr suchte, ja sogar den Kolk entleeren ließ. Die Verheißung erfüllte sich, vom selben Tage an nahm sein Reichtum merklich ab. Am Johannistag des nächsten Jahres stand er wieder am Mühlenweiher, und abermals vermochte der Ritter es nicht, den ersten Wurf aufzufangen. Und wieder wurde ihm die Prophezeiung zur bitteren Wahrheit, denn sein Ansehen und seine Ehre schmolzen dahin wie Eisschollen in der Frühlingssonne. Im dritten Jahr verlor er auch die letzte Zauberkugel. So ist aus dem reichen Herrn ein armer Ritter geworden. Bald verließ er den Ort seines Niederganges, schiffte sich auf einem großen Segelschiff ein und zog ins ferne Livland, um Abenteuer und Vergessen zu suchen. Niemand weiß, was aus ihm geworden ist. Die Burg aber ging von eine Hand in die andere über, und niemals wieder sah sie so glückliche Tage wie einst unter den ersten Rittern von Leithe.

Haus Leithe liegt an der „Mechtenbergstraße“ (gegenüber dem städtischen Fuhrpark) in jenem Teil Leithes, der 1926 von Wattenscheid an Gelsenkirchen abgetreten wurde.
Die Ritter von Leithe werden in den Jahren 1213 bis 1243 wiederholt im Gefolge der Fürstäbtissinnen von Essen und der Grafen von der Mark genannt.
Um das Jahr 1395 ließ Everhard von der Leithe die Bartholomäus-Kapelle errichten. Die Ritter auf Haus Leithe besaßen das Patronat über die Kirche von Wattenscheid, sie hatten also das Recht, einen Kandidaten ihrer Wahl zur Besetzung der Pfarrstelle vorzuschlagen. Die Investitur (Einweisung) erfolgte durch die Äbtissin von Essen.

Die Pilgerkapelle am Hellweg

Am „Wattenscheider Hellweg“, gegenüber dem „Sevinghauser Weg“, liegt die Bartholomäuskapelle. Sie wurde nach dem heiligen Bartholomäus benannt, einem Apostel Christi, der in Indien und Mesopotamien gepredigt haben soll, bevor er in Armenien durch Marter den Tod fand.
Obwohl das Gotteshaus seit 1971 als Autofahrerkapelle ausgewiesen ist, nehmen doch die wenigsten Straßenbenutzer davon Notiz, daß sich hier ein kleiner Raum zum Gebet, zur kurzen Einkehr im hektischen Alltag anbietet.

Bartholomäus-Kapelle Wattenscheid (Stalleicken)

Im Jahr 1395 wurde das Gebäude erstmals urkundlich erwähnt, als Kapelle für das benachbarte Pilgerhaus, das dreißig Jahre zuvor gestiftet worden war.
Viele Wallfahrer kamen an dieser Stelle vorbei, wenn sie über den Hellweg nach Santiago de la Compostella in Spanien pilgerten, zum Grab des heiligen Jakobus. Dieser Heilige war einer der zwölf Jünger Christi und starb im Jahre 44 den Märtyrertod. Nach der Überlieferung war Jakobus der Ältere in Jerusalem beigesetzt worden. Nachdem aber im 7. Jahrhundert die Araber das Heilige Grab erobert hatten, brachte man seine Gebeine nach Spanien, wo sie allerdings bald darauf als verschollen galten. Erst zur Mitte des 9. Jahrhunderts – erschienen einem Eremiten in Nordspanien eines Tages übernatürliche Lichter über einer alten Grabstelle. So fand man auf wunderbare Weise die sterblichen Überreste des Apostels wieder. Den Fundort nannte man Santiago de Compostela (San Jago ist die spanische Benennung des heiligen Jakobus; Compostela wird seit jeher vom lateinischen Campus stellae = Sternenfeld hergeleitet). Die Berichte von der Wiederentdekkung der Gebeine des Heiligen machten schnell die Runde in ganz Europa. Aus dem gesamten christlichen Abendland strömten die Gläubigen hier zusammen. Es dauerte nicht lange, und Santiago de Compostela war nach Jerusalem der berühmteste Wallfahrtsort der Christenheit. Gläubige, denen eine Reise zum Heiligen Grab nach Jerusalem zu beschwerlich war, pilgerten nach Nordspanien zum Grabe des heiligen Jakobus. Kehrten sie nach Hause zurück, wiesen sie stolz die „Jakobsmuschel“, das Zeichen der vollbrachten Wallfahrt, vor.
Quer durch Europa entstanden Pilgerstraßen; die Gläubigen zogen auf immer denselben Wegen von Herberge zu Herberge, so auch zum Pilgerhaus bei der Bartholomäuskapelle.
Gerhard Vynhoven, der Galgenpastor (so genannt, weil er an die zum Tode Verurteilten letzte tröstende Worte zu richten hatte), ließ die Kapelle im Jahr 1661 im Renaissancestil restaurieren.

In der Sage begegnet uns das Gotteshaus auf folgende Weise:
Vor langer Zeit wohnte auf der Burg Leithe ein Ritter, dessen Sohn an der Seite des Kaisers in fernen Ländern Kriegsdienst leistete. Eines

Tages brachte ein Knappe dem Vater die traurige Botschaft, daß sein Sohn schwer verwundet worden sei und fern der Heimat mit dem Tod kämpfe.
Trauer und Angst überkamen den Ritter, und in seiner Verzweiflung gelobte der Burgherr, am Hellweg eine Kapelle für das Pilgerhaus zu stiften, falls sein Sohn genesen würde und gesund heimkehren könnte.
Viele Jahre später kam sein Sohn in der Tat wieder auf die väterliche Burg zurück, nach langem Leiden waren seine schweren Wunden schließlich geheilt.
Dankbar setzte der Ritter von Leithe sein Gelöbnis in die Tat um und ließ die Bartholomäuskapelle errichten, die bis auf den heutigen Tag zum Gottesdienst einlädt.

Es gibt zwei wasserumwehrte „Burgen", die den Namen Leithe führen. Das hier angeführte Haus Leithe steht in Gelsenkirchen-Neustadt an der „Mechtenbergstraße". Angeblich war dies ursprünglich eine alte sächsische Grenzfestung. Urkundlich wurde das Herrenhaus schon 1213 erwähnt.
Zum anderen gibt es ein in Gelsenkirchen-Erle am „Bruchwiesenweg" gelegenes Haus Leithe, das schon 1377 urkundlich erwähnt wurde.

Der Galgenplatz

Im späten Mittelalter waren die Bewohner des Helfs-Hofes in (Wattenscheid-) Sevinghausen dienst- und abgabepflichtig gegenüber dem Pilgerhaus an der Bartholomäuskapelle. Zudem hatten die Bauern des Helfs-Hofes zusammen mit weiteren Sevinghauser Landwirten die Aufgabe, den sogenannten „Galgenzehnten" zu entrichten, das heißt, die Bauern waren für vorbereitende Maßnahmen bei Hinrichtungen von Gesetzesbrechern zuständig, weshalb man sie auch „Galgenbauern" nannte. Die Bauern vom Helfs-Hof hatten den Platz für den Galgen sowie die Galgenleiter bereit zu halten, außerdem mußten sie die Henkersmahlzeit zubereiten.
Der Galgen befand sich zweihundert Meter vom Wirtschaftsgebäude entfernt, an der Kreuzung der beiden Straßen, die heute „In den

Helfs-Hof Wattenscheid (Sevinghausen)

Höfen" und „Sevinghauser Weg" heißen. Dort stand auch bis 1931 die fünfhundert Jahre alte Burgerichtslinde zu Sevinghausen, unter der die Bauern – wie der Name es schon andeutet – Gericht hielten. Dieser Baum soll auch dem Ortsteil Stalleicken (Gerichtseiche) seinen Namen gegeben haben; weshalb es nicht richtiger Stallinden hieß, entzieht sich unserer Kenntnis. Im genannten Jahr fiel die Burgerichtslinde einem schweren Sturm zum Opfer.

Von dem Galgenplatz erzählt auch eine ungewöhnliche Sage:
Viele Diebe und Mörder fanden am Galgen zu Sevinghausen ihr trauriges Ende. Eines Tages nun sollte ein zu Unrecht zum Tode verurteilter Mann aufgehängt werden. Als die Scharfrichter ihn zum Galgen führten und er schon die ersten Sprossen der Leiter emporgeklommen war, zog plötzlich ein schweres Unwetter heran. Bald donnerte und blitzte es derart, daß die Henker voller Furcht zum Helfs-Hof liefen und Unterstand suchten; den zum Tode Verurteilten ließen sie in ihrer Eile an der Hinrichtungsstelle zurück. Kurze Zeit später schlug kra-

chend ein Blitz in den Galgen ein. Nachdem sich das Unwetter gelegt hatte, kehrten die Henker zurück – doch was war geschehen? Der Galgen war im Erdboden versunken, und an seiner Statt fanden sie ein tiefes, mit Wasser gefülltes Loch vor. Wirklich – hier war ein göttliches Zeichen geschehen, meinte der Richter, und er schenkte dem Verurteilten das Leben.
Bis auf den heutigen Tag ist das Wasserloch – auch Galgenteich genannt – unweit des historischen Galgenplatzes zu sehen.

Heute bietet der Helfs-Hof Raum für das sehenswerte Wattenscheider Heimatmuseum. Es liegt an der Straße „In den Höfen 37." Zu den ältesten noch erhaltenen Teilen dieses Vierständer-Fachwerkhauses gehört die Fleetküche aus der Zeit um 1560. Das Korbbogen-Kellergewölbe stammt sogar aus dem 11. Jahrhundert.
Das Anwesen wurde schon vor mehr als tausend Jahren bewirtschaftet und lag zu dieser Zeit direkt am Hellweg. Dieser war wohl auch namengebend für diesen landwirtschaftlichen Betrieb (Hellwegshof = Helfshof).
Der Helfs-Hof wurde 1968 von der damals noch selbständigen Stadt Wattenscheid aufgekauft und in der Folgezeit zu einem Heimatmuseum umgewandelt.
Zur Sammlung gehören bäuerliche Möbel, Keramik- und Handwerksgeräte aus dem Gebiet des westfälischen Hellwegs, ungefähr aus der Zeit von 1600 – 1900.
Die Entwicklung Wattenscheids vom Mittelalter bis zur Gegenwart wird ebenfalls durch Schriften und Bilder im Heimatmuseum dokumentiert.

Der Schwarze Tod

Die Pest, auch der „Schwarze Tod" genannt, die furchtbarste Seuchenplage des Mittelalters, war durch den Mittelmeerhandel aus dem arabischen Raum eingeschleppt worden und entvölkerte ganze Landstriche Europas. In vielen Gegenden wurden besondere Pestfriedhöfe angelegt, da auf den vorhandenen Gottesäckern schon bald kein Platz mehr

war. Mancherorts nahm die Pest solche furchtbaren Ausmaße an, daß kein Mensch überlebte und die Toten unbestattet bleiben mußten. Von den verheerenden Pestjahren 1347–50 berichtet die Chronik: „Die Viehherden blieben ohne Hirten, das Getreide verfaulte auf den Feldern, Trauben verdarben an den Weinstöcken, und im Schweigen des Todes war einzig das Gekrächz der zahllos vermehrten Krähen zu hören."
Man unterschied zwischen Beulen-, Drüsen- und Bubonenpest; alle drei wurden durch Bakterienträger wie Flöhe, Ratten und anderes Ungeziefer übertragen. Bald wurde „Pest" ein Sammelbegriff für alle sich rasch ausbreitenden bösartigen Seuchen, also auch für Cholera oder Typhus.

Auch die Gegend um Wattenscheid erlebte solch schwere Zeiten, in denen der „Schwarze Tod" Ernte hielt. Allzu oft kam die Seuche in Gestalt eines Pestvogels, eines schwarzen Schmetterlings oder eines blauen Flämmchens über den Hellweg gezogen. Groß war dann das Entsetzen der Menschen. Vielerlei Rituale sollten verhindern, daß Gevatter Tod Einzug hielt. In den Bauernschaften Stalleicken und Höntrop fanden Prozessionen statt, bei denen die Geistlichen die Bildnisse ihrer Ortsheiligen St. Bartholomäus und St. Jakobus über die Fluren trugen und sie anschließend zum Pestbann an den Ortsgrenzen aufstellten; dieser Brauch sollte der Seuche den Eintritt in die Bauernschaften verwehren. Eines Abends sah der Küster der alten Bartholomäus-Kapelle die Pest als ein blaues Flämmchen den Bachlauf der Hasselte entlang hüpfen. Nun wußte er, daß auch in diesem Ort das große Sterben bald beginnen sollte. Eilig griff der alte Mann zum Spaten, grub auf dem Feld neben der Kirche ein Loch und sprach darüber den Pestsegen.
Damit hatte der Küster Gewalt über das Flämmchen errungen, es mußte in die Grube springen, die er dann sofort mit Erde zuschaufelte. Der „Schwarze Tod" war gebannt. Nach einiger Zeit aber packte den Küster die Neugier: War das blaue Flämmchen noch immer dort im Ackerboden gefangen? Vorsichtig hob er einige Schaufeln Erdreich aus – plötzlich sprangen die Pestflämmchen an vielen Stellen gleichzeitig aus dem Boden hervor. Ihre Zahl wuchs ständig an, und sie

zogen über die Felder den Dörfern und Städten entgegen. Auf ihren Fersen folgte der „Schwarze Tod“. Ein schwarzer Schmetterling hatte sich dem Küster auf die Schulter gesetzt: Sein Leben war verwirkt. Als erstes Opfer der Seuche wurde er auf dem Pestfriedhof an der Bartholomäus-Kapelle beigesetzt, und noch viele Ortsbewohner sollten ihm ins Grab folgen.
Eines der Pestflämmchen zog direkt auf Wattenscheid zu. Am Stadttor waren gerade Zimmerleute mit Ausbesserungsarbeiten beschäftigt, da hüpfte das blaue Flämmchen in das Astloch eines schweren Eichenbalkens. Ein Zimmermann hatte aufgepaßt, und er verschloß das Loch geschwind mit einem Holzkeil. Nun war die Pest zum zweiten Mal gefangen.
Zwei Wochen vergingen, und kein Wattenscheider erkrankte; die Pest war also wohl noch immer im Astloch eingesperrt. Oder? Ein Bürger zog den Holzkeil aus dem Balken heraus – da sprang auch schon das Flämmchen hervor und verschwand blitzschnell in den engen Gassen der Stadt, in der nun ebenfalls das große Sterben begann.

Im Jahr 1554 wütete die Pest in Bochum und raffte fast alle Einwohner hinweg. 1623 und 1636/37 wurden Bochum und Wattenscheid abermals von der Seuche heimgesucht.
Auch in Langendreer soll die Pest um 1610 so grausam gewütet haben, daß bald niemand mehr die Toten auf ihrem letzten Weg zum Pfarrfriedhof in Lütgendortmund begleiten konnte. Dem Schimmel des Bauern Bolte aber war der Weg bald so vertraut, daß das vor dem Leichenwagen gespannte Pferd allein zum Friedhof gefunden hat.
Seit dieser Zeit hat man auf dem Bolte-Hof immer einen Schimmel gehalten.
Ein Teil des ursprünglichen Bolte-Hofes – das alte Fachwerkhaus an der „Oberstraße“ Nr. 21 – ist bis heute erhalten.

Die Geistermesse in der Bartholomäuskapelle

Vor vielen, vielen Jahren saß der greise Küster der alten Pilgerkapelle noch zu später Stunde am Fenster und schaute in die sternenklare Nacht hinaus. Es war der 24. August, der Bartholomäustag.

Plötzlich und unerwartet erklang munterer Burschengesang, Trommeln und Pfeifen schallten durch die Nacht. Eine Menschenschar näherte sich singend der Kapelle, doch als sie dort angekommen war, verstummten ihre munteren Lieder. Ein Bannerträger trat hervor und stieß mit dem Fahnenschuh dreimal an die Kapellentür. Daraufhin drängte der bunte Haufen lärmend und ausgelassen wie zuvor in die kleine Kirche. Während sie beteten und sangen, stellte einer von ihnen vor das Standbild des Dorfheiligen, des heiligen Bartholomäus, eine Schüssel mit frischem Korn. Dann brach die fröhliche Gesellschaft wieder auf und eilte zur Dorfwiese hinaus. Schließlich war alles wieder ruhig und still, als wäre keine Menschenseele über die Kirchenschwelle getreten. Der Küster, der das seltsame Treiben erstaunt verfolgt hatte, saß noch immer am Fenster und überlegte angestrengt: „Woher kenne ich nur den Bannerträger?"

Plötzlich fiel es ihm ein: „Es ist der Großknecht Daniel – nur –" er stockte und schrak zusammen: „Der Großknecht ist schon vor einigen Jahren verstorben! Erbarmen, Gott – die Toten feiern heute die Geistermesse!" Kaum hatte er diese Worte gesprochen, schlugen, wie von unsichtbaren Händen gezogen, die Glocken zwölfmal an – Mitternacht. Da ertönte dumpfer Gesang, Stampfen und Waffenklirren durch die Nacht. Der alte Küster hielt sich, am ganzen Leib zitternd, am Fenstersims fest. Schon näherte sich wiederum eine Totengeisterschar. Der Küster hörte seinen Namen rufen, ein nach Kriegsknechtart gekleideter geisterhafter Schatten forderte ihn auf: „Komm, Gevatter!" Der friedlose Tote befahl ihm, auch Meßgewand, Kelch und Monstranz mitzunehmen und ihm in die Kapelle zu folgen, in der sich mehr und mehr Leichname, die den Gräbern des nebenan liegenden Pestfriedhofes entstiegen waren, versammelten. Ein toter Priester mit bleichem Schädel legte das Meßgewand an und begann zu predigen. Vor Angst bebend, mußte der Küster der Messe vom ersten bis zum letzten Wort beiwohnen. Da – ein Glockenschlag, der die erste Stunde des neuen Tages verkündete, und kurz darauf ein furchtbares Getöse. Voller Entsetzen schloß der alte Mann die Augen. Als er sie wieder öffnete, war die Kirche still und leer, die Geistermesse war vorbei und die toten Seelen entschwunden, nichts erinnerte mehr an den Spuk der Bartholomäusnacht.

Von Gerhard Vynhoven, dem Galgenpastor, der um 1661 an der Pilgerkapelle tätig war, berichtet eine andere Sage, er habe nach seinem Tode an einem Bartholomäustage in der gleichnamigen Kapelle die Geistermesse gelesen.
Der Aberglaube früherer Zeiten nahm an, daß verstorbene Priester und Pfarrer, die zu Lebzeiten einen Gottesdienst schuldhaft versäumt hatten, im Tode keine Ruhe finden konnten. Sie waren dazu verdammt, an den Ort ihres Versäumnisses zurückzukehren und den Gottesdienst in Form einer Geistermesse nachzuholen. Erst dann konnten sie zur ewigen Ruhe einkehren.
Daß sich mitternachts die Geister von Verstorbenen in Kirchen versammelten, um Gottesdienst zu feiern, war allgemeiner Volksglaube.

König Karl und der Schmied

Als König Karl vor mehr als tausendzweihundert Jahren gegen die Sachsen Krieg führte, kam er auch in die Wattenscheider Gegend. Viele anstrengende Tage schon hatte der König im Sattel gesessen, als er bei Stalleiken die Storpsschmiede aufsuchte und dem kräftigen Schmied befahl, seinem Pferd ein verlorengegangenes Hufeisen zu ersetzen. Der Schmied machte sich gleich an die Arbeit und fertigte ein neues Hufeisen an. Er staunte jedoch nicht wenig, als der König das Eisen nahm, es mit fast übermenschlicher Kraft auseinanderbog und zerbrach. „Hast du kein besseres?“ herrschte der König den überraschten Schmied an. Das ließ sich der Meister nicht zweimal sagen, nahm ein Stück rotglühendes Eisen aus dem Feuer und schlug es auf dem Amboß mit kräftigen Hammerschlägen zur richtigen Güte, daß die Funken nur so

Storpsschmiede in Wattenscheid (Stalleicken)

stoben. Er überreichte das fertiggestellte Hufeisen dem geduldig wartenden König. Dieser nahm es in seine Hände und versuchte, das Werkstück abermals zu zerbrechen, diesmal aber wollte es ihm nicht gelingen. „So ist es recht, damit kannst du mein Pferd beschlagen!" sagte der Herrscher, und als der fleißige Schmied damit fertig war, reichte er ihm ein Silberstück zum Lohn. Der aber nahm die Münze, zerbrach sie mit zwei Fingern und sprach: „Hast du kein besseres Geld?" Nun war der König sehr erstaunt und holte ein Goldstück aus seiner Börse. Da erhellte sich das runde Gesicht des Schmiedes, er nahm die Münze an sich und sagte: „Jetzt sind wir quitt – gutes Geld für gute Arbeit!" Dann wandte er sich um und hämmerte weiter auf seinem Amboß, daß die Funken stoben.

Die alte Storpsschmiede wird auch heute noch betrieben. Sie liegt am „Freisenbruch 10 a".

Die wandernde Laterne von Sevinghausen

Das alte Rittergut Sevinghausen ist im gleichnamigen Ortsteil Wattenscheids am „Vienhovenweg“ gelegen. Reste der Gräftenanlage deuten noch heute auf die vormals wasserumwehrte Anlage hin. Ein im Jahre 1721 erneuertes Herrenhaus und einige Mauerreste erinnern an vergangene Zeiten. Das mit der Jahreszahl 1336 versehene Sevinghausener Wappen ist in der Propsteikirche St. Gertrud zu finden.

In der Nähe von Haus Sevinghausen wucherte früher ein großer Dornenbusch. Daneben hat einst ein kleines Haus gestanden, dessen Pächter auf dem Rittergut arbeitete und als ehrbarer Mann angesehen war. Der Ritter auf Gut Sevinghausen dagegen war wild, unbeherrscht und behandelte seine Untergebenen ungerecht, weshalb er in der ganzen Gegend gefürchtet war.

Eines Tages nun kam der Ritter spät von der Jagd zurück und kehrte in dem kleinen Häuschen ein. Der Pächter war nicht zuhause, und so stand seine schöne Frau dem verhaßten Edelmann schutzlos gegenüber. Dieser wollte sofort zudringlich werden, doch die Bäuerin nahm all ihren Mut zusammen, griff hastig nach der Laterne und lief, so schnell sie nur konnte, aus dem Haus hinaus. Außer sich vor Wut riß der Ritter sein Gewehr von der Schulter, legte an und schoß die arme Frau nieder. Anschließend warf er ihren Leichnam in den angrenzenden Dornenbusch; die Laterne ließ er in der Nähe stehen.

Eilig verließ der Herr von Sevinghausen dann den Ort seiner Freveltat. Zu seinen Lebzeiten wurde der heimtückische Mord nicht gesühnt, aber im Tode traf ihn ein schwerer Fluch: Niemals soll er im Grab Ruhe finden. In jeder Nacht erhebt er sich aus seiner Gruft und wandelt am Dornenbusch rastlos umher. Er selbst bleibt unsichtbar, nicht aber die Laterne, die er in den Händen trägt. Jeder Wanderer, der nachts ihren Schein erblickt, möge sich hüten. Wenn er dem Licht folgt, verirrt er sich und findet erst am Morgen wieder seinen Weg.

Der Traum

In den Gräften des Rittergutes Sevinghausen lebten einst fünf weiße Schwäne. Zu dieser Zeit hatte die greise Burgherrin des Nachts einen dunklen, schweren Traum. Sie träumte, daß fünf Habichte aus den Lüften herniederstürzten und die edlen Schwäne mit ihren scharfen Schnäbeln zerrissen.
Bald darauf zog ihr jüngster Sohn, der Ritter Hermann von Sevinghausen, mit vier Wattenscheider Kameraden in die Ferne, gen Ostpreußen. Ihr Ziel war es, sich dem Deutschritterorden anzuschließen und gegen die Slawen zu kämpfen. Mutig fochten die fünf Männer auf den Schlachtfeldern, schließlich aber fielen der Ritter und seine Kameraden unter dem Schwert des übermächtigen Feindes. Der prophetische Traum der Burgherrin von Sevinghausen hatte seine traurige Erfüllung gefunden.

Der goldene Weiher

Wieder einmal überzogen schwere Kriegszeiten das märkische Land. Auch das Rittergut Sevinghausen war ein Schauplatz blutiger Kämpfe. Als der Ritter von Sevinghausen, wie schon häufig, aufgebrochen war, um fern seiner Heimat mit dem Kaiser gegen die Franzosen zu kämpfen, überfielen zahlreiche Landsknechte die alte Wasserburg. Die Burgmannen wurden von der Übermacht besiegt, und die Anlage fiel in die Hände der Angreifer. Diese hausten wie die Berserker auf dem Rittergut. Schließlich ergriffen sie auch die junge Frau des Burgherrn und stachen sie erbarmungslos nieder. Ihren Leichnam warfen sie in die trüben Wasser der Burggräfte. Ihr Kind, ein kleines Mädchen, verschleppten sie mitsamt der goldenen Wiege, als sie den Ort ihres unheilvollen Wirkens endlich verließen. Doch kaum hatten die Kriegsknechte den Wassergraben hinter sich gelassen, stießen sie auf kampfbereite Truppen des Grafen von der Mark. Die Landsknechte flohen in wilder Hast und warfen die Wiege mit dem Kind in einen Weiher nahe der Bartholomäus-Kapelle, wo sie augenblicklich im

tiefen Wasser versank. Seit jenem schrecklichen Tag wandelte die Burgherrin, die im Tod keine Ruhe finden konnte, allnächtlich auf der Suche nach ihrem Kind über die Wiesen und Felder dem grundlosen Weiher zu. In ein weißes Gewand gekleidet, schwebte das Gespenst durch die Dunkelheit, und leise, ganz leise, sang es auf seinem Weg ein fremdklingendes Lied. Sobald es an dem Gewässer angelangt war, begann dieses zu zischen und zu brodeln. Die Wiege tauchte aus dem Weiher empor, und winzige Kinderarme streckten sich der Mutter entgegen. In diesen Augenblicken leuchtete der Weiher golden auf und tauchte die gesamte Gegend in einen zarten Schimmer. Das Gespenst nahm das Kind, küßte und streichelte es zärtlich, und nun konnte man den sanften Gesang ganz deutlich vernehmen – es war ein Wiegenlied, das durch die Nacht klang. Dann tanzte die Mutter mit ihrem Kind über die angrenzenden Felder. Jede Nacht wiederholte sich dieser seltsame Spuk, bis daß der erste Hahnenschrei den kommenden Morgen ankündigte. Dann lag die Gegend plötzlich wieder still im Morgennebel, so als wäre nichts geschehen.
Eines Tages nun kehrte der alte Meßgehilfe der Bartholomäus-Kapelle zu später Nachtstunde in seine Wohnung zurück. Er hatte den Seelsorger bei einem Krankenbesuch begleitet. In der Nähe des Gotteshauses erblickte der alte Mann ein sonderbares Leuchten – wie in Gold getaucht erstrahlten die Felder umher. Er ging auf die Erscheinung zu und sah am Weiher die vor langer Zeit hingemordete Rittersfrau an der Wiege ihres Kindes knien. Entsetzen packte den Mann, und hastig streckte er dem Gespenst zum Bann ein Kruzifix entgegen. Alsbald nahm die Mutter das Kind aus der goldenen Wiege, die daraufhin langsam in dem tiefen Wasser versank. Dann schwebte der Geist der Frau mit dem Kind auf den Armen der aufgehenden Morgensonne entgegen. All dies ereignete sich vor den Augen des Meßgehilfen, der fassungslos das seltsame Geschehen verfolgte.

Der Geist der Burgherrin von Sevinghausen ist seit jener Nacht nie wieder in der Gegend gesehen worden, und auch das wunderbare Leuchten der goldenen Wasser gehört seither für immer der Vergangenheit an. Einzig im Rauschen der den Weiher säumenden Buchen läßt sich die Melodie eines alten Wiegenliedes erahnen.

Die Zwerge von Eppendorf

In alter Zeit haben in den Hügeln bei Eppendorf und an den Quellen der Ah, der Schembecke und des Hesternsiepen Zwerge gewohnt. Eines Tages kam einer dieser kleinen Wichte zum Bauern Oberhagemann und bat ihn um eine volle Roggenähre, die dieser dem Erdmännchen auch gerne überließ. Der Zwerg schleppte die Ähre laut ächzend auf dem Rücken in seine Höhle. Von nun an kam der Wicht nun an jedem Morgen vorbei, und immer schnitt Bauer Oberhagemann ihm dann eine Kornähre ab, die der Zwerg, stets vor Anstrengung keuchend, heimtrug.

Seit dieser Zeit sah der Hof nur glückliche Tage. Das Vieh strotzte vor Gesundheit, und auf den Äckern wuchs das beste Korn weit und breit. Eines Morgens aber mußte der Bauer verreisen, und an seiner Stelle sollte der Knecht dem Erdmännchen eine Ähre geben. Als der Wicht nun, unter seiner Last stöhnend, wieder abzog, konnte der Knecht es sich nicht verkneifen, lauthals loszulachen, so daß das Erdmännchen vor Schreck seine Bürde fallen ließ, eilig weglief und an den folgenden Tagen nicht wiederkam. Nun war der Ärger groß, denn mit dem Zwergen blieb auch das Glück vom Hof fern. Das Getreide wuchs nicht mehr richtig, und das Vieh magerte von Tag zu Tag ab.

Erst als der Bauer Oberhagemann zurückkehrte und morgens wieder selbst die Ähre für das Erdmännchen abschnitt, wendete sich das Geschick wieder zum Guten.

Vor langer Zeit erschien einem Mädchen auf dem Spelberg-Hof in Eiberg ein Zwerg. Er überreichte ihr einen Wocken Flachs mit den Worten: „Wenn du mir jeden Abend drei gesponnene Fäden für mein Gewand gibst, soll es dir dein Leben lang nicht an Flachs mangeln. Niemals aber darfst du den Wocken ganz abspinnen!“ Das Mädchen tat, wie ihr gesagt worden war, und bald spann sie das kostbarste Leinen der ganzen Gegend. Der bis auf einen kleinen Rest abgesponnene Wocken füllte sich stets auf wundersame Weise über Nacht wieder auf, und an jedem Abend kam der Zwerg zu ihr, holte sich seine drei Fäden und zog damit freudig wieder ab. Eines Tages aber wurde das Mädchen übermütig, und sie spann den Wocken völlig ab. Als der Zwerg am

Abend den leeren Wocken sah, begann er laut zu wimmern und klagte: „Nun müssen meine Kinder frieren!“, worauf er im Dunklen verschwand. Von diesem Tag an blieb der Wocken leer, und das Erdmännchen ließ sich nie wieder auf dem Hof sehen.

Der Untergang der Lutenburg und der Burg Aschenbruch

Zwischen Hüllen und Günnigfeld stand in alter Zeit ein stolzes Schloß, das Lutenburg genannt wurde. Seine hohen Türme und Erker erhoben sich weithin sichtbar über dem tiefen Wassergraben, der die Burg umgab. Große Fenster und breite, gewölbte Tore zierten die Seiten und Flügel der mächtigen Anlage, deren Inneres mit riesigen Sälen und vielen Kaminen kostbar ausgeschmückt war. Vom Schloß aus konnte der Blick über fruchtbare Felder, saftige Wiesen und dichte Wälder schweifen. Einst wohnte auf diesem Schloß der Raubritter Egon von der Lutenburg. Er machte sich einen Spaß daraus, Kaufleuten, die mit reichbeladenen Wagen friedlich des Weges zogen, aufzulauern und sie ihrer Waren zu berauben. Auch die Bauern waren nicht vor ihm sicher. Nachts schlich er mit seinen Spießgesellen heimlich auf die Weiden und stahl ihnen das Vieh. Im Schutz der Dunkelheit trieben sie die Tiere dann über weite Strecken in benachbarte Städte; dort, wo sie sich unerkannt und sicher glaubten, verkaufte der Raubritter das Vieh. Eines Tages aber wurde Egon von der Lutenburg zusammen mit seinen Leuten des Raubes überführt. Die aufgebrachten Bauern packten ihn und seine Gesellen und knüpften alle, ohne viel Federlesens zu machen, an die nächstbesten Bäume auf.
Aber die Bauern, die geglaubt hatten, sich nun ihrer Widersacher entledigt zu haben, sollten in der Folgezeit bitter enttäuscht werden. Die neuen Herren auf der Lutenburg behandelten sie noch roher, noch erbarmungsloser als ihr verhaßter Vorgänger. Allzu oft galoppierten die Ritter bei der Jagd hoch zu Roß durch die reifenden Ährenfelder der Bauern und hinterließen zertrampelte Äcker. Sie trieben sogar das

Vieh aus den Ställen und bezahlten mit Peitschenhieben, falls ein Bauer in seiner Verzweiflung wagte, den Rittern entgegenzutreten. Stets hallte die Lutenburg vom Hörnerschall, vom Lachen und übermütigen Toben ihrer gottlosen Herren wider, währenddessen die Bauern große Not litten. Die Landleute waren verbittert, und niemand ließ sich gerne ins Schloß zitieren, um Dienste zu verrichten. Sie verwünschten die Lutenburg mitsamt ihren erbarmungslosen Bewohnern: „Möge sie doch im Boden versinken und niemals mehr auftauchen!" fluchten die Bauern. Je ärger es die auf der Burg in ausgelassener Tollheit trieben, desto mächtiger lastete dieser Fluch über der unseligen Stätte. Seltsamerweise wurde es aber bald schon stiller und stiller im Schloß. Eine Botschaft ging von Mund zu Mund:
„Das Schloß versinkt immer tiefer und tiefer im Wassergraben!" Tatsächlich, bald ragten nur noch die Zinnen und Turmspitzen der einstmals mächtigen Anlage aus dem dunklen Wasser heraus. Wenig später versanken auch diese letzten Reste in der grundlosen Tiefe des Burggrabens.
Wo einstmals die hohen Türme der Lutenburg stolz gen Himmel ragten, lagen später ödes Bruchland und nebelverhangene, schilfbewachsene Sumpfwiesen; es schien, als sträubte sich die Natur, an diesem fluchbeladenen Ort wertvollere Pflanzen gedeihen zu lassen.

„An der Lutenburg" hieß ein Flurstück, daß zwischen Wattenscheid-Günnigfeld und Gelsenkirchen-Hüllen lag. Urkundlich ist eine Lutenburg nicht erwähnt, jedoch soll an dieser Stelle in alter Zeit eine sächsische, von den Franken zerstörte Wallburg gestanden haben, deren Erdwälle im Laufe der Jahrhunderte abgetragen worden sind. Nur 1,5 Kilometer von diesem sagenhaften Ort entfernt traf einen weiteren Adelssitz in Günnigfeld, Burg Aschenbruch geheißen, ein ähnliches Schicksal:

Die Ritter auf Burg Aschenbruch führten ebenso wie die auf der Lutenburg ein lasterhaftes Leben. Eines Abends schien es auf Burg Aschenbruch nicht mit rechten Dingen zuzugehen. Das Vieh in den Ställen war außer Rand und Band. Die Ochsen brüllten nach Leibeskräften, Hühner gackerten wie wild und liefen kreuz und quer über

den Hof, selbst die Pferde waren wie verhext, sie wieherten und schnauften und scharrten mit den Hufen. Etwas Unheimliches lag in der Luft. Von diesem spätabendlichen Lärmen erwachte eine Magd aus dem Schlaf, sie spürte gleich, daß bald etwas Grauenvolles geschehen würde, und rannte zum Stall. Voller Hast zog sie den stärksten Ochsen ins Freie, schwang sich auf seinen Rücken und trieb ihn zu größter Eile an. Kaum waren sie aus der Burg herausgeritten und auf freiem Feld angelangt, als das alte Gemäuer auch schon mit lautem Getöse in sich zusammenstürzte. Die Magd sank auf die Knie und betete für die elendig Umgekommenen, für Menschen und Vieh.
So fanden die Ritter von Burg Aschenbruch den Lohn für ihr sündenvolles Leben.
Das freie Feld aber, auf dem die Magd damals betete, heißt bis in unsere Zeit hinein: „Ossenkuhle".

In Wattenscheid-Günnigfeld weisen zwei Straßen auf diese Sage hin: „Aschenbruch" und „Ossenkuhle"; sie liegen nur wenige hundert Meter voneinander entfernt. Dr. Kortum (1790): „Ehemals war hier noch ein Rittersitz Aschenbrock, und es ist daselbst noch ein Dörfchen dieses Namens vorhanden."
„Ein Johann von der Dorneburg, genannt Aschenbrock, war von 1391 bis 1415 Droste (oberster Richter) von Bochum."

Quellen- und Literaturverzeichnis (Auswahl)

Bächtold-Stäubli, Hanns (Hg.): Handwörterbuch des deutschen Aberglaubens. Bd. 1 – 10. Berlin und Leipzig 1927 – 42

Bahlmann, P.: Ruhrtal-Sagen. Dortmund 1922

Bornholdt, Andreas: 600 Jahre Bochumer Maiabendfest (Hg. Bochumer Maiabendgesellschaft 1388 e. V.). Bochum 1988

Brednich, Rolf Wilhelm: Die Spinne in der Yucca-Palme. Sagenhafte Geschichten von heute. München 1990

Bröker, Franz-Werner: Wattenscheid. Eine illustrierte Stadtgeschichte. Bochum-Wattenscheid 1982

Darpe, Franz: Geschichte der Stadt Bochum. Band I. Bochum 1888

Dege, Wilhelm (Hg.): Sagen aus Westfalen. Dortmund 1964

Deuschle, J.: Die Lindener Madonna. Bochum-Linden 1950

Eversberg, Heinrich: Die Isenburg und der Isenberg in Hattingen an der Ruhr. Hattingen 1975

ders.: Die neue Stadt Hattingen. Hattingen 1980

ders.: Das mittelalterliche Hattingen. Hattingen 1985

Firmenich, Johann Matthias: Germaniens Völkerstimmen. Berlin 1843

Grasreiner, Reinold (Hg.): Im Herzen des Ruhrlandes. Heimatbuch für Schule und Haus. 2. Heft. Wattenscheid 1925

Hüls, Wilhelm (Hg.): Wattenscheid. Stadtarchiv Wattenscheid. Bochum 1955

ders.: Wattenscheid. Gesicht und Geschichte einer Stadt im Revier. Wattenscheid 1962

ders.: Wattenscheid. Eine Heimatfibel. (Hg.: Stadtarchiv Wattenscheid) o. J.

Jäckel, Max: Dorf und Rittersitz Langendreer. Langendreer 1908

Jahrbuch des Vereins für Orts- und Heimatkunde in der Grafschaft Mark. Witten 1897/98

Kämpchen, Heinrich: Was die Ruhr mir sang. Bd. 3. Bochum 1909

Kleff, Bernhard (Hg.): Bochum. Ein Heimatbuch. Bd. 1 - 4. Bochum 1925 - 38 (Bd. 5 - 7, 1951 - 58, wurden herausgegeben von: Vereinigung für Heimatkunde Bochum)

Kommunalverband Ruhrgebiet (Hg.): Von Raubrittern und Kobolden. Sagen und Märchen des Ruhrgebietes. Essen 1984

Kortum, Karl Arnold: Nachricht vom ehemaligen und jetzigen Zustand der Stadt Bochum. 1790 (Jubiläumsnachdruck, hg. v. Johannes Volker Wagner, Bochum 1990)

Krämer, Karl Emerich: Von Burg zu Burg durchs Ruhrgebiet. Bd. 1. Duisburg 1981

Kuhn, Adalbert: Sagen, Gebräuche und Märchen aus Westfalen. Leipzig 1859

Langendreerer Dorfpostille. Langendreer 1987 - 90

Leiermann, Fritz: Die Stadt Wattenscheid. Eine Heimatkunde für den Lehrer und die Schule. 1936 (Gedrucktes Manuskript: Stadtarchiv Bochum)

Montanus: Die Vorzeit. Bd. 1. Eberfeld 1870

Nowak, Gerhard: Flurnamen als Straßennamen. Ihr Ursprung – ihre Bedeutung. Eine Studie über Orts- und Flurnamen im Bochumer Süden und Südosten. Bochum 1986

Petersen, J. Carl Friedrich: Der Kirchsprengel Weitmar oder die Gegend, wo Hermann den Varus schlug. Essen 1823

Petras, Harri: Sagen und Dichtungen, erlebt bei Wanderungen im Hattinger Raum. Hattingen 1981

Pütters, Fritz: Großmutter erzählte noch Sagen aus Wattenscheid und Umgebung. In: Beiträge zur Geschichte der Stadt Wattenscheid. Heft 4. Hg. Stadt Wattenscheid o. J. (1974)

Rölleke, Heinz (Hg.): Märchen und Sagen im Ruhrgebiet. Würzburg 1984

Rothert, Hermann: Westfälische Geschichte. Bd. 1 – 3. Nachdruck, Osnabrück 1986

Schonefeld, Winfried: Geschichte der Evangelischen Kirchengemeinde Stiepel. Bochum 1983

Schulze, Wolfgang: Bewegte Zeiten. Erzählte Geschichte des Ruhrgebietes. Essen 1987

ders.: Die schönsten Bergbausagen aus dem Ruhrgebiet. Essen 1981

Steinen, Johann Diederich von: Westphälische Geschichte. Teil IV. 1755 (Nachdruck: Münster 1966)

Tetzlaff, E.: Langendreerer Heimatbuch. Langendreer 1923

Ueberhorst, Horst: Wattenscheid: die Freiheit verloren? Eine Sozialgeschichte. Düssendorf 1985

Vos/Weinand: Essener Sagenbuch. Essen 1914

Wehrhan, Karl (Hg.): Westfälische Sagen. Leipzig 1924

Winter, Heinz: Königreich Stiepel. Bochum 1987

ders.: Hochgericht und Herrlichkeit Stiepel. Varusschlacht zwischen Bochum und Witten. Bochum 1979

Zaunert, Paul: Rheinland-Sagen. Düsseldorf/Köln 1969

Zimmermann, Peter (Hg.): Ehrenfeld und die Bauernschaft Rechen. Bochum 1983

Inhalt

Heinrich Theodor Grütter

Museumshandbuch Ruhrgebiet

Die historischen Museen

Herausgegeben vom Verein pro Ruhrgebiet, Essen,
und dem Institut für Geschichtskultur, Bochum
224 Seiten mit 156 farbigen und schwarz/weiß-Abbildungen

Verlag Peter Pomp · 4300 Essen 11